코스믹
브릿지

# 코스믹 브릿지

## CoSmiC Bridge

Jed Song 지음

좋은땅

# 목차

# Part 1 : 아침

창문에 비친 태양의 빛이 줄어들고 있다.

그림자는 늘어났고, 우리의 고향은 차갑게 식어 가고 있다.

푸른 지구는 점차 회색빛을 띠게 되었으며, 창작과 배움의 장이었었던 도시는 더 이상 작동하지 않았다. 잊고 있던 재앙은 막기 어려웠으며 인류는 다시금 문제를 해결해 나갔다.

지구의 인류는 생명 활동을 중지하기 시작하였고, 행성 밖에서 인류가 태어나기 시작하였다. 행성 밖에서 처음 태어난 인류는 우주 출신, 스페이스 네이티브(Native Space)라고 불리기 시작하였고 이는 인류의 또 다른 계급을 나타내는 칭호가 되었다.

태어난 이들의 본래 고향이 어둠보다 더 어두운 하늘이었을 때, 아버지의 아버지 세대는 고통을 잊고 시간은 자연스럽게 흘러갔다.


[뉴 아메리카 프런티어 : 뉴욕 사이드]


'우리의 새로운 고향에서 꿈을 펼치세요.'

이곳에 도착하기도 전에 본 전광판에는 모든 젊은이와 늙은 사람의 마음을 동경시키는 문장이 먼저 반겨 주었다. 도시는 불빛으로 가득 찼으며, 거리는 깨끗했고 사람들로 북적거렸다. 자동차는 많았지만, 공기는 맑았고 사람들의 여유는 도시를 매력적으로 만들었다. 옛 도시의 풍경이 그대로 있었으며 들어 보기만 했던 지금의 뉴욕과는 거리가 먼 모습을 하고 있었다.

"인류에게 새로운 기회가 찾아왔고 우리들의 잘못을 반성하고 되풀이하지 맙시다."

아침마다 도시 중앙의 전광판에 정세와는 상관없어 보이는 한 남성이 소리친다. 왼쪽 가슴에 기업의 배지를 달고 외쳐대는 남성은 첫 말에 모든 힘을 쏟아 부었는지 이후의 말은 기억에도 남지 않을 정도의 정치적인 이야기를 계속해서 이어 나갔다.

'불법 체류자를 신고하고 보이는 즉시 처벌합시다.'

꿈의 도시에 발을 딛고 싶어 하는 사람은 늘어났고 과거, 우리가 그랬듯 목표 없이 천국에 입성하기만을 바랐다. 요즘 들어 불법 체류를 시도하는 집단이 많아지고 있었다. 수많은 방법과 경로로 이들은 자유를 갈망했다. 이 중앙 광장에서 이변을 눈치챈 사람은 나 혼자인 것만 같았다. 너무 많은 관심의 대상으로 그들은 스스로 입과 귀를 닫고 있다. 한정적이고 과오는 되풀이되고 있다는 것을 모른 채. 하지만 눈치챈 나 자신도 이들처럼 걸어야만 했고 생각해야만 했다. 아직은 때가 아니다. 아직은….


[지구 : 오세아니아]


"문 열어!"

"뒤쪽 문을 수색해 봐. 보이는 즉시 잡아서 죽여 버려."

문틈으로 조그마하게 보이는 두 명은 살로 가득 찬 노인과 불그스름한 피부의 백인이 사건의 실마리를 잡은 수사관인 마냥 문을 두드리고 있다. 그들은 농부의 옷을 입었지만, 모자는 옛 경찰관의 모자를 거꾸로 쓰고 있다.

"저 창백한 초짜 녀석이 이쪽으로 오면 뒷문으로 나가자. 하나, 둘, 셋 하면 동시에 나가는 거야."

지어진 이름이 없어 자신이 처음 마신 술의 이름을 따서 지었다는 브랜디는 우리 모두에게 지시했다.

나는 조용히 끄덕였다. 뒤에 있는 레랑과 벌벌 떨고 있는 여동생을 감싸고 있는 유나는 자신이 없어 보였다. 하지만 이들은 거부할 수 없었고 그의 선택을 따르기로 결심한 듯 보였다. 브랜디는 잠시 망설였지만 셋을 외쳤고 우리는 그의 등을 따라 문을 박차고 무작정 따라 나갔다. 브랜디가 백인의 배로 돌진한 순간 나는 뒤따라 그를 밟고 지나갔다. 유나 또한 동생을 업고 초점 없는 눈으로 헛간을 빠져나왔다. 레랑이 문틈을 밟는 순간 시야에 보이지 않았던 또 다른 검은 콧수염의 남성이 레랑의 목덜미를 잡았다. 레랑은 소리도 지르지 못하고 소스라치게 놀라 잠시 기절한 것처럼 보였지만 이내 살려 달라고 외치고 있었다. 우리는 그의 눈동자를 바라봤지만 모처럼 되돌아갈 수 없었다. 브랜디를 제외하고. 브랜디는 되돌아가 레랑을 잡은 거구의 남성에게 돌진했다. 그것은 자신의 선택에 책임을 지기 위함이었을까 아니면 우정이었을까. 잠시 뇌리에 스친 생각이 지나갔지만 이내 내 몸은 뒤로 돌아 브랜디를 따라간 것을 보아 아무런 생각도 하지 않았을 것이다. 브랜디는 콧수염의 남성을 넘어트리고 주먹으로 가격했다. 나는 이어서 아직 넘어져 있는 백인 위에 올라타 그의 얼굴을 인정사정없이 때리기 시작하였다. 뒤따라온 유나가 모래를 던졌다. 레랑은 정신없어 보였고 우리의 주먹에서 피가 튀었다.

'픽'

짧고 척추 아래부터 타고 뒷골까지 소름 돋는 소리가 들렸다. 찰나의 순간에 브랜디가 갈기던 주먹 소리는 나지 않게 되었고 레랑은 엎어진 채로 위를 바라보고 있었다. 뚱뚱한 백발의 노인은 장외 홈런 기록이라도 세운 것 같은 기쁜 얼굴로 숨이 턱까지 차오르는 모습을 숨긴 채 한 손은 그의 모자에 한 손에는 경찰 몽둥이를 들고 있었다. 브랜디의 후두에서는 피가 나고 있었고 깊은 잠에 빠진 것보다 더 편해 보이는 모습으로 바닥에 누워 있었다.

"브랜…."

내가 그의 이름을 부르려던 순간 밑에 깔려 있던 백인은 나를 뒤로 밀치며 일어났다.

중심을 잃은 나는 순간적으로 눈을 감았으며 모래 먼지가 얼굴을 감쌌다. 모래 먼지를 빠르게 털었다. 브랜디의 움직임이 멈추자 승기를 잡고 있던 깃발이 떨어지며 모래 바다 깊숙이 가라앉았다. 브랜디에게 꼼짝 못 하고 있던 거구의 남성은 일어나 레랑의 목덜미를 잡고 그의 얼굴을 바닥에 내리꽂았다. 레랑은 아무런 저항도 못 하고 브랜디에게 맞은 것처럼 레랑의 얼굴을 인정사정없이 갈기고 있었다. 내 밑에 있던 백인은 유나와 그녀의 여동생을 바닥으로 밀치고 뺨을 갈기기 시작하였다. 내가 일어서려 하자 몽둥이를 들고 있는 백발 노인은 홈런의 여파를 잊지 못한 채 나의 몸을 두드리기 시작했다. 조준도 되지 않은 방망이질이 내 몸 이곳저곳으로 날라왔다. 그들은 아무런 말 없이 미소를 띤 채로 주먹을 휘두르고 있었다. 이미 사라지고도 남은 경찰 흉내를 내는 이들이 우리를 찾아온 이유가 궁금해졌다. 어제 훔친 반쪽짜리 바게트 빵 때문인가. 허락 없이 주인도 없는 헛간에서 하룻밤을 보낸 것이 원인인가. 우리가 버려졌기 때문인가.

브랜디의 후두에서 흐른 피가 모래와 합쳐져 굳고 검게 변했을 때, 지친 이들은 아무런 말 없이 일어나 널브러진 브랜디의 머리에 침을 뱉고 처음으로 술집에 가는 어린아이처럼 서로 낄낄대며 떠나갔다. 레랑은 목 놓아 울고 있는 것처럼 보였지만 퉁퉁 부어 버린 그의 얼굴에서는 눈물이 흐르지도 소리가 나지도 않았다. 유나는 메마른 눈물이 부어오른 볼에 자국 남은 것을 신경 쓰지 못하고 찢어진 속옷을 모래에 덮으며 그녀의 여동생의 도움을 받아 옷을 여미고 있었다. 레랑과 유나 심지어 브랜디에게조차 다가갈 힘이 없던 나는 겨우 몸을 돌려 위쪽을 바라보았다. 푸른 지구라고 불렸던 행성은 가장 푸른색이었던 하늘도 그저 회색 구름과 바람뿐이었다. 낮은 회색빛이었고 밤은 어두운 회색빛이었다. 이대로 눈을 감아도 어두운 흑지일 것 같기에 눈이 떠지지 않길 바랐다. 하지만 이내 브랜디가 떠올랐고 없던 힘을 끌어내 일어났다. 브랜디가 이 거리에서 가장 보기 쉬운 널브러진 시체처럼 이름도 모를 사람으로 남게 하고 싶지 않았던 나는 브랜디 쪽으로 걸어갔다. 브랜디의 후두에서는 더 이상 피가 나오지 않았고 머리에 눌어붙은 검은색 피가 그의 심정을 대변하고 있었다. 그의 축 처진 손을 잡고 등에 업었다. 일어서려는 순간 등에서 따뜻한 체온과 함께 느리지만 힘찬 심장박동 소리가 들렸다. 귓가에는 그의 희미한 숨소리가 모래바람을 타고 들려왔다. 나는 리더이자 친구였던 그의 생존만으로도 구원받은 느낌이었으며 소리치고 기뻐하고 싶었지만 한 발 한 발 걷는 것이 최고의 표현이었다. 나는 등에 무거운 희망을 싣고 브랜디가 다음 날 거처로 삼으려 했던 낡은 식당으로 발걸음을 옮겼다. 아무 말 없이 레랑과 유나가 그녀의 여동생과 함께 뒤를 따라오고 있었다.

회색빛 하늘이 더욱 어두운 회색이 되었을 때 우리는 '블랙 로즈'라는 이름의 낡은 식당에 도착하였다. 유나가 문을 열고 들어가 초에 불을 붙였다. 레랑이 브랜디의 등을 받쳐 조심스럽게 긴 탁상에 몸을 눕혔다.

"살아 있는 거야? 인제 어쩌지?"

레랑이 초조한 목소리로 그의 두꺼운 입술에서 말을 꺼냈다.

그의 부은 얼굴을 본 순간 나도 모르게 원초적인 웃음이 나올 뻔하였지만, 구석에서 조용히 흐느끼고 있는 유나의 모습을 보고 웃으려던 나의 모습을 후회했다. 우리는 브랜디의 조치를 쉽게 행동으로 옮길 수 없었다. 그저 바라보기만 해야 했던 과거 나날들의 비슷한 상황에서 우리는 배운 것이 없었으며 그 누구도 관심을 주지 않았다. 나는 그저 몸이 말하는 대로 레랑과 유나의 여동생에게 무언가 손에 집히는 아무 물건을 모아 달라고 부탁했다. 나는 브랜디의 가슴에 손을 올려 바라볼 수밖에 없었다. 유나도 조심히 몸을 일으켜 주변을 찾아보았다.

유나와 그녀의 여동생은 나무 대야와 속이 빈 캔 통조림 세 개, 밟힌 곰팡이 핀 식빵을 모아서 가져다주었다.

"이거 물이 나와!"

레랑이 바의 뒷문 주방 쪽에서 소리쳤다.

수도꼭지의 쇠 빛이 다 떨어진 수도에서 갈색 물이 조금씩 흐르고 있었다. 우리는 최대한 담을 수 있는 물을 담았다. 나무 대야에 물을 다 담고 두 번째 빈 캔 통조림에 물을 가득 채웠을 때 수도에서 이상한 소리가 나며 더 이상 물은 나오지 않았다. 유나는 식당의 해진 커튼을 찢어 물에 적신 후 브랜디의 피를 닦아 주었다. 레랑과 나는 옆 의자에서 유나의 행동을 지켜보았다. 정적이 흘렀고 그 누구도 말을 쉽게 꺼낼 수 없었다. 브랜디가 일어난다면 상황을 정리하였을 테지만 최악의 경우 그를 잃게 될 수도 있었다. 모두가 같은 생각을 가지고 침묵을 이어 가야만 했다. 나는 앉아 있는 나 자신이 한심했으며 이를 깨물며 화가 났다. 하지만 화를 표출할 방법도 용기도 없어 조용히 분노하였다. 그렇게 조금은 밝아지길 바라며 하루를 흘려보냈다.


"브랜디가 이상해!"

태양의 존재를 잃은 어둠 속 침묵에서 유나가 모두에게 소리쳤다.

창문 밑바닥에서 경계하다 지친 나와 레랑은 꿈에 들지 못하는 잠에서 두 눈과 함께 몸을 일으켜 세웠다. 브랜디는 탁상 위에서 지진이 난 것처럼 떨고 있었다. 그의 입에서는 알 수 없는 노르스름한, 침보다는 묽지만, 더 탁한 거품이 흘러나오고 있었다. 나와 레랑은 브랜디의 양팔 옆을 잡고 멈추기 위해 대책 없이 힘껏 잡았다. 흘러 내려오는 거품을 유나는 자기 옷으로 닦아 주었다. 아무리 힘주어도 좀처럼 멈출 일이 없었다. 모두가 처음 겪어 본 상황에 패닉에 빠지게 되었다. 아무런 생각이 들지 않을 때 레랑은 탁상 옆에 있던 나무 대야를 브랜디의 얼굴로 향했다. 나무 대야를 엎으며 안에 있던 물이 브랜디의 얼굴을 덮쳤고 그 순간 브랜디는 시간이 멈춘 듯 움직이지 않게 되었다. 그렇게 작은 격정의 시간을 보내고 우리는 다시금 아무런 생각도 말도 없이 앉아 있었다. 브랜디의 얼굴에 흐르는 물이 말라 갈 때쯤 나는 침묵을 깨 보려 했다.

"내가…."

"오늘 밤은 내가 브랜디를 지켜볼게."

지친 유나와 레랑을 쉬게 하도록 브랜디의 간호를 자처하려 했으나, 레랑은 내 말을 가로막고 그의 간호를 결정했다. 나는 다시 말을 이어 레랑을 대신할 수 있었지만, 이어 말하지 않았고 왠지 모를 안도와 본인에 대한 실망감을 느꼈다. 브랜디의 처절한 모습을 보고 싶지 않은 안도와 일을 떠맡기는 실망감이 가슴을 짓눌렀다. 하지만 실망감은 안도를 이길 수 없었고 나는 후회하며 레랑의 결정을 따랐다. 유나는 브랜디의 입에서 나온 거품과 땀을 천천히 닦아 주고 있었다. 나는 그 격정의 공간에서 조용히 빠져나와 창문을 바라보았다. 창문 밖은 한 치 앞도 보기 힘든 어둠 속이었고 이내 그 깊은 어둠 속 안에 있다는 사실을 눈치챘다. 하늘의 짙은 회색 구름과 끝을 알 수 없는 모래 먼지는 정확한 시간과 계절을 숨기고 있었다. 추위는 없었지만 고독함은 가득했다. 그렇게 밖을 경계하는 척하다 숨어서 잠이 들기 시작했다. 이 밤도 시간이 흐르면 지나갈 것이다. 막심했던 나의 후회도 시간에 맡겨 어둠 속으로 사라져 간다.


'쿵! 쿵! 쿵!'

날은 연한 회색빛으로 바뀌었고, 더 이상 빛을 보지 못하리라 생각했던 나의 두 눈이 세 번의 폭발음과 함께 깨어났다. 내가 잠에 빠져 있었던 문 옆에서 오감을 깨우는 소리가 들려왔다.

'똑! 똑! 똑!'

두 눈이 떠지고 암흑에서 빛을 찾았을 때 한 번 더 세 번의 소리가 들려왔다. 폭발음이라고 생각했던 노크 소리는 차분했고 일정했다. 유나와 그녀의 여동생은 브랜디의 곁에서 잠에 빠져 있었다. 레랑은 두 번째 노크 소리에 잠에서 깨어나고 있었다. 그의 부어오른 얼굴은 약간 가라앉아 두 눈이 떠지는 것이 선명하게 보였다.

"저기요! 아무도 없으신가요?"

이번에는 문을 두드리는 대신 밖의 이방인이 얇은 나무판자 문을 통해 말하기 시작하였다.

나는 두 번째 노크 소리에 정신이 깨어 있었지만, 문을 열어 줄 수 없었다. 이 지역에서 문을 두드린다는 것은 힘을 들이지 않고 안에 있는 사냥감을 불러내거나 무언가의 암호를 전할 때만 하는 행동이기 때문이다. 우리의 경우 전자가 많았다. 하나 다른 점은 노크 소리에서 상냥함이 묻어 있다는 것이었다. 소리가 귀를 통해 뇌를 거쳐 상냥하다고 느꼈을 때, 레랑도 정신을 차렸다. 나는 그와 눈을 마주치고 우리는 말 없이 약간의 신호를 주고받았다. 레랑은 유나와 그녀의 여동생을 조용히 브랜디가 누워 있는 탁상 뒤로 몸을 숨겼다. 다시 레랑이 나에게 안전하다는 신호를 주었다. 나는 그 신호를 받고 문 아래 틈 사이로 바깥 이방인의 신발을 확인했다. 문밖의 이방인은 두 명이었고 한 명은 발가락이 다 튀어나온 갈색 구두와 검은색 줄무늬 바지의 밑단은 해질 대로 해져 실이 중구난방으로 튀어나와 있었다. 또 한 명은 약간은 탄 흰 피부에 털이 수북하게 나 있었고, 허름한 양말 밑에 철판을 붙여 신발 역할을 대신한 무언가를 신고 있었다. 확인된 옷차림으로는 우리와 처지가 비슷하거나 어쩌면 그이하. 고개를 돌려 레랑을 쳐다봤다. 그는 불안한 눈빛으로 나를 쳐다보고 있었고 레랑은 본인의 두 주먹을 굳게 쥐고 있었다. 어느새 일어난 유나가 그녀의 여동생을 껴안고 나를 쳐다보고 있었다. 나는 살짝 고개를 끄덕이며 두 손으로 그들을 안심시키고자 하였다.

'똑! 똑!'

내가 다시 밖의 인물을 확인하기 위해 문 밑의 틈을 확인하였을 때, 이방인은 한 번 더 문을 두드렸다.

나는 놀라 자동으로 고개가 올라갔다. 긴장된 심장이 두근거렸고 귀를 통해 들려왔다. 심장 소리로 인한 인기척을 들키지 않기 위해 왼손으로는 입을 오른손으로는 가슴을 붙잡고 애써서 숨을 참았다. 나의 긴장과 함께 레랑과 유나의 긴장도 고조되었고 나는 그들을 보며 더욱더 들키지 않기 위해 발악했다. 소리 없는 큰 숨을 손으로 가린 채 내쉬었다. 바깥의 이방인들은 되돌아오지 않는 반응에 서로 대화를 주고받고 있는 소리가 문을 통해 나지막이 들려왔다. 서로는 입을 가리고 대화를 하는 것인지 정확한 이야기는 들을 수 없었다. 옆의 얇은 문은 들려오는 소리를 완벽하게 통과시키지 못하였다. 그리고 그들은 대화를 멈추고 잠시 조용해졌다. 서로의 대화에 타협점을 찾은 것인지 아니면 포기한 것인지 우리는 알 수 없었다. 이 갑작스러운 폭풍 이후, 고요와 함께 생각도 냉정해졌다. 내 생각들은 수상함을 느꼈다. 이 지역 사람이라면 목적 없이 문을 두드릴 필요가 없었을 것이다. 문을 열고자 하는 시늉도 보이지 않았다. 사냥을 위한 것이라면 상냥한 노크 소리도 필요할 터가 없었다. 그리고 혹여나 이 침묵은 문을 열고 들어오려는 시도를 계획하고 있는 것은 아닌지

끊임없이 고민했다. 하지만 그 고민이 순식간에 사라지는 한 단어가 밖에서 들려왔다.

"브랜디!"

전혀 예상하지 못한 단어가 바깥에서 들려왔다.

브랜디의 이름이 예상외 인물의 입에서 들려왔을 때 집 안의 우리는 모두 몸이 움찔하며 당황했다. 폭풍 이후의 고요라고 생각되었던 이 전개는 파도가 힘껏 자기 몸을 불 싸지르고 흰 거품이 조용하게 해변을 감싼 후에 온 힘을 다해 모래를 쓸어 모으는 듯했다. 불안감은 물에 맡겨 흘러가듯 사라져 갔다. 나는 두 손을 내리고 레랑을 쳐다보았다. 그는 쥐고 있던 두 손을 천천히 펴고 있었다. 우리는 같은 생각, 브랜디의 지인이라면 누워 있는 그를 도울 수 있거나 냉담한 이 상황을 타파할 수 있다는 희망을 우리는 두 눈을 통해 알아차렸다. 우리는 서로 고개를 끄덕인 뒤에 레랑은 유나를 부축하며 일어났고, 나도 일어나 문고리를 잡았다. 나는 큰 심호흡을 한 후에 온몸의 근육과 신경이 손에 전달되는 느낌을 가지고 문을 열었다.

문을 여니 밖의 회색빛 풍경 속에서 일직선의 햇빛이 먼 곳에서 자그마하게 비치고 있었다. 그리고 빠르게 밖의 이방인들에게 초점이 맞춰졌다. 구두를 신고 있던 남성이 크게 소리를 지르기 위해 입 옆에 손을 놓고 목소리를 내려던 참이었다. 우리는 서로 얼굴을 마주 보았고 밖의 남성 두 명은 옅은 미소를 띠었다. 구두를 신은 남성의 상의 모습 또한 정장 차림이었고 한쪽 안경알이 깨진 동그란 안경을 착용하고 있었다. 키는 나보다 꽤 컸지만 살은 말라 보였다. 뒤에 있는 남성은 키는 작았지만 단단해 보였다. 한쪽 손에는 가죽 가방을 들고 있었다. 정장을 입은 남성의 것이라고 멋대로 추측했다. 순식간에 우리는 서로의 얼굴과 인상착의를 확인하였다.

"반갑습니다. 저희는 머물 곳을 찾고 있었어요. 그리고 여기서 브랜디와 만나기로 하였죠."

정장 차림의 남성은 악수를 청하는 듯이 한쪽 손을 길게 뻗으며 말하였다.

그의 손은 투박했으나 정직해 보였다. 나는 그의 손을 잡고 악수를 청했다. 그는 약간의 힘을 주었고 악수를 통해 올곧은 그의 정신을 느낄 수 있었다.

"제 이름은 레이먼드입니다. 제 뒤에 있는 분은 조지이고요."

이어서 그는 본인과 일행을 소개해 주었다. 그의 행동과 말은 신사적이었다. 해진 구두와 정장도 언행을 따라 단정해 보였다.

"분명 브랜디가 나올 줄 알았는데, 그가 어디 있는지 아시나요?"

레이먼드는 조심스럽게 질문하였다.

"브랜디는 지금 아무것도 듣지 못해요."

나는 그들을 집 안으로 안내하며 자초지종을 설명해 주었다.

우리들의 일행과 브랜디가 기절해 있는 이유, 그리고 누워 있는 곳으로 안내했다. 유나는 살짝 겁먹은 모습을 보이고 있었다. 그녀의 여동생을 안으며 구석에 몸을 기댔지만, 적대적인 태도는 아니었다. 이방인들은 브랜디를 확인하였고 그를 살피기 위해 가까이 다가갔다.

"도대체 누구시죠? 이 지역에서는 본인을 소개하면서 문을 노크하는 사람은 본 적이 없어요."

그때 레랑은 긴장한 모습으로 브랜디의 앞을 가로막았다.

양팔을 펼치며 막았지만 떨리는 모습이 보였다. 내가 처음 그들에게서 느낀 대로 낯선 상냥함을 레랑도 눈치채고 있었다.

"저는 레이먼드입니다. 지구가 이 지경이 되기 전까지는 의사였죠. 제 일행의 조지는 조수입니다. 브랜디의 상태를 확인해 보고 싶어요."

그는 본인을 의사라고 설명했고 레랑을 안심시켰다.

레이먼드가 브랜디의 상태를 살펴보았고 조지에게 몇 가지 지시를 내리더니 가죽 가방에서 몇 개의 도구와 주삿바늘을 꺼냈다. 그리고는 주사에 약물을 넣고 브랜디의 팔에 깊숙이 박아 넣었다. 머리에는 붕대를 길게 감았다. 우리는 저 약물이 브랜디의 상황을 악화시키는 것인지 호전시키는 것인지 알 수 없었다. 무지했기에 질문할 수도 말릴 수도 없었다. 그저 지켜보는 것 그것이 최선이었다.

"조치가 늦어져 상태가 좋지는 않지만, 브랜디라면 충분히 일어날 수 있을 것입니다."

레이먼드는 우리를 안심시켰고 차분하게 바라보았다.

"상황을 보니 며칠은 식사도 못 하신 것 같은데, 저희가 온 길에 작은 마을이 하나 있다는 것은 아시나요?"

"알고 있습니다. 하지만 우리 같은 약자들은 들어가지 못하는 곳이죠. 도둑질도 몇 번 했지만, 실패한 일이 더 많았어요."

레이먼드의 말에 레랑은 떨리는 목소리로 대답했다.

"브랜디가 깨어나려면 시간이 필요하니 함께 갑시다. 저희는 잠시 이 지역에 머물러 있어야 해서요. 이곳에 머물게 해 주신다면 답례를 드리겠습니다."

레이먼드 잠시 고민하더니 우리에게 제안하였다.

유나와 그녀의 여동생은 적극적으로 찬성하였으나 레랑은 거리를 두고 있었다. 하지만 이내 그의 제안을 따르기로 하였다. 레이먼드는 브랜디의 상태를 잠시 살핀 후에 나갈 채비를 마치고 있었다. 모두가 가기에는 인원수가 많았고 브랜디를 혼자 둘 수는 없었다. 브랜디를 살피기 위해 조지가 붙어 있기로 하였고 유나의 여동생과 도둑질로 얼굴이 알려진 레랑은 남아 있기로 하였다. 나와 유나는 레이먼드를 따라 모래의 바다로 걸음을 옮겼다. 잠시 전에 보았던 한 줄기의 햇빛은 더 이상 보이지 않았고 모래 먼지가 회색빛 하늘 아래에서 꿈틀거리고 있었다. 우리는 계속해서 발걸음을 옮겼다. 그리고 그들에게 아무런 질문을 하지 않았다. 조용히 사막에 발자국을 남기며 나아가고 있었다.

회색빛 하늘이 약간은 어둡게 변하였을 때 우리는 예전 바게트 빵을 훔쳤던 그 마을 입구에 도착하였다. 그곳은 낡은 나무로 된 낮은 집들이 나열된 작은 마을이었다. 입구에는 'Happy Western'이라고 적힌 낡은 간판이 서 있었다. 열려 있는 가게는 약간의 음식점과 술집뿐이었다. 나머지 가게는 부랑자들의 거주지로 되어 있었다. 레이먼드는 우리를 작은 음식점으로 안내했다. 음식점은 '카페 플라워'라는 곳이었다. 실내의 모습은 식료품점을 음식점으로 개조한 듯한 모습이었다. 우리가 문을 열고 들어가자 안에 있던 모든 이들의 이목에 집중되었다. 하지만 금세 본인들과의 처지를 동질화시키고 관심을 주지 않았다. 우리는 레이먼드를 따라 점원 쪽으로 몸을 틀었다. 그와 점원은 몇 마디 대화하였다. 점원은 우리를 뒤 창고로 안내했다. 창고에는 각종 통조림과 빵들이 나열되어 있었다. 당장에라도 이곳에 있는 모든 음식을 먹어 버리고 싶은 욕구가 가득 찼다. 레이먼드와 점원은 다시 대화하더니 작은 갈색 봉투를 주며 통조림 몇 개와 기다란 바게트 빵을 집어넣었다. 보물 같은 양을 눈앞에 두고 금화 몇 닢은 아쉬운 양이었으나 난동을 부리기에는 그들의 신사적인 태도가 나를 막아섰다. 우리는 음식들을 들고 몰래 가게에서 빠져나와 다시 집으로 향했다.

하늘이 완전히 어두운 회색빛으로 다다랐을 때, 우리는 집에 도착하였다. 유나는 들뜬 마음으로, 앞서서 집 앞의 문을 열고 들어갔다. 들뜬 마음도 잠시 문을 열자 그녀는 굳어 발을 내딛지 못하였다. 내가 뒤따라서 그녀의 상태를 살피자 유나의 눈에서는 눈물이 흐르고 있었다. 그녀의 얼굴을 보고 바라보고 있는 방향을 따라 집 안을 살피자 레랑은 브랜디의 바지를 잡고 울고 있었다. 그리고 브랜디는 탁상에 앉은 채로 한 손으로 머리를 부여잡으며 나와 유나를 보며 옅은 미소를 보이고 있었다. 나는 달려가 브랜디와 포옹하였다. 무거운 희망과의 포옹은 행복한 울음을 자아냈고 우리는 아무 말 없이 서로를 끌어안았다. 뒤따라온 레이먼드도 상황을 확인하였다. 그들은 서로의 이름을 부르며 힘차고 단정한 악수를 하였다.

"브랜디, 지금은 어때? 누워 있기 전에 기억은 생각나?"

레이먼드가 그의 머리에 있던 붕대를 갈아 주며 질문하였다.

"있는 거라고는 몸뚱어리 하나뿐이야. 머리는 돌보다 단단하다고. 나를 안고 가 주었던 것까지는 다 기억에 있어."

브랜디는 나에게 옅은 미소를 보여 주었다.

그의 말은 우리 모두를 안심시켰다.

"집은 튼튼해 보이고 식량까지 가지고 온 것 같으니 며칠은 거뜬하겠어. 고마워."

브랜디는 우리를 보며 고개를 숙였고 감사의 말을 표현했다.

어둠 속에서 견디기 힘들었던 이 밤은 근래에 느껴 보지 못한 밝은 밤이었다. 브랜디는 다시 정식으로 레이먼드와 조지를 우리에게 소개하였다. 우리는 몇 시간이나 대화를 나누었다. 레랑의 경계는 완전히 풀렸고 우리는 이방인을 마음 한편에 받아들이기로 하였다. 우리는 과거의 이야기를 약간 하고 서로의 안위에 관한 대화를 이어 나갔다. 레이먼드는 우리가 지금 있는 땅인 '오세아니아'에 대해서 설명해 주었다. 원래 이 대륙은 호주와 뉴질랜드라는 국가로 나누어져 있었으나 세상이 변하고 기후가 변해 '오세아니아'라는 이름 하나로 지어졌다는 이야기를 해 주었다. 그리고 이 넓은 지역도 지구의 일부에 지나지 않는다는 사실을 전해 주었다. 유나는 책에서 본 바다에 관해서 이야기를 꺼냈다. 아직 호수조차 본 적 없는 그녀는 언젠가 바다를 보고 싶다는 장대한 꿈을 이야기해 주었다. 이러한 여러 이야기를 나누며 우리는 서로 가까워졌고 익숙해져 갔다. 나는 잠시 그 공간에 빠져나와 창문을 바라보았다. 익숙한 사람과 낯선 이와의 대화를 통해 친근해져 가는 순간을 느낀 것은 생각지도 못한 여운을 남겨 주었다. 창문을 바라보며 여운을 음미하고 있을 때 브랜디가 다가왔다.

"우리는 빛이 있어야 세상을 볼 수 있어. 하지만 태양도 달빛도 별도 없는 하늘은 어둡기만 해. 그래도 내가 지금 너를 볼 수 있는 것은 저 촛불도 아닌 우리가 대화하며 살아가고 있기 때문이야. 나에게는 네가 빛이듯이 너에게는 내가 빛이 되어 눈앞에 빛을 보며 나아가는 것이 우리가 살아 있다는 증거가 될 수 있어."

브랜디는 나의 어깨를 그의 손으로 감싸며 나의 여운에 들어왔다.

"그리고 고마워."

그가 말하였다.

브랜디의 한마디에 내가 짊었던 희망이 헛됨이 아니었음을 그가 증명해 주었다. 그렇게 밤을 보내며 눈뜨고 싶은 아침을 기다렸다.

다음 날, 행복한 하루를 시작하기에 충분한 컨디션으로 잠에서 깨어날 수 있었다. 억지로 뜬 눈이 아닌 희망이 눈을 뜨도록 만들었다. 우리는 통조림과 빵을 조금씩 나누어 간단한 허기를 채웠다. 그리고는 브랜디는 첫 말과 함께 이 지역에서 다른 곳으로 이동하기를 바랐다. 그는 레이먼드가 가져온 이 지역 지도를 그가 누워 있던 탁상에 펼쳐놓고 지도를 가리켰다. 나는 여운이 가득 남은 이 지역에서 왜 벗어나려 하는지 의문이 들었다.

"이동하려는 이유가 뭐야? 이곳에는 식량도 있고 집도 있어. 이러한 집을 구하는 것이 쉬운 일도 아니잖아."

레랑도 같은 의문이 들었는지 브랜디에게 의견을 제시했다.

"지구는 망해 가고 있어. 최대한 안전한 곳으로 계속해서 이동해야 해. 너희들을 만나기 전 나는 레이먼드와 먼저 만나 살만한 곳을 모색하고 있었어. 하지만 이 지역에는 더 이상 가망이 없을지도 몰라."

브랜디는 단호하게 설명하였다.

내가 하룻밤 느꼈던 이 희망은 그저 실오라기였을지도 모른다는 생각이 들었다. 의문은 계속해서 있었지만, 리더인 브랜디의 의견을 따르는 것이 현명했다. 우리는 계획을 세우기 시작했다. 브랜디는 동쪽으로 가는 계획을 세웠다. 그의 지시와 함께 남아 있는 식량과 각종 도구를 챙길 준비를 하였다. 장거리 여행이 될 가능성이 있기에 옷과 채비를 단단히 정비하기로 하였다. 추억이 된 장소에서 벗어나는 것은 탐탁지 않았지만 함께 있다면 희망은 계속해서 찾아오리라 생각하였다. 그러한 기대를 잔뜩 품고 준비하였다. 하지만 버림받은 우리에게 그 희망은 얻기 어려운 것이었다.

"쿵! 쿵! 쿵! 쿵! 쿵! 쿵…! 어이! 문 열어!"

가슴속에 남아 있던 따뜻했던 여운은 얇은 판자문에서 들려오는 낯선 이의 목소리로 인해 차갑게 식어 갔다.

문을 계속해서 두드렸고 집 전체에 퍼지는 목소리로 소리쳤다. 레이먼드 일행의 노크와는 다르게 이 지역 방식대로의 노크 소리가 들려왔다. 상냥한 노크와는 정반대의 투박하고 두려운 분위기가 실내의 모든 이에게 전해졌다. 모두 직감적으로 아군이 아니라고 판단하였다. 우리는 경계했고 각자의 짐을 껴안았다.

"칼과 몽둥이로 무장한 패거리가 집을 둘러싸고 있어."

창문을 지켜보고 있던 조지가 바깥 상황을 설명해 주었다.

그의 말과 함께 더욱더 적대감은 커졌고 문을 열어서는 안 된다는 생각이 빠르게 지나갔다. 하지만 나갈 수 있는 문은 앞의 얇은 판자가 전부였다. 무작정 달려 나가기에는 일행이 많았고 짐이 있었다. 우리는 쉽게 움직일 수 없었고 긴장했다.

"아마 어제 식료품점에서 나올 때 누가 지켜본 것일지도 몰라."

레이먼드가 긴장감 속에서 원인을 추측하였다.

"이렇게 가만히 있어서는 아무것도 할 수 없어."

브랜디는 앞장서서 모두의 발이 움직일 수 있도록 하였다.

하지만 저들은 무장하였고 우리는 각종 짐을 들어 불리했다. 이 상황을 타파할 작전을 생각해 보았지만, 전혀 떠올릴 수 없었다.

"빠져나가려면 나뉘어서 나갈 수밖에 없어. 두 명, 두 명, 세 명으로 나눠서 창문과 문을 통해서 나가자. 그리고 이 포인트에서 만나는 거야. 본인의 안전을 우선으로 해야 해. 그래야 최대한 빠져나갈 수 있어."

브랜디가 빠른 상황판단을 하였고 지도를 가리키며 작전을 제시했다. 그는 단호했고 약간은 차갑게 느껴졌다. 우리는 아무도 이견을 낼 수 없었다. 판단하기에는 그의 결심이 단단했다. 우리는 그의 작전을 따르기로 하였다. 우리는 빠르게 서로 가까이에 있는 그룹으로 인원을 나누었다. 나와 레이먼드는 앞문으로, 레랑과 조지는 옆 창문으로, 브랜디와 유나 그리고 그녀의 여동생은 뒷창문으로 빠져나가는 그룹으로 나누었다. 서둘러서 나누었지만 빠져나가는 균형은 좋았다. 우리는 서로의 얼굴을 쳐다보며 무사하기를 마음속에서 기원하였다. 우리는 각자의 나갈 위치에 자리 잡았다. 브랜디는 말없이 손짓으로 숫자 셋을 세었고 우리는 소리를 지르며 돌진했다. 내가 문을 빠르게 열고 나가는 순간 처음 마주친 낯선 이와의 얼굴을 보고 모든 사고가 멈추었다. 가슴속의 긴장감은 빠르게 움직였고 머릿속은 하얗게 질렸다. 문 앞에 서 있는 남성은 브랜디의 후두부를 가격했던 경관의 모자를 쓴 백발의 노인이었기 때문이다. 그의 얼굴을 보고 나는 겁을 먹어 평소에 신경도 쓰지 않던 약 1초 정도의 시간 동안 몸이 굳었다. 움직이지 못한 시간은 현실적으로 짧았으나 느끼는 시간은 길었고 그의 인상착의와 과거의 행동이 빠르게 머리를 스치며 잊고 있던 기억이 되살아났다. 소리치던 목구멍 안쪽에서 누가 강제로 막는 듯한 느낌을 받았다. 그리고 아무도 눈치채지 못했을 이 순간 레이먼드는 나의 팔을 낚아채고 달려 나갔다. 창문을 깨는 소리와 고함으로 인해, 되려 바깥의 패거리는 뒤로 물러났다. 이 약간의 시간이 우리에게 기회로 찾아왔다. 레이먼드 덕분에 나는 정신을 차릴 수 있었다. 시야가 넓어지며 주변 상황이 눈에 들어왔다. 우리 쪽은 인원이 적어 레이먼드는 앞에 있던 멍키스패너를 들고 있는 남성을 뒤로 눕히고 달려 나갔다. 레이먼드가 장애물을 쓰러뜨렸을 때 나는 뒤를 바라보았다. 그리고 같은 약 1초의 백지상태가 한 번 더 찾아왔다. 레랑은 나보다 더 창백한 얼굴을 하고 있었다. 그는 짐을 부여잡고 달려가고 있는 모습이었지만 소리는 지르지 않았다. 그의 눈앞에는 경관 모자를 쓴 백발의 노인과 함께 왔던 거구의 남성이 서 있었다. 남성은 소름 끼칠 정도로 찢어진 웃음기를 머금고 있었다. 레랑은 그 남성에게 부딪히는 위치로 달려가고 있었다. 그 상황에서 조지는 배를 부여잡고 누워 고통스러워하고 있었다. 약 5초도 안 된 이 상황이 느리게 흘러갔다. 레이먼드는 소리쳤고 그의 고함으로 인해 제정신으로 돌아왔을 때, 레랑은 거구의 남성에게 몸을 부딪쳐 바닥에 주저앉았다. 그의 짐이 바닥으로 내팽개쳐졌고 흩어졌다. 초조한 두근거림이 온몸 온 신경에 전달되었다. 레이먼드는 나를 끌고 갔지만 나는 그의 손을 뿌리치고 레랑의 방향으로 달려갔다. 그는 당황하여 뒤를 쳐다보았고 나를 다시 붙잡으려 하였지만, 그는 잡지 못하였다. 레랑을 향해 달려갈 때 아무런 생각도 할 수 없었다. 그가 친구라서 동료라서 달려가는 감정보다 머리가 하얗게 되었기에 달려갈 수 있었다.

레랑은 내가 오는 것을 눈치채지 못하고 위를 바라보며 겁에 질려 있었다. 조지는 복부를 칼에 맞았는지 식은땀을 흘리며 일어나지 못하고 고통스러워하고 있었다. 나는 레랑과 조지를 사이에 두고 갈등하였다. 두려워하고 있는 레랑인가, 위태로운 조지인가. 하지만 내 발걸음은 조지를 무시하고 레랑 쪽으로 달려가고 있었다. 나는 레랑 앞에 있는 남성에게 소리치며 돌진하였다. 그의 다리를 잡고 넘어지는 몸의 무게를 이용하여 바닥으로 넘어뜨렸다. 넘어지는 충격과 함께 레랑은 정신을 되찾은 듯 보였다. 레랑은 입을 다물고 일어났다.

"달려!"

나는 레랑을 바라보며 목에서 낼 수 있는 가장 큰 소리를 내었다.

그는 본인의 짐을 챙길 겨를도 없이 일어나 달려 나갔다. 그리고 레랑이 레이먼드를 향하여 달려갈 때 레이먼드의 표정이 생생하게 눈에 담겼다. 그는 나를 보며 소리치고 있었고 나를 향해 달려오고 있었다. 그 장면을 본 순간, 내 시야는 까맣게 변했다. 잡고 있던 거구의 남성이 상체를 올려 내 얼굴에 그의 커다란 주먹을 가격하였다. 맞는 순간 아픔도 시야도 소리도 잊은 채 모든 오감과 사고가 정지하는 기분이 들었다. 나는 모래 먼지 바닥으로 굴러졌다. 그리고 있는 힘껏 눈을 떴을 때 회색빛 하늘을 가로막는 거대한 실루엣이 시야를 방해하고 있었다. 거대한 그림자는 주먹을 쥐고 내 얼굴을 향해 바닥으로 내리꽂는 듯한 모습이 보였다. 이대로 맞으면 모든 것이 편해지지 않을까 하는 한순간의 생각이 뇌리에 꽂혔다. 하지만 이 예상은 빗나갔다. 거구의 남성은 주먹을 내리꽂지 못하고 눈이 풀린 채 내 옆으로 쓰려졌다. 그리고는 또 다른 실루엣이 내 시야에 들어왔다. 안경을 쓴 길쭉한 그림자는 멍키스패너를 들고 거친 숨을 내쉬고 있었다. 나는 단숨에 레이먼드임을 알아차렸고 포기할 뻔했다는 생각을 후회한 채로 정신이 돌아왔다.

"달리자!"

레이먼드 내 팔을 잡고 일으켜 세우며 빠르게 달려 나갔다.

거구의 남성이 쓰러진 충격이 있었는지 패거리들은 섣불리 다가오지 못하였다. 우리는 모래 먼지를 뚫고 나아갔다.

"잡아!"

당황한 패거리를 정신 차리게 만든 한마디가 울려 퍼졌다.

경관 모자를 쓴 노인이 빨갛게 달아오른 얼굴로 목 핏줄이 터지라 소리치고 있었다. 하지만 이들이 잡기에는 우리는 충분히 빠져나왔고 레랑은 안전한 범위 안에서 도망치고 있었다. 나는 한숨을 내쉬었다. 우리가 돌파하였다는 사실에 안심할 수 있었다. 초조한 두근거림은 사라졌다. 하지만 그렇듯 역경은 다시 찾아왔다.

"탕!"

이 지역 모든 사람의 이목을 집중시키는 폭발음이 하나 들려왔다.

소리가 난 곳을 바라보기도 전에 따뜻하면서도 불쾌한 액체가 눈 쪽으로 튀었다. 시야가 순간 붉어졌고 내 팔을 잡고 있던 레이먼드의 힘이 느껴지지 않았다. 어렴풋이 보이는 시야에 그의 안경이 얼굴을 타고 아래로 내려가고 있었고 동공은 위로 치솟았다. 그의 이마에서는 붉은 액체가 있어서는 안 될 구멍을 통해 흘러나오고 있었다. 팔을 잡고 있던 손은 나를 밀치듯 밀어내며 떨어지고 있었다. 나는 달리는 것을 멈출 수 없었다. 그가 밀어 준 추진력으로 더욱 빠르게 달려 나갔다. 이후로 총성 소리는 들리지 않았다. 시야에서 동료들과 머물렀던 낡은 식당의 모습도 사라져 갔다. 나는 앞에서 숨을 내쉬며 걷고 있는 레랑과 마주쳤다. 그는 폭발음과 내 얼굴에 튄 핏자국을 보고 레이먼드가 옆에 없는 이유를 묻지 않았다. 우리는 침묵을 유지하며 의미 없는 걸음을 이어 갔다. 희망 같았던 어제의 하늘은 더 이상 보이지 않았다. 붉게 물든 회색빛 하늘이 내 눈을 가리고 있었다. 우리는 브랜디가 지정해 준 포인트에 도착했고 그곳에서 브랜디와 유나, 그녀의 여동생이 기다리고 있었다. 그들은 레이먼드와 조지의 부재를 묻지 않았다. 유나는 그녀의 소매로 나의 얼굴에 묻은 피를 닦아 주었다. 눈물이 피에 붉게 물들어 볼을 타고 흘러내렸다. 모인 장소에는 나무로 된 오두막이 있었다. 우리는 말 없이 안으로 들어갔다. 나는 들어가자마자 주저앉았고 그들을 버리고 왔다는 사실에 후회했다. 레랑과 조지를 사이에 두고 저울질했다는 사실과 레이먼드가 레랑이었다면 일절 망설임 없이 도망칠 수 있었는지에 대해 스스로 자책했다.

모래 먼지는 바람을 따라 흘러갔다. 하늘은 하염없이 어두워져 갔다. 우리는 연기 속으로 빠져들어 갔고 지켜보는 이들은 사라졌다. 모래 알갱이가 남겨진 이들의 가슴속 구멍을 메꾸며 이불이 되어 감싸 안았다.

잊혀 가는 이들을 위해 회색빛 구름에 남겨 소리치세요. 생존을 외치는 도약을 안갯속에 남겨 두지 마시오. 아버지의 아버지가 기억할 수 있도록 태어나는 이들에게 저항의 노래를 불러 주오. 그렇게 다시 빛 없는 깊은 밤이 바람에 따라 지나갔다.

# Part 2 : 정오

우리는 조용한 아침을 맞이했다. 브랜디는 주변을 정찰하러 나갔다. 유나는 그녀의 여동생에게 통조림 안의 음식을 주고 있었다. 그녀의 여동생은 통조림에 남은 음식을 먹기 위해 짧은 혀를 길게 내밀고 핥아먹고 있었다. 유나는 본인의 손에 묻은 소스를 핥아먹고 있었다. 레랑은 고개를 숙인 채 생각에 잠겨 있었다. 오두막 안에는 먼지가 쌓여 있었다. 물은 기대조차 할 수 없이 수도가 부서져 있었다. 나는 신발을 벗었고 안에 있던 모래를 바닥에 흘려보냈다. 모래가 바닥에 닿으며 먼지가 흩날렸고 나무 바닥 사이로 가라앉았다. 흩날리는 먼지의 수만큼 마음 잃은 사람들이 거리에 나타났다. 우리는 구름이었기에 바람을 타고 나아가야만 했다. 동료의 죽음을 극복할 수는 없었지만 살아남은 이들에게 짐을 안겨주고 싶지 않았다.

"근처에 마을이 하나 있어 사람들도 꽤 있고 질서도 있어 보였어."

브랜디가 문을 열고 그의 이마에 흐르는 땀을 닦으며 들어왔다.

"시간에 맞춰서 사람들에게 식량을 보급하고 있어. 내가 말해 놨으니 우리도 가면 충분히 받을 수 있을 거야."

그리고 브랜디가 유나와 그녀의 여동생을 한 번 쳐다보고 나를 쳐다보았다.

 그의 표정은 나와 함께 가기를 원하는 것처럼 보였다. 나는 자리에서 일어나 그의 제안을 받아들였다. 유나는 집을 지키기로 하였고 레랑은 아직 생각에 잠겨 있었다. 우리는 문을 열고 나와 황야를 걷기 시작하였다. 길을 걸으며 짧은 대화를 주고받았다. 브랜디의 의도로는 나의 심경을 묻는 듯한 대화였다. 그는 이미 마음의 정리를 끝냈는지 질문을 계속해서 던져 주었다. 질문에 대한 답을 했으나 내 쪽에서 질문하는 것은 어려웠다. 그렇게 짧든 길든 몇 가지의 질의응답이 이어져 갔고 우리는 마을 입구에 도착하였다. 입구에 한 아이가 앉아서 나뭇가지 하나로 하염없이 모래를 파고 있었다. 우리가 도착하자 아이는 일어나서 우리를 바라보았다. 우리는 아이와 서로의 얼굴을 확인했다. 그 아이는 다시 앉아서 바닥을 파기 시작하였다. 아이의 얼굴에서 폭력적인 마을이 아님을 느낄 수 있었다. 간판의 이름이 하얀색 페인트로 칠해져 보이지 않았다. 브랜디는 이곳을 '이름 없는 마을'이라고 불렀다. 'Happy Western'이라고 적혀 있던 마을과 비슷한 형태였지만 조금은 넓었고 가게도 정렬되어 있었다. 여느 마을과 똑같이 사람들의 생기는 보이지 않았다. 가게의 빛은 잘 보이지 않았다. 모자를 뒤집어쓰고 누워 있는 사람이 많이 보였다. 그들은 틈틈이 일어나 마을 중심부의 시계를 확인하였다. 그리고 시계가 12시 정각을 가리킬 때, 마을 사람들은 지친 몸을 이끌고 움직이기 시작하였다. 우리도 그들의 뒤를 따라 움직였다. 아까 보았던 아이도 어느샌가 우리 옆에서 걷고 있었다. 사람들이 모인 곳은 마을 중심에서 약간 벗어난 한 음식점의 앞이었다. 음식점 앞에는 낮은 계단이 하나 있었고 그 앞에는 긴 탁상으로 노상이 깔려 있었다. 음식점의 주인과 점원들처럼 보이는 사람들이 앞에 나와 커다란 양동이 세 개와 음식을 받을 수 있는 식판들을 준비해 놓았다.

"여러분들이 드실 수 있도록 충분한 양이 준비되었으니 줄을 지켜 질서 있게 받아 주세요!"

앞치마를 두르고 회색 수염이 잔뜩 난 남성이 모두에게 들리도록 외쳤다.

그의 말 한마디에 모두가 줄을 만들기 시작하였다. 그는 음식점의 주인처럼 보였고 그 누구도 그에게 대적할 수 있을 것 같지 않았다.

"식사는 가게 안에서도 가능하니 편안히 들어오세요."

이어서 점원처럼 보이는 여성 한 명이 주인장 옆에서 말을 하였다.

우리는 줄의 중간보다 약간 앞에 서서 기다렸다. 사람들은 차분히 음식을 받았고 각자의 방식대로 식사를 즐겼다.

"아까 말한 브랜디입니다."

"세 명분과 몇 일 치를 따로 남겨 놨어요. 일단은 두 분부터 받으시죠."

우리의 차례가 다 되었을 때, 브랜디와 주인장은 몇 마디 대화를 이어 갔다.

나와 브랜디는 식판에 음식을 받고 가게 안으로 들어갔다. 실내는 사람들이 많았다. 서로 대화하며 농담을 주고받거나 조용히 식사를 음미하고 있는 사람도 있었다. 처음 그들은 죽음과 가까운 생기 없는 눈이었지만 이 시간만큼은 즐기고 있었다. 우리는 빈자리를 찾아 앉았다. 비어 있는 4인용 둥근 테이블이었다. 각자의 식판을 내려놓고 식사를 시작하였다. 음식은 여러 통조림과 몇 가지의 풀을 섞고 물을 넣은 듯한 맛이었지만 입맛에 잘 맞았다. 요리라는 음식을 오랜만에 먹어 본 듯한 기분이었다. 우리는 서둘러 먹지 않고 천천히 건더기를 이로 씹으며 혀에 닿는 맛을 음미하였다. 식사를 반쯤 마쳤을 때 비어 있는 앞자리에 한 남성이 자리에 앉았다. 그도 식판을 내려놓고 식사하기 시작하였다. 나는 왠지 모를 눈치가 보여 브랜디를 바라보았지만, 그의 자연스러운 반응에 다시 음식에 집중하였다.

"그쪽 두 분은 지구 출신?"

남성은 들고 있던 수저를 내려놓고 주머니에서 꺼낸 손수건으로 입을 닦으며 우리를 쳐다보았다.

그 남성은 카우보이모자를 쓰고 있었다. 어두운 흰색 수염이 턱 밑에 길게 자라 있었고 이마를 잔뜩 주름잡았다.

"저는 지구 출신이고 이쪽은 우주 출신입니다."

브랜디는 당황한 기색 없이 낯선 이와의 질문에 답하였다.

"기억이 없어서 우주 출신인지도 잘 몰라요. 지금까지 지구에서 삶을 보냈습니다."

나는 브랜디의 말에 덧붙였다.

"반가워요. 나는 우주 출신인데 반평생을 지구에서 보냈어요. 이름은 에릭 랭글러이고 그냥 에릭이라고 불러도 좋아요."

그는 본인을 에릭 랭글러라고 칭했고 나에게 손을 건넸다. 우리는 악수를 하였고 이어서 브랜디에도 악수하였다.

우리도 이어서 이름을 밝혔다. 출신지를 이야기하며 식사하였다.

"나는 뉴 아메리카 프런티어의 미네소타 사이드에서 나고 자랐지. 그곳은 농장 지구였는데 옥수수를 재배할 수 있었어. 성인이 되었을 때 그곳이 가짜 지구라는 것을 알았고 진짜 지구로 내려가 나만의 농장을 가지고 싶어 떠나기로 결심했지. 마침 '인류정책'이 유행이었던 때라…. 하지만 지구에 내려와 보니 농사는커녕 초록색 풀 하나도 보이지 않더군. 지금까지 농부라는 이름에 걸맞지 않은 삶을 살아왔다네."

에릭은 순식간에 말을 놓고 본인의 과거를 설명해 주었다.

"솔직히 과거의 선택에 후회는 없지만, 여생은 고향에서 지내고 싶은 마음이 인제 와서야 들기 시작하더군."

그는 이어서 숟가락을 내려놓고 주머니에서 담배 한 개비를 꺼내어 의자에 등을 완전히 기대며 말하였다.

담배 연기가 그의 한숨을 타고 천장에 그림을 그렸다. 그의 담배 불빛이 입술에 다 다가갈 때 우리는 식사를 끝냈다. 에릭은 담배꽁초를 바닥에 버리고 우리를 응시했다.

"이것도 인연이니 자네들에게 중요한 정보를 하나 알려 주지."

에릭은 몸을 탁상 쪽에 가까이 붙이고는 고개를 내밀고 우리에게 조용한 목소리를 건넸다.

"저기 혼자 앉아 있는 남성을 잘 봐봐."

그는 창가 자리 쪽의 둥근 책상에 앉아 식사하는 남성을 손으로 가리켰다.

홀로 앉아 있는 남성은 챙이 있는 모자를 깊게 눌러 쓰고 허름한 망토를 몸에 두르고 있었다.

"이상한 점 못 느끼겠어? 자세히 봐봐. 이 지역 출신이라기에는 신고 있는 구두가 너무 깨끗해. 모래도 약간밖에 안 묻어 있고. 턱수염을 저렇게 단정하게 자르는 것은 좀처럼 볼 수 없지. 좀 더 자세히 보면 망토로 몸을 가렸지만, 안에 입은 세련된 정장이 망토의 틈으로 살짝씩 볼 수 있어."

에릭은 창가 자리의 남성을 바라보며 수상한 점을 이야기하였다.

그의 탐정 같은 수상한 촉은 우리를 설득했다. 확실히 남성의 옷차림은 주변에서는 보기 힘들 정도로 단정되어 있었다. 더욱더 의심스러운 한 가지가 있었는데, 평생 살며 저렇게 우아하게 식사하는 사람은 본 적이 없었다. 마치 같은 식판에 다른 음식이 담겨 있는 것은 아닌지 스스로 의심하게 될 정도였다.

"보이는 것처럼 저 사람은 이쪽 출신이 아니야. 정확히는 지구에 온 지 얼마 안 되었지. 예전에 소문으로 하늘에 사는 사람들은 인류의 고향이 그리워 이런 형편없는 곳이라도 가끔 보이지 않는 루트를 통해 지구에 내려온다는 것을 들어 본 적이 있어. 부자들의 괴짜 같은 심보는 도저히 이해가 안 되지만 그들을 어찌 이해할 수 있겠어. 나는 소문을 기억하며 어젯밤 저 남성과 대화를 할 수 있었지. 소문대로 위에서 온 사람이 맞았고 우리는 거래했어. 나는 소문을 퍼트리지 않는 대신 같이 우주로 가자고. 그래서 너희들만 괜찮으면 이 천금 같은 기회에 동참하는 것은 어때?"

에릭은 고개를 더욱 내밀어 주변에 들리지 않도록 작은 목소리로 말하였다.

나는 당황스러웠다. 나는 우주에서의 기억이 없다. 그 '인류정책'이라는 것에 의해 기억하기도 어려울 정도의 나이부터 지구에서 생활했기 때문이다. 그래서 나는 역겨울 정도로 사막밖에 없는 오세아니아가 고향이었다. 그의 추리력에는 감탄하였지만 쉽게 제안을 받아들일 수는 없었다. 지구 밖의 생활은 모래에 묻힌 나의 상상력으로는 한계가 있었기 때문이다. 나는 브랜디를 쳐다보았고 그도 고민하듯이 본인의 이마를 만지고 있었다.

"시간은 모레 밤이야. 갑작스러운 제안에 당황하는 것도 이해는 돼. 하지만 오래 고민할 시간은 없지. 마을 뒤쪽에 큰 창고가 하나 있어. 결정되면 모레 밤 11시에 도착해 있어야 해. 출발지는 이곳에서 꽤 떨어진 장소에 있다고 했어. 밤 11시에는 와야 주변의 눈을 피해 새벽 출발에 맞출 수 있거든."

에릭은 고민하는 우리를 눈치채고 자리에서 일어났다.

그의 말 한마디에 생각할 수 있는 시간이 줄어들었다. 브랜디와 나는 서로를 쳐다보았고 우리는 우선 집으로 돌아가야만 하였다. 갑작스러운 기회가 찾아왔고 결정하기에는 머리가 부족했다. 부탁받은 음식을 들고 집으로 향했다. 돌아가는 길에 여러 생각들이 머릿속에서 지나갔다. 만약 우주로 가게 된다면 어떻게 될 것인가. 적응은 어떨까. 지구와 다른 점은 무엇일까. 무사히 우주에 도착할 수 있을 것인가. 생각해 보아도 어쩔 수 없는 예상들이 머릿속을 헤집고 다녔다. 어쩌면 지구에서 떠나 우주로 가고 싶어 하는 것일지도 모르겠다는 생각이 들었다.

"브랜디의 생각은 어때?"

우선 옆에 있는 동료에게 생각의 차이점을 물어보았다.

"지구는 이미 무너졌어. 우리는 떠나야 할 때를 놓쳤기에 버려진 이들이 되어 버린 거고. 이 기회는 무조건 잡아야 해. 그것이 살아남는 유일한 방법일지도 몰라."

브랜디는 잠시 고민한 끝에 본인의 확고한 의견을 알려 주었다.

우주로 가야만 한다고 생각하는 그의 의견에 내심 안심이 되었다. 같은 주장을 하고 있다는 사실이 내심 기뻤다. 브랜디는 우리가 살아남기에 꼭 필요했다. 그는 어디에 있든 어디를 가든 일행을 이끌 수 있는 든든한 면이 있었다. 브랜디의 말이라면 남은 동료들도 따를 것임이 분명했다. 브랜디의 눈에는 힘이 들어가 있었고 앞만을 바라보고 있었다. 그의 올곧은 심지에 동요되어 갔다. 한 걸음 한 걸음에 집중을 다하는 모습이 보였다. 나는 그의 정면을 향한 얼굴을 바라보며 고개를 끄덕였다.

밖으로 나와 하늘을 바라보니 어두운 회색 구름이 하늘을 가리고 있었다. 빛이라고는 전혀 보이지 않았다. 흔히 볼 수 있다던 별 하나도 우리를 위해 빛나고 있지 않았다. 나는 브랜디의 말을 듣고 더욱더 우주에 가고자 하는 심기를 다짐했다. 모래 먼지 위를 도약하며 회색빛 어둠을 뚫고 나아가기를 희망했다. 우리는 집에 도착하여 조심히 문을 열었다. 유나와 그녀의 여동생은 서로의 몸을 기대며 잠을 자고 있었다. 문이 열리는 소리가 들리자 그녀는 눈을 뜨고 브랜디와 나의 얼굴을 확인하고는 안심하며 일어나 반겨 주었다. 브랜디가 들고 온 음식 통을 받고 바닥에 내려놓았다. 레랑은 여전히 몸을 움츠리고 고개를 숙이고 있었다. 그를 바라보자 초조한 마음이 들었다. 유나는 접시를 꺼내어 본인의 옷으로 묻은 먼지들을 닦고 음식을 담았다. 우선 그녀의 여동생에게 음식을 주고 접시에 음식을 담아 레랑 앞에 내려놓았다. 그는 좀처럼 움직일 생각을 하지 않았다. 그를 다시 일으켜 세울 비장의 조언이 떠오르지 않았다. 브랜디는 레랑의 등을 한 번 어루만졌다. 유나는 접시 세 개를 더 꺼내어 음식을 담았다. 음식이 든 접시를 탁상에 올려놓고 식사를 시작하였다. 브랜디는 본인의 양 반을 덜어 다시 음식 통에 집어넣었다. 나 또한 반을 덜어 음식 통에 담았다. 우리는 조용히 물을 탄 통조림 식사를 하였다. 레랑은 음식을 입에 넣으려는 시도조차 하지 않았다. 여전히 고개를 숙이고 있었다. 나는 브랜디의 눈치를 살피며 식당에서 만난 에릭이 준 기회에 관한 이야기를 먼저 꺼내 주기를 바랐다.

"새로운 계획이 생겼어."

브랜디와 내가 먼저 식사를 마치고 유나의 식사도 거의 끝나 갈 때쯤 브랜디가 침묵을 깨는 한마디를 꺼내었다.

나는 올 때가 왔다는 생각이 들었다. 브랜디의 표정을 보고 그의 계획이라면 모두가 따를 것이라는 생각이 다시금 들었다. 유나와 그녀의 여동생은 브랜디의 얼굴을 쳐다보았다. 레랑은 움직이지 않았다.

"아까 음식을 받으러 마을에 갔을 때, 에릭이라는 한 노인과 만났어. 그자가 우리를 우주로 보내 주겠다는 약속을 받았어. 우리는 더 이상 지구에서 썩어 갈 수 없어 살아남으려면 떠나야 해. 기한이 모레 밤까지이기 때문에 서둘러서 의견을 결정해야만 해."

브랜디는 양손의 주먹을 쥐며 약간은 당찬 목소리로 말하였다.

"장난치지 마!"

레랑은 돌처럼 굳은 것만 같았던 몸과 고개를 빠르게 일으키며 브랜디의 멱살을 잡고 소리쳤다.

그의 행동에 유나와 나는 당황하였다. 레랑을 말릴 틈도 없이 그는 재빠르게 움직였다.

"이제는 아무 데도 가고 싶지 않아. 설령 간다고 해도 왜 아무런 대가도 없이 우리를 도와주는 건데? 친절 같은 거는 받을 수 없었잖아. 그리고 우리가 있는 지구는 기계가 사라진 지 오래잖아. 어떻게 위로 갈 건데? 또, 이렇게 가 버리면 레이먼드와 조지는 어떻게 해? 버려진 우리가 누구를 버리자고? 나는 그들의 생사도 확인 못 했어."

레랑은 브랜디의 멱살을 단단히 잡고 말하였다.

레랑은 순식간에 마음속에 묵혀 두었던 모든 질문들을 쏟아 냈다. 그의 눈동자는 흔들렸다. 거친 숨을 내쉬며 주먹 쥔 두 손 또한 흔들렸다. 그의 외침은 눈물을 머금은 목소리로 변해 갔다. 레랑의 말에는 일리가 있었다. 누구도 말은 할 수 없었지만, 모두가 생각하고 있었던 외침이었다. 우리는 쉽게 그의 눈물을 닦아 줄 수가 없었다. 우리는 그의 주장에 쉽게 반대할 수 없었다. 떠나는 마음으로 가득 차 있던 나의 심경도 그의 말에 동화될 수밖에 없었다. 현재의 지구는 공작 기계, 산업 기계, 차량 기계 그리고 농작 기계, 심지어는 가정용 기계들까지 쉽게 찾아볼 수가 없게 되었다. 버려진 인류들은 애꿎은 철 덩어리들에 화를 풀었다. 우리가 살아온 지구라는 곳에서는 온정을 베풀 수가 없었다. 친절이라는 단어를 입에 담기 어색했고 대가 없는 배려는 존재하지 않았다. 그렇게 주고받음이 없는 것에 익숙해져 버린 우리는 누군가의 조건 없는 베풂을 쉽게 이해할 수 없었다. 또한 우리는 주체 없는 무리에게서 잊혀졌기에 버려지는 고통을 알고 있다. 모래 알갱이의 수만큼 버려진 이들을 애써 못 본 척 지나갔고 무시했다. 형용할 수 없는 슬픔과 안타까움이 가슴 속을 파고들어 와도 손으로 두 눈을 가리고 지나가야만 했다. 순번을 기다리고 죽음의 앞길조차 모르는 우리는 그렇게 살아가야만 했다. 하지만 가족처럼 살아왔던 동료를 등에서 떨쳐 낸다는 아픔은 살아온 환경의 고통을 월등히 뛰어넘는다. 그래도 이렇게 살아남아 온 환경이어도 떠나고 싶은 마음, 우주로 나아가 자유의 바다를 헤엄치고 싶은 마음이 자리 잡고 꿈틀거렸다.

"나도 알아."

브랜디가 떨리는 레랑의 손을 살며시 잡으며 말하였다.

그의 거친 손은 떨리는 레랑의 기분을 어루만지는 것만 같았다. 레랑은 온 신경을 곤두세운 두 손에서 힘을 풀고 브랜디의 멱살을 내려놓았다. 하지만 눈은 흔들렸고 붉은 핏줄에 비친 눈물이 빨갛게 고여 있었다. 레랑은 천천히 숨을 들이마시고 내뱉었다. 그의 호흡이 불타오르는 가슴을 진화시키는 듯이 보였다. 나는 레랑의 속앓이를 달래 주고 싶었다. 하지만 그의 주장에 반박하여 설득할 용기가 없었다. 그의 등조차 쓰다듬어 주지 못하였다.

　"이 지구에 친절이라는 단어가 사라졌다는 것은 알고 있어. 모두가 알고 있지. 지켜보았고 느껴 보았으니까. 그런데 이 쓸쓸함은 우리 잘못이 아니잖아. 세상이, 버린 이들이 이렇게 만든 것이잖아. 하지만 누군가가 세상의 약점을 파악하고 기회를 얻었어. 그 기회가 버린 자의 바짓가랑이더라도, 설령 썩은 동아줄이더라도 나는 잡고 올라가고 싶어. 그리고 우리는 함께 가야만 살아남을 수 있어. 더 이상 동료를 버리고 싶지 않아."

　브랜디는 레랑의 어깨에 손을 올리고 말하였다.

　브랜디의 눈동자가 떨렸다. 그의 눈가는 촉촉했다. 레랑의 눈에 붉게 고여 있던 눈물이 볼을 타고 흘러내렸다. 흘러내린 눈물이 바닥에 떨어지며 딱딱하게 굳은 나무판자 바닥을 적셨다. 레랑은 브랜디의 말을 듣고 바닥에 주저앉아 눈물을 마구 쏟아 냈다. 레랑은 가슴에서부터 나오는 외침을, 목을 타고 소리쳤다. 그의 의견이 브랜디에게 설득되었다는 느낌보다는 안심되는 듯이 보였다. 우리는 그의 등을 쓰다듬으며 침묵의 눈물로 공감하였다. 레랑의 말에 동요되었던 나의 심경이 브랜디의 설득에 떠나자는 마음으로 가득 찼다. 그의 말에는 힘이 있었다. 우리는 어쩌면 인생에 있어 가장 큰 여행이 될지도 모르는 이 계획에 찬성하는 눈물들을 흘렸다. 눈물은 뜨거웠다. 마음속의 감정을 토로하듯, 서로의 마음을 안심시키듯이 차가운 세상을 따뜻하게 만드는 뜨거운 눈물을 가슴으로부터 흘러내렸다.

이 장대한 계획에 두려움과 설렘이 가득 찼다. 예측할 수 없는 기대에 불안감이 엄습해 왔다. 또 한편으로는 예상할 수 없는 미래의 소망을 바라보았다. 우리는 비슷한 상상을 하였을 것이다. 낯선 땅도 아닌 상상조차 할 수 없는 곳을. 하늘을 올려다보아도 좀처럼 닿을 수 없는 구름 위 세상. 그렇게 우리는 대망의 시간을 준비하였다. 아마 우주로 간다면 다시 지구로 돌아올 수는 없다고 생각하였기에 마지막까지 검토를 아끼지 않았다. 들고 갈 수 있는 거라면 전부 들고 갈 생각이었다. 하지만 다 챙겨 보아도 가방 하나를 꽉 채울 수 없었다. 몸을 가볍게 간다는 생각으로 임하였다. 짐을 하나하나 가방에 넣을 때마다 소망 하나하나를 몸에 간직하는 것만 같은 생각을 하였다. 브랜디는 출발 전날 지구의 마지막 여운을 남기고 싶다며 혼자 모래 바다의 산책을 떠났다. 그는 오랫동안 산책을 즐기고 돌아왔다. 신발에는 모래 먼지가 잔뜩 묻어 있었고, 만족스러운 표정으로 돌아왔다. 그렇게 회색빛 하늘이 어둡고 밝아지기를 반복하여 시간이 흘렀다.

쌓여 가는 먼지에 눈을 떴다. 오늘 밤 기다리던 시간이 찾아온다. 우리의 선택이 어떤 방향으로 이끌어 갈지는 감히 상상도 해 볼 수 없었다. 오세아니아에서 다른 대륙으로조차 못 가 보았지만, 여행의 난이도를 뛰어넘고 바로 하늘로 올라가는 것이었다. 우리는 아침 식사로 모든 음식 재료를 사용하기로 하였다. 통조림 몇 캔과 물을 섞는 것이 전부였지만 마지막 지구의 만찬으로는 이보다 더할 나위가 없었다. 평소와 다를 바 없는 맛이었지만 오늘만큼은 특별했다. 물로 인해 묽어진 통조림이 목구멍을 타고 흘러내리는 순간 하나하나가 느껴졌다. 모든 신경이 자극되는 느낌이 들었다. 그러면서 손가락이 약간 떨렸다. 이는 불안과 기대가 반반씩 섞여 있었다. 우리는 다시 한번 가방을 검토하였다. 유나는 그녀의 여동생의 짐까지 본인의 가방에 넣었다. 브랜디는 작은 가방에 본인의 짐을 챙겼다. 레랑은 커다란 산악용 가방을 들었지만, 안에 든 내용물은 반도 채우지 못했다. 나는 평범한 학생용 가방에 짐을 챙겼다. 지구의 모래를 약간 챙겨 가고 싶은 생각이 들었지만, 그것이야말로 짐이 될 거 같아 그만두었다.

"잠시 모여 봐."

브랜디가 짐 정리를 끝내고 손짓으로 우리를 불렀다.

"잘 들어. 우리 모두 기대는 하고 있겠지만, 이건 정말 힘든 여정이 될지도 몰라. 우주의 어느 지역으로 가는지조차 모르지. 하지만 이거는 분명해 우리는 함께라면 이겨 낼 수 있다는 것을."

우리는 둥그렇게 모여 브랜디의 포부를 들었다.

그가 말한 그대로였다. 힘든 생활이었던 지구에서도 우리는 함께이었기에 견디며 극복할 수 있었다. 낯선 우주라고 하더라도 함께라면 이겨 낼 수 있을 것만 같았다. 둥글게 모이는 것만으로도 앞으로의 설렘이 마음의 두려운 어둠을 밝게 걷어 갔다.


그렇게 우리는 기대하는 마음을 가지고 약간은 일찍 위대한 여정의 첫

걸음이 되는 약속 장소로 발걸음을 옮겼다. 약간 어두운 회색빛 하늘 아래의 모래가 약한 바람을 타고 살랑였다. 이는 마치 떠나는 안부의 표현 같았다. 지겹도록 퍽퍽했던 모랫바닥도 그리워질 것만 같았다. 첫 발자국이 모랫바닥에 남겨지며 여행이 시작되었다. 우리는 길을 걸었다. 모두의 심정을 대변하듯 우리는 침묵을 유지하며 지구에서의 마지막 발걸음을 음미했다. 그러고는 예정 시간보다 조금은 일찍 약속 장소에 도착하였다. 에릭의 모습은 아직 보이지 않았다. 그렇게 마을 뒤쪽 큰 창고에서 에릭을 기다렸다. 약속 시간은 아직 되지 않았지만, 초침이 흘러갈수록 초조한 마음이 가슴 한쪽에 자리 잡기 시작하였다. 혹시나 이 모든 것이 헛된 희망일 수도 있겠다는 불안감이 예상할 수 없는 미래가 현실이 되어 가는 느낌이 들었다. 하지만 그래도 기다려야만 했다. 약속 시간은 되지 않았고 포기하기에는 일렀다.

"일찍 왔네."

에릭이 모자를 눌러쓰고 창고의 반대편에서 걸어왔다.

익숙했던 그의 목소리가 들렸을 때, 안도의 한숨이 저절로 가슴에서부터 내쉬어졌다. 에릭은 처음 봤을 때와 같은 옷차림으로 짐은 들고 있지 않았다.

"짐은 전혀 안 가져가시나요?"

"지구에서 가져갈 만한 것은 없어. 우주에서는 새로운 삶이 시작되니까."

나는 의문을 제시하였고, 에릭은 품위 있는 말로 받아쳤다.

에릭의 대답은 현명했다. 지구의 삶은 지구에서이고 우주의 삶은 우주에서 시작하기 때문이다. 나는 그의 말에 감탄하였고 에릭은 나를 보며 살며시 미소를 보였다. 모든 짐을 가져가려 했던 과거의 내 생각이 초라

해 보였지만 다행히도 가져갈 수 있는 물건이 적어 후회하지는 않았다.

"그래서, 이제 어디로 가야 하죠? 이곳에서 출발하기에는 보는 눈이 많을 것 같은데요?"

레랑이 주변을 둘러보며 에릭에게 질문을 하였다.

그의 말대로 우리가 모인 약속 장소에는 우주로 갈 수 있을 만한 무엇도 보이지 않았다. 그리고 이곳에서 출발한다고 하여도 마을 안 모두의 이목을 집중시킬 수밖에 없는 상황이었다. 심지어는 작은 나사 하나 찾을 수 없는 지구에서 어떻게 구름을 뚫고 올라갈 수 있는지에 대한 의문이었다.

"물론 이곳에서 우주로 올라갈 수는 없지."

"그럼 빨리 안내해 주시죠."

"진정해, 친구. 약속 장소를 이곳으로 정한 이유가 있으니까."

에릭은 질린 듯한 표정을 짓고 있는 레랑의 질문에 여유 있게 대답하였다.

에릭은 레랑에게 대답을 한 후, 우리가 모인 약속 장소의 커다란 창고 문 앞으로 걸어갔다. 창고의 문은 에릭의 키에 세 배 정도였다. 창고의 셔터 앞에 선 뒤 에릭은 주머니에서 무언가를 꺼내 들었다.

"드디어 이 문을 열어 볼 때가 되었구먼."

에릭은 본인의 가죽 잠바 주머니에서 빨간색 버튼이 달린 기계장치를 하나 꺼내었다.

우리의 눈은 그가 꺼내 들은 버튼에 이목이 쏠렸다. 에릭은 눈을 크게 뜨고 이가 보일 정도로 미소 지었다. 그의 모든 주름이 더욱더 주름잡았다. 에릭은 장치를 번쩍 들고 그의 엄지손가락으로 있는 힘껏 빨간색 버튼을 눌렀다. 우리는 그의 행동에 따라 들어 올린 손을 쳐다보았다. 지구가 반으로 쪼개지는 버튼을 누른 것은 아닌지 의구심이 들었다.

"쿠구궁…! 텅!"

하지만 지구는 쪼개지지 않았고 대신 커다란 창고의 문이 열렸다.

버튼을 누른 순간에 잠시나마 에릭이 흑심을 품고 우리에게 접근한 것은 아닌지에 대해 생각하였지만, 이내 창고 문이 열리고는 그에 대한 의심을 마음에서 지웠다. 에릭은 문이 열리고도 잠깐이나 기계장치를 들고 버튼을 누르고 있었다. 그의 눈가에는 약간의 촉촉함이 묻어 있는 것은 나만 알아차린 것 같았다. 에릭의 등 뒤에 열린 창고 안에는 불이 꺼져 있었고 어두워서 바깥에서는 아무것도 확인할 수 없었다.

"들어와. 이곳에 누군가 들어온 것은 처음이야. 그런데 다섯 명이나 더 들어오다니."

에릭은 가져온 손전등의 불을 켜고 우리를 실내로 안내했다.

우리는 그의 등을 따라가며 창고 안으로 들어갔다. 실내는 어두웠다. 빛이 들어오는 창문 하나 존재하지 않았다. 손전등의 불빛에 시야를 의존했다. 길을 안내받으며 손전등은 여러 곳을 비추었으나 딱히 보이는 사물은 없었다. 에릭은 벽에 있는 스위치에 손전등을 비추고 버튼을 올렸다. 그가 스위치를 올리자 천장 위에서 전구가 불빛을 서서히 튀기더니 빛이 환하게 비추어졌다. 천장에는 큰 전구 두 개가 있었다. 창고의 크기에 비해 많은 숫자는 아니었지만, 실내 전체를 비추기에는 충분한 개수였다. 우리는 순간적으로 밝은 빛에 의해 손으로 눈을 가렸다. 하지만 금세 눈은 적응해 갔다. 시야에 비친 창고 실내에는 차 한 대가 가만히 서 있었다. 커다란 창고에 비해 자동차 한 대는 공간을 차지하기에 너무나도 작았다. 자동차는 본인의 몸에 맞지 않는 옷을 입고 있었다. 창고 가장 자리에는 차량용 도구들과 각종 잡동사니가 있었으나 공백이 많았다. 자동차는 얼핏 보아도 7명 정도가 앉을 수 있는 정도의 크기였다. 쥐색의 차는 먼지가 쌓여 있었고, 마치 주인을 기다리듯 인고와 고뇌의 시간을 죽은 채로 버티고 있는 것만 같았다. 하지만 온전한 기계가 지구의 육지에 존재한다는 사실이 놀라웠다. 정확히는 로켓이라도 존재할 것만 같은 크기의 창고에서 7인용 자동차는 기대를 벗어나 실망감이 나타났다. 로켓 같은 거창한 기계가 아니더라도, 탈것 여러 대가 아닌 크기에 걸맞지 않은 자동차 한 대에 사고가 중지되었다. 같은 감정을 느낀 우리는 아무런 반응을 할 수 없었고 차가운 냉기가 감돌았다. 자동차를 보고는 말없이 입이 벌어지긴 하였으나 기대에 부응하는 놀람이 아니라는 것은 확실했다. 에릭의 눈치를 살피고 애써 반응하였지만, 그가 원하던 대답이 아닌 것이 표정에서 읽을 수가 있었다.

"자동차가 있을 줄이야."

브랜디가 에릭의 눈치를 살피고 한마디를 꺼내었다.

"이렇게 온전한 기계를 본 것은 처음이야."

"우와⋯."

"기계는 전부 사라졌을 텐데 어떻게?"

우리는 에릭의 반응을 살피며 알 수 없는 말을 계속했다.

"근데 창고에 안 맞게 너무 작아."

유나의 여동생이 허를 찌르는 말을 하였다.

그녀의 말을 들은 에릭은 반짝이던 눈망울의 표정에 힘이 없어졌고 고개를 숙였다. 유나는 그녀의 입을 막고 자신에게 끌어당기고는 애써 미소를 보였다.

"솔직히 말해서 나도 로켓 같은 것을 상상하긴 했지만, 진지하게 이렇게 온전한 기계를 보유하고 있는 것은 쉽지 않다고 들었는데 어떻게 들키지 않고 있던 거죠?"

레랑이 유나의 여동생이 말한 거짓이 없는 사실에 보태서 말을 꺼냈다.

"맞아. 지구상에서 기계를 가지고 있기에는 쉽지 않지. 하지만 나도 이곳에서 인생을 허무하게 보낸 것은 아니야. 사람들의 눈을 속여 가며 지금까지 버틴 것이지. 뭐…. 생각보다 사람들은 오히려 큰 창고에는 관심이 없더군."

에릭이 의문에 답을 주었다.

레랑은 그의 말을 듣고 가까이 다가가 자동차의 주변을 둘러보며 살피었다.

"그럼 이 자동차를 타고 다음 장소로 이동하는 건가요?"

이어서 레랑은 한 번 더 질문하였다.

"맞아. 그래서 최대한 눈에 띄지 않게 출발해야 해."

에릭이 그의 질문에 답하였다.

"차를 타고 동쪽으로 이동해야 해. 그쪽에서 먼저 출발한 브로커와 만나기로 했어. 안전한 루트로 가려면 감격의 눈물을 흘릴 시간은 없어. 지금 출발하자."

에릭은 자동차 열쇠를 들고 우리를 바라보며 말하였다.

에릭은 자동차의 운전석 문을 열고 자리에 앉았다. 브랜디는 옆 조수석 문을 열고 앉았다. 남은 우리도 차 뒷문을 열고 들어가 앉았다. 역시 오랫동안 사용하지 않았기에 의자에 먼지가 쌓여 있었고 곰팡이와 먼지가 섞인 냄새가 났다. 자동차의 의자에는 해진 부분이 있고 눌린 자국이 있었다. 새 차가 아닌 것이 확실했다.

"모두 앉았지? 출발한다."

"이거 제대로 출발은 가능한 거죠?"

"걱정하지 마. 너희들이 오기 전에 기름은 가득 채워 놨으니까."

"기름이 아니라…."

에릭이 고개를 돌려 바라보며 확인했고 레랑이 의심 섞인 말투로 되물어 보았다.

에릭이 열쇠를 꽂고 차에 시동을 걸기 시작했다. 처음 열쇠를 돌렸을 때는 시동이 걸리지 않았다. 이어서 한두 번 정도 시동 걸기를 시도하였고 시동이 걸릴 듯한 소리가 났지만 좀처럼 유지되지 않았다. 그럴수록 레랑의 의심 가득한 표정은 더욱더 구겨졌다. 에릭도 당황한 표정으로 애써 영혼 없는 웃음을 보였다. 이대로는 지구의 구름조차 넘어갈 수 없을 것처럼 보였다. 에릭은 당황을 넘어 긴장한 표정이 보였다. 그러자 옆에 있던 브랜디가 답답함을 이기지 못하고 운전대 위의 대시보드를 한 대때렸다. 그러자 귀신같이 시동이 걸렸다. 요란한 소리를 내며 시동이 걸렸지만, 금세 잡음이 줄어들었다. 자동차의 앞 램프 두 개가 환하게 열린 창고 문 앞 모랫바닥을 비추었다. 모래는 헤드램프의 빛을 받으며 반짝거렸다.

"이걸 노린 거야."

에릭이 애써 뒤를 돌아보며 안심시키려 하는 미소를 보였다.

도저히 안심할 수 없는 상황이었지만, 자동차의 엔진에 의해 떨림이 의심을 가라앉혀 주었다. 유나는 그녀의 여동생을 꼭 껴안고 있었다. 레랑은 크게 한숨을 쉬었다. 브랜디는 눈을 감고 등받이에 몸을 기대며 답답함을 해소하는 것처럼 보였다. 에릭은 다시 운전대를 잡고 미소를 띤 얼굴로 자동차를 움직이기 시작했다. 다행히도 차는 잘 굴러갔다. 창고를 나와 마을의 끝부분까지 이동했다. 그곳에서 모래 먼지가 쌓여 잘 보이지 않는 차도 위로 올라갔다.

"앞에서 지도 좀 꺼내 줘."

에릭이 브랜디가 앉아 있는 조수석 앞 글로브 박스를 가리켰다.

브랜디가 몸을 다시 앞으로 숙여 글로브 박스를 열고 지도를 꺼내고 펼쳤다. 지도는 조수석을 가득 메울 정도로 컸다. 지도 위에는 여러 숫자와 안내 표시, 길이 그려져 있었다. 파란색 동그라미, 초록색 화살표, 빨간색 X 표시와 초록색의 큰 동그라미가 눈에 보였다.

"그곳에 보면 초록색으로 된 큰 동그라미가 우리가 가야 할 목표 지점이야. 파란색 동그라미가 우리의 현재 위치이고."

에릭이 한 손으로는 운전대를 잡고 한 손으로 지도를 가리키며 앞과 지도를 번갈아 보았다.

"동쪽으로 꽤 나아가야 해. 가는 길을 지도를 보며 알려 줘. 쉽게 그림으로 그렸으니까 이해할 수 있을 거야."

에릭이 초록색 동그라미를 손으로 툭툭 치며 말했다.

우리는 사막의 먼지를 가르며 빛줄기를 따라 도로를 타고 이동했다. 창문 밖 풍경은 어두웠다. 빛이 나는 공간 바깥의 외부는 더욱이 어둡게 느껴졌다. 가는 길에는 여러 풍경이 보였다. 모래가 산처럼 뒤덮여 있는 언덕도 있었다. 기계의 고철 덩어리가 산처럼 쌓여 있는 풍경도 있었다.

그리고 간간이 홀로 세워져 있는 낮은 건물에서 빛이 나고 있는 집들도 있었다. 나는 그런 집들을 보며 우리를 떠올렸다. 불과 몇 시간 전만 해도 우리와도 같은 상황이었다. 운이 좋았기에 동떨어진 건물에 남겨진 이들은 우리가 아니었다. 지나가는 자동차 소리를 잠결에 듣는 상황이 내가 겪는 것이었어도 이상한 것이 없었다. 그저 운이 좋았다. 천금과도 같은 기회를 운이 좋아 행복해하는 나 자신이 한편으로는 부끄럽고 한편으로는 안심이 들었다. 스스로 노력하여 이런 황무지에 탈출한 것이 아니었다. 지구에 내려와 동료들을 이끌어 주는 리더와도 같은 브랜디를 만난 것도 운이 좋았다. 브랜디를 따라 식량을 얻은 것 또한 운이 좋았다. 식량을 얻기 위해 도착한 마을에서 생각이 깨어 있는 에릭을 만난 것마저 운이 좋았다. 에릭이 기회를 잡고 아무것도 아닌 우리에게 기회를 나누어 준 것도 운이 좋았다. 나는 직접 행동에 나선 것이 하나도 없었다. 그저 운이 좋아 숟가락을 얹은 것이 내가 한 최선의 행동이었다는 사실이 안타까웠다. 하지만 후회할 여유는 없었다. 지금은 따라온 운을 통하여 길을 나아갈 뿐이었다.

"500미터 앞 두 갈래 길에서 오른쪽으로"

브랜디가 지도와 앞 유리창을 보며 에릭에게 말했다.

"오케이."

에릭이 속도를 살짝 올리며 답했다.

브랜디와 에릭은 목표 지점을 향한 운전에 집중하고 있었다. 세 번째 줄 좌석에 앉은 유나와 그녀의 여동생은 서로에게 기대며 잠을 청했다. 레랑은 나와 반대 위치의 의자에 앉아 유리창을 통해 밖을 보고 있었다. 그는 나와 비슷한 생각을 하고 있음이 분명하였다. 그의 호흡에서 심도의 고민이 느껴졌기 때문이다. 어쩌면 레랑은 나보다 더 깊은 고민을 하고 있을지도 모른다.

"눈 좀 붙이고 있어."

조수석에 앉은 브랜디가 뒤를 돌아보며 말했다.

"유나는 이미 잠들었어."

"그러네."

"아직 갈 길이 머니까 눈 좀 붙이고 있어."

"지금은 잠이 잘 안 와서. 생각 좀 하느라⋯."

"그래."

레랑과 브랜디의 힘없는 대화가 이어 갔다.

"너는 좀 어때?"

브랜디가 나를 쳐다보며 말했다.

"나도 아직은 잠이 잘 안 오네."

나는 쓸쓸한 미소를 지으며 답했다.

브랜디는 고개를 끄덕이며 다시 자세를 바로잡고 앞을 바라보았다. 그는 계속해서 지도를 바라보며 방향을 알려 주었다. 어두운 하늘의 구름이 먼지들과 함께 흘러갔다. 우리는 한참 동안 앞을 향해 달려 나갔다.


"여기서 잠시 쉬었다가 가야겠어. 트렁크에 먹을 것 좀 있으니 허기를 달래고 가자."

에릭이 차를 멈추고 뒤를 돌아보았다.

우리는 차에서 내렸다. 에릭은 잠시 걸어가 두 손을 올리며 운전으로 지친 몸을 풀었다. 레랑은 먼저 차에서 내렸다. 얼떨결에 잠에서 깬 유나가 그녀의 여동생을 안고 함께 차에서 내렸다. 브랜디도 문을 열고 내려와 뒤 트렁크 쪽으로 다가갔다. 나도 모래 위로 내려왔고 차에서 손전등을 들고나와 생리적 현상으로 인해 주변에 보이지 않는 곳으로 걸어갔다. 손전등을 켜고 주변을 훑어보았다. 하늘은 아직 검게 어두웠다. 칠흑같은 어둠 속에서도 구름이 흘러가는 모양은 눈에 들어왔다. 나는 옆쪽으로 길을 걸어갔다. 주변에는 아무런 건물도 작은 인기척조차 느껴지지 않았다. 바닥의 모래가 약간은 옅어져 있었다. 손전등 끝에 비친 바닥에는 아스팔트의 흔적도 보였다. 모래 위에는 바싹 마른 나무가 힘없이 간간이 서 있었다. 비의 깨끗한 물을 마셔 본 적 없는 듯해 보였다. 나는 왠지 이 나무 앞에서 소변을 누고 싶어졌다. 손전등 끝을 입에 물고 생리적 현상을 자연에 양보했다. 고개를 위로 올려 손전등의 빛을 하늘로 향하게 했다. 환한 빛은 투명하게 빛나고 있었다. 빛에 반사되어 공기의 먼지들이 눈에 띄었다. 모래 먼지도 섞여 있었고, 먼지보다는 굵은 눈에 자세히 보이는 무언가도 공기의 흐름을 타고 흘러가고 있었다. 검게 칠해진 하늘도 눈이 아플 정도로 환한 빛에 의해서는 밝아지지 않았다. 그렇게 한참을 위를 바라보았다. 하지만 이내 목이 아파져 그만두었다. 생리적 현상을 한 후에는 손을 깨끗이 하기 위해 모래를 한 움큼 손에 집고 비볐다. 모래가 반짝이며 손가락 사이사이로 빠져나갔다. 그래도 남은 모래가 손금에 남아 반짝거렸다. 나는 남은 모래도 두 손으로 털어 내며 동료가 있는 곳으로 돌아갔다.

자동차의 트렁크 뒤에서 동료들이 손전등을 켜고 서 있었다.

"왔어?"

브랜디가 손짓하며 불렀다.

"에릭이 빵 잘라 놨어."

레랑이 입에 빵 조각을 물고 말하였다.

에릭은 바게트를 손으로 찢어 나에게 건네주었다. 우리는 허기를 달래며 에릭이 가져온 빵을 먹었다.

"힘들지 않아? 나머지는 내가 운전해도 돼."

브랜디가 본인의 손에 든 마지막 빵 조각을 먹으며 에릭에게 물었다.

"운전할 수 있어?"

에릭이 놀라며 되물었다.

"뭐 어떻게든 되지 않을까?"

브랜디가 청명하게 대답했다.

"어휴. 그러면 안 돼. 어차피 거리도 다 와 가니까 괜찮아."

에릭도 손에 든 나머지 빵 조각을 먹으며 대답했다.

우리는 식사를 마치고 다시 차에 올라탔다. 에릭은 다시 몇 번 시동을 걸었고 이번에는 제대로 차의 엔진이 움직였다.

"한 절반 정도 남았으니까 쉬고 있어."

에릭이 뒤를 돌아보며 말하였다.

우리는 고개를 끄덕였다. 에릭은 다시 앞을 보고 운전을 시작하였다. 다시 모래가 덮인 아스팔트 바닥 위로 이동하였다. 그렇게 한참을 창문 밖을 바라보다 무거운 눈을 이기지 못하고 잠이 들었다. 어두운 밤하늘이 지나가고 회색빛 일출이 먼 동쪽에서 새벽 먼지와 함께 떠올랐다.

차량의 진동과 도착의 조짐이 느껴졌을 때, 눈을 뜨며 일어났다. 날씨는 더웠지만 잠에서 깬 직후였기에 몸은 차가웠다. 손과 다리가 약간은 뻐근했지만, 금세 돌아왔다. 에릭과 브랜디를 제외하고 모두 잠이 들어 있었다. 창문 밖 풍경의 하늘은 약간 밝은 회색빛이었다. 시간상으로 보아 이른 새벽처럼 느껴졌다. 어느 언덕 위를 달리고 있었다. 언덕 아래에는 완만하지 않은 경사가 있었다. 또한 도로 위에는 모래가 보이지 않았다. 꽤 깨끗하게 포장된 도로를 달리고 있었다. 앞자리에서 브랜디가 크게 하품하는 소리가 들렸다. 그의 하품 이후 차의 속도가 느려졌다.

"슬슬 도착했어. 자는 사람들을 다 깨워 줘."

에릭이 앞을 보며 브랜디에게 말하였다.

"거의 다 왔나 봐. 일어나자!"

브랜디가 큰 목소리로 맨 뒷좌석까지 다 들리도록 말하였다.

그의 말에 레랑이 먼저 반응하여 일어났다. 레랑은 잘 떠지지 않는 눈을 비비며 일어났다. 그는 뒤를 돌아보고 유나를 깨우기 위해 건드렸다. 유나도 몸을 피며 그녀의 여동생을 깨웠다. 우리는 잠에서 깨어났다. 아직 완전히 현실로 돌아오지 못한 사람도 있었지만 금세 일어났다. 우리의 불완전한 기상과 함께 차는 서서히 속도가 줄어들다가 멈추었다.

"여기서부터는 걸어가야 해."

에릭이 자동차를 완전히 멈춰 세우고는 뒤를 돌아보며 말하였다.

우리는 여전히 어느 언덕 위에 있었다. 내가 잠에서 일어났을 때보다 더욱 높은 언덕에 있었고 언덕의 경사는 더욱 가팔라졌다. 에릭은 그 자리에서 시동을 껐다. 우리는 멈춘 차에서 문을 열고 밖으로 나갔다. 나가자마자 모두 움츠리고 있던 몸을 힘껏 피고 새로운 공기를 들이마셨다. 공기는 우리가 있던 지역보다 맑았다. 모래 먼지도 떠 있지 않고 바닥에 두꺼운 모래들이 보이지 않았다. 이후 주변을 살펴보았다. 앞에 자동차가 갈 수 있는 도로는 더 연결되어 있었다. 하지만 우리는 이곳에서 멈추었다. 언덕은 차에서 보았을 때보다 가팔라 보였다. 하지만 주변에는 아무것도 보이지 않았다. 언덕 밑에는 나무들이 울창하게 심겨 있었다. 그 이외에는 사람의 인기척도 장소라고 할 만한 공간은 보이지 않았다. 우주로 갈 수 있을 만한 운송 수단이 있을 것처럼은 더욱이 보이지 않았다. 인기척이 없는 이곳에서 에릭이 우리를 속인 것은 아닐까 하고 약간의 의심을 한 생각이 들었다. 하지만 가진 것조차 없는 우리를 빼앗을 동기가 없었고 우리를 해칠 명분이 없다고 생각하고 의심을 그만두었다.

"저기 앞의 코너를 돌아서 더 걸어가야 해."

에릭이 손으로 가리키며 말하였다.

걸어갈 수 있는 앞의 도로에 코너가 있었다. 코너로 인해 전방의 시야에는 하늘만 보였다. 코너 뒤에 무엇이 숨겨져 있는지는 확인할 수가 없었다. 우리는 에릭의 말을 듣고 그의 뒤를 따라가며 코너 쪽으로 걸어갔다.

"산을 걷고 있으니 어릴 적 고향에서 산을 타던 기억이 나. 고향 친구들과 자주 산에 가서 나무 내음을 맡으며 줄곧 산을 탔었지. 추억들이 떠올라…"

에릭은 땅을 바라보며 힘들게 걸어갔다.

그는 발뒤꿈치를 힘없이 들어 올리며 바닥을 긁듯이 걸어갔다. 코너 뒤쪽에는 가파른 절벽이 있었다. 임시로 길을 만든 듯한 흙길로 된 절벽길의 입구가 보였다. 입구에는 두 개의 표지판이 서 있었다. 하나는 다른 문구 없이 그저 '입구' 한 단어가 적혀 있었다. 또 하나는 아래를 가리키는 화살표와 '주의'라고 적힌 문구가 함께 적혀 있었다.

"이제 정말로 얼마 안 남았어."

에릭이 입구 쪽으로 걸어가며 말하였다.

우리는 그의 뒤를 따라 절벽 길의 입구에 다다랐다. 입구 표지판 앞에 서자 절벽 길의 아래가 훤히 보였다. 그리고 처음 보는 풍경이 보였다. 우리는 이제껏 상상조차 할 수 없었던 풍경이 눈앞에 보이자 아무 말도 섣불리 하지 못하였다. 절벽 길의 끝에는 지상에서 지하로 한 층짜리 깊이로 파진 장소에 온갖 기계들이 있었다. 테두리에는 셀 수도 없을 정도로 많은 조명이 있었다. 조명 안 테두리에는 여러 낮은 건물들이 둥글게 지어져 있었다. 중앙에는 커다란 원으로 된 지상과 같은 높이의 판이 있었다. 그 판 위에는 천막으로 가려져 자세히 보이지는 않았지만 처음 보는 누가 보아도 우주로 나아갈 수 있는 탈것이 놓여 있다는 것을 알 수 있었다. 우리는 흙길을 타고 아래로 내려가기 시작했다. 경사가 큰 곳에 돌이 박혀 계단처럼 만들어져 있는 부분도 있었다. 우리는 한 발 한 발 조심하여 땅을 딛고 미끄러지듯이 내려갔다. 흙길의 먼지가 뿌옇게 구름을 만들며 사방으로 흩어졌다. 생각보다 거리가 멀었다. 직접 길에 올랐을 때 끝이 잘 보이지 않았다. 중간에 잠시 큰 바위가 박혀 있는 곳에서 우리는 지친 다리를 풀어 주었다.

"밑을 잘 보면서 내려가. 발이 땅에 닿는 부분도 잘 살피고. 하늘로 가기 전에 이곳에서 다치면 골치 아파지니까."

에릭이 거친 숨을 코로 내쉬며 말하였다.

우리는 대답할 여력 없이 그를 보며 고개로 긍정의 표시를 하였다. 잠시 각자의 땀을 말리고 다시 출발하였다. 바위에서 흙길로 발을 내디딜 때 급격하게 꺾인 경사로 인해 미끄러운 부분이 있었으나 무사히 잘 넘기고 도착 지점 부분까지 다다랐다.

"조금만 버텨. 끝이 보여."

앞장서서 길을 내며 가고 있던 에릭이 뒤처진 레랑에게 들릴 정도로 소리를 내며 내려갔다. 마지막 경사에서는 절벽의 흙길이 바닥의 짧은 풀과 맞닿아 있었다. 우리는 밑으로 내려와 잠시 멈춰서 거친 숨을 골라 냈다. 흙길의 먼지구름은 공기 중에 흘러가며 사라졌다.

"이제 여기서 약속 장소까지 가면 돼. 그 사람과 만나기 전까지는 최대한 조용히 하면서 가자. 경비가 있다고 들어서 수상한 사람처럼 보이면 안 될 거야."

에릭이 목소리를 낮추고 굵은 어조로 말하였다.

우리는 그의 낮은 목소리를 듣기 위해 에릭의 주변으로 얼굴을 모았다. 약속 장소로 가기 위해 앞으로 나아갔다. 앞의 장소에는 긴 펜스로 된 철조망이 높이 서 있었다. 펜스에 의해 안으로 갈 수 없었기에 우리는 거리를 우회하여 돌아갔다. 잠시 걸어가다 선두에 있던 에릭이 발걸음을 멈추고 철조망에 붙어 쪼그려 앉았다.

"여기면 안으로 들어갈 수 있을 거야."

에릭이 몸을 펜스에 가까이 붙이며 말하였다.

그는 본인의 주머니에서 작은 니퍼를 꺼내 들었다. 크기는 작았지만 얇은 철조망으로 된 펜스를 끊기에는 충분했다. 에릭은 철조망을 자르고 통과할 수 있을 정도의 구멍을 만들었다. 우리는 작은 틈새 구멍을 통과하여 펜스 안쪽으로 들어갔다. 얇은 철조망 펜스의 안쪽은 아스팔트 바닥으로 되어 있었다. 아스팔트 위에는 1층짜리 높이의 오두막이 행렬을 이루며 자리 잡고 있었다. 각 입구에는 코드로 된 이름이 적혀져 있었다.

오두막의 수에 비해 주변에 사람들은 적었지만 지나다니는 자동차의 수는 많았다.

우리는 들어오자마자 보이는 오두막 뒤에 숨어서 상황을 살피었다. 그 오두막의 입구에는 '13D-L'이라고 적혀져 있었다.

"우리는 '15B-C'라고 적힌 오두막을 찾아야 해."

에릭이 몸을 낮추고 작은 목소리로 말하였다.

'13D-L'의 오두막의 양옆에는 '12D-K'와 '14D-P'의 오두막이 있었다. 우리는 오두막에 몸을 숨기며 한 칸씩 움직였다. '12D-K'를 지나 '11D-K', '10D-M'의 오두막의 뒤에 몸을 숨겼다.

"이쪽은 D 행의 오두막인 것 같아 우리는 B 행렬을 찾아야만 해."

에릭이 다시 작은 목소리로 말하였다.

그러고는 소리를 내지 않고 손짓으로 길가를 가리켰다. D 행렬의 앞에는 길가가 있었다. 길은 2차선으로 되어 일방통행의 표시를 하고 있었다. 우리는 에릭의 지시에 따라 차가 한 대 지나가고 잠시 기다린 뒤에 길을 건넜다. 길을 건너서 보인 오두막의 입구에는 '10C-L'이라고 적혀 있었다. C 행렬까지 도착하였다. 길가를 사이에 두고 각 알파벳의 행렬이 있었다. 다음 길가를 건너면 B 행의 오두막이 있었다. C 행의 길가에는 몇몇 사람들이 길을 지나다니고 있었다. 사람들은 갈색의 천을 얼굴부터 몸 전체에 뒤집어쓰고 걸어 다니고 있었다. 몸 전체를 가렸지만 약간의 틈새로 보여지는 그들의 옷차림은 이쪽 사람이라고 보기에는 어려웠다. 그들은 사막과 어울리지 않는 깨끗한 구두를 신고 있었다. 정갈한 수염과 금이 가지 않은 안경을 쓰고 있었다. 이들은 낯선 우리를 경계했다. 직접적인 간섭은 없었지만, 모자로 얼굴을 가리며 빈틈의 눈으로 쳐다보았다.

"당신들은 초대받지 않은 것 같군."

오두막에서 소리가 들려왔다.

한 남성이 우리가 기대고 있던 오두막의 창문을 열고 쳐다보며 말하였다. 그는 천을 뒤집어쓰지 않고 있었다. 듬성듬성 난 회색 수염을 내밀며 담배를 피우고 있었다. 당황한 우리는 아무런 대답도 할 수 없었다.

"당신들은 이곳에 있기에는 너무 위험해. 그쪽한테도 우리한테도. 우연히 이곳을 찾아왔을 리는 없을 테고 정보를 듣고 왔을 터인데…."

창문 안의 남성이 말하였다.

"우리는 B 행렬을 찾고 있습니다."

브랜디가 대답하였다.

"B 오두막을 찾으러 이 길로 온 것인가. 확실히 앞의 길을 건너면 B 행렬이 나오는 것은 맞지만 이 앞쪽 길에는 순찰을 다니는 감시관들이 많아. 오른쪽으로 돌아가서 20C 오두막쯤에서 길을 건너는 편이 감시가 적어서 편할 거야. 그럼 행운을 빌지."

창문 안의 남성은 담배꽁초를 바깥으로 던지고 창문을 닫고 들어갔다.

남성의 정보는 신뢰할 수 없었지만 바로 앞쪽 길가에는 도로가 넓고 위험해 보이는 사람이 많이 지나다녔다. 우리는 그의 말에 따라 오두막 뒤로 이동하며 오른쪽으로 향하였다. 사람의 시선을 피해 크게 이동하였다. 19열의 오두막까지 이동하자 도로의 폭이 줄어들었고 사람의 인기척이 줄어들었다. 에릭은 19C-N이라고 적힌 오두막 앞에 서서 서둘러 길을 건너려고 하였다. 그는 주변을 살피더니 앞으로 이동하라는 손짓과 함께 몸을 숙이고 빠른 걸음으로 이동하였다. 우리도 그의 뒤를 따라 빠르게 길을 건너기 시작하였다. 길 건너의 오두막의 입구에는 B 코드가 적혀 있었다. 약속 장소의 오두막을 찾기 위해 우리는 몸을 숨기며 왼쪽으로 돌아갔다. B 행렬의 거리에는 인기척이 느껴지지 않았다. 지나다니는 자동차 또한 없었으며 사람의 시선도 느껴지지 않았다. 우리는 안심하며 빠르게 이동하였다. 우리가 '16B'의 오두막 앞에 도착하였을 때, 앞에 한 사람이 서 있었다. 서 있는 사람은 키가 크고 남성처럼 보였으며 천을 뒤집어쓰고 있었다. 우리는 그를 보고 우리가 찾던 사람이었음을 단숨에 알아차릴 수 있었다. 그 남성은 우리가 다가오는 것을 보고 있었다. 서로의 시선이 마주치자 그는 팔을 크게 휘두르며 본인에게 오라는 손짓을 하였다. 그의 신호에 따라 우리는 더욱 빠르게 움직였다.

"잘 오셨습니다."

우리가 그의 앞에 다가서자 남성은 뒤집어쓴 천의 모자를 젖히며 말하였다.

"늦지 않았죠?"

에릭은 거친 숨을 내쉬며 말하였다.

그를 따라 거친 숨을 고르고 남성을 쳐다보았다. 천의 틈으로 어렴풋이 보이는 남성의 복장은 정갈하게 정돈되어 있었다.

"전혀 늦지 않았습니다. 아직 시간이 남아 있으니 우선 안으로 들어와서 쉬시지요."

남성은 들어오라는 손짓과 함께 오두막의 입구를 열었다.

입구에는 '15B-C'의 코드가 적혀 있었다. 우리는 그의 손짓을 따라 입구로 들어갔다. 마지막으로 들어온 그 남성은 오두막의 불을 켜고 쓰고 있던 천을 벗어 옷걸이에 걸어 두었다. 그는 어두운 푸른색의 정장과 갈색 구두를 신고 있었다. 그의 깔끔한 옷차림에서부터 여유가 느껴졌다.

오두막의 실내는 깔끔했다. 방 안은 전체적으로 하얀색이었다. 흙먼지가 쌓여 있지도 않았다. 문은 저항 없이 쉽게 여닫을 수 있었다.

"출항은 오후에 있으니 잠시 쉬시지요. 이곳까지 오느라 고생 많으셨습니다. 제가 알려 드린 루트로 무사히 오신 것을 보니 안심이네요. 집처럼 편히 쉬셔도 괜찮습니다. 저는 절차를 마치고 출발할 때쯤에 깨워 드리겠습니다."

남성은 옅은 미소를 띠며 말하였다.

우리는 그의 말이 끝나기 무섭게 자리에 앉아 피로를 풀기 시작하였다. 긴장의 끈을 놓고 쌓인 피로를 풀기 위해 눈을 감았다. 몇몇은 침대에 몇몇은 소파에 누워 각자의 쉼을 만끽했다. 낯선 장소였지만 깔끔한 방과 공기는 두려움을 없애 주었다.

잠결에 여러 번 큰 소리와 함께 눈이 떠졌다. 소리의 정체는 창문 밖에서 들려왔다. 창문 밖에서는 밝은 연기를 뿜으며 비행선이 하늘로 올라가고 있는 모습이 보였다. 비행선은 순식간에 하늘로 올라가 이내 시야에서 사라졌다. 소리가 다시 잠잠해지면 눈을 감고 어둠에 몸을 맡겼다. 한동안 귀를 깨우는 큰 소리가 들려오지 않았다. 주기적으로 들려오던 소리가 들리지 않자 어색함에 눈이 떠지기도 하였다. 하지만 피로를 이기지 못하고 눈꺼풀은 다시 감겼다.

"여러분 슬슬 고대하던 시간의 때가 오고 있습니다."

남성은 조용하지만, 무게 있는 어조로 말을 하였다.

우리는 잠결에 듣는 타인의 소리에 의해 쉽게 눈을 뜰 수 있었다. 이는 생존 법칙에 따라 익숙해진 습관이었다.

"저를 포함하여 7장의 항공권을 준비해 두었습니다."

남성은 가지고 있던 표를 각자의 손에 쥐여 주었다.

"당신의 배려에 감사합니다만, 어째서 이렇게 많은 표를 가지고 계신 거죠?"

레랑이 질문을 하였다.

"저는 항상 오고 갈 때 10장씩의 출항권과 함께 여행을 떠납니다. 우연한 인연을 위해서죠."

남성은 여유 있는 미소를 띠며 말하였다.

"한 명이 지구에서 우주로 왔다가 가는 것도 힘들다고 들었는데 10인분의 표를 가지고 있다니…."

"확실히 검문이 심해 오고 가는 것이 쉬운 일은 아니죠. 그렇지만 그것은 합법적으로 이동할 때의 얘기입니다. 이곳처럼 불법으로 밀입항하는 것은 번거롭긴 하지만 검문을 피하는 유일한 방법이죠."

"이곳이 불법이었나요? 체계적이어서 합법일 줄 알았는데…."

"일반인을 위한 합법이 없는 곳에서는 가장 혁신적인 불법이 합법처럼 보이기도 하죠. 당연합니다. 다만, 원하는 장소로 바로 이동할 수는 없죠. 우리는 '팩토리 프런티어'라고 불리는 공장 구역을 거쳐서 주요 도시 사이드에 입항할 예정입니다. 의문이었던 점은 왜 돕느냐이었을지도 모르겠지만, 그것에 대해서는 누구든지 다시 시작할 기회가 주어지어야 한다고 생각하는 주의이기 때문이죠. 여러분도 지구에서만이 아닌 새로운 개척지에서의 시작을 응원하고 싶습니다."

남성이 레랑의 질문에 답하였다.

우리는 그의 말에 조용히 고개를 끄덕였다. 부정도 긍정도 할 수 없었다. 그의 말에서 따뜻함을 느낄 수 있었다.

"이제 출항 시간이 다가오고 있습니다. 출발하시죠."

남성은 걸어 둔 망토를 몸에 두르며 말하였다.

남성은 서랍에서 망토 6개를 꺼내어 나누어 주었다. 우리는 받은 망토를 몸에 두르고 출발 준비를 맞추었다. 남성은 앞장서서 문을 열고 나갔다. 우리는 그의 뒤를 따라갔다. '15B-C'의 오두막에서 중앙으로 길을 따라 이동하였다. 주변에는 몇몇 사람들이 같은 길을 따라 이동하고 있었다. 길을 건너 A 행렬의 오두막에 도착하였을 때, 주변 사람들의 숫자가 늘어났다. 한 개의 비행선이 하나의 발사구역에서 출항하기에 모든 사람이 같은 비행선을 탈 것임을 알 수 있었다. 출항하려는 사람의 수는 발사지에 가까워짐에 따라 시간이 지남에 따라 늘어났다. 이내 모두의 살이 맞닿을 정도의 인파가 몰려들었다. 우리는 서로 떨어지지 않기 위해 손을 잡고 이동하였다. 남성의 뒤를 따라 이동하는 것인지 인파에 따라 이동하는 것인지 알 수 없을 정도로 주변은 혼란스러워졌다.

"앞에 보면 감시관들이 철조망 앞에서 발사대로 들어가는 승차권을 확인하고 있습니다. 그곳에서 표를 제출하고 들어가기만 하면 안심하셔도 됩니다."

남성은 앞에서 큰 목소리로 한 줄로 가는 우리 그룹에 말하였다.

우리는 다시 인파에 몰려 앞으로 이동하였다. 몇 발자국 이동하였을 때, 인파는 쉽게 앞으로 이동하지 못하였다. 감시관들의 통제하에 줄을 세워 감독하고 있었기 때문이었다. 앞선 인파가 승차권을 확인하고 우리의 차례가 금세 찾아왔다. 우리는 표를 제출하였다. 감시관들은 표를 확인하고 절반을 찢은 뒤에 되돌려주었다. 그리고 앞으로 나아갈 수 있었다. 우리는 돌려받은 승차권을 가지고 비행선의 입구로 향하였다. 비행선으로 다가가자 멀리서 보았을 때와는 다른 느낌이 다가왔다. 훨씬 커다랗게 변한 비행선은 가슴을 계속해서 두들겼다. 이는 예전에 느끼었던 설렘과 두려움의 감정을 고조시키는 데 충분했다. 하지만 전과는 다르게 설렘의 감정이 압도적으로 가슴을 지배하였다. 비행선의 크기는 웅장하였지만, 그 생김새는 짧고 뭉툭하였다. 사방이 같은 모습인 원기둥에서 원뿔로 좁아지는 형태였다. 꼭대기에는 뾰족한 고깔이 있었다. 비행선은 대체로 흰색과 푸른색이었다. 흰색 바탕에 파란색으로 라인이 그려져 있었다. 사방으로 들어갈 수 있는 입구가 열려 있었다. 우리가 향하고 있던 입구의 위에는 '4-S'라고 적혀 있었다. 이는 아마 South의 'S'라고 추측이 가능하였다. 비행선의 입구는 아래가 고정되어 문의 윗부분이 아래로 개폐되는 형식이었다. 비행선에 들어가기 위해 입구의 문 위에 발을 올려두었다.

그 순간, 사람들의 비명과 함께 사건이 발생하였다. 입구에 발을 올리는 순간, 뒤에 아직 감시관을 통해서 들어오지 못한 그룹에서 소리가 들려왔다. 사람들의 비명과 고함을 짓는 소리, 아이의 울음소리 등의 온갖 귀를 쏘아대는 소리가 들려왔다. 그리고 그 소리 속에서 가장 두려움에 떨게 만드는 소리가 섞여 있었다. 이는 경찰의 사이렌 소리였다. 청각이 여러 잡음 속에서 그 소리를 찾아내자 시야가 좁아지고 머리가 하얘지면서 사이렌의 소리가 머릿속에서 맴돌았다. 몸에서는 식은땀이 흘렀다.

"정신 차려!"

브랜디가 나를 향해 외쳤다.

그의 외침에 시야가 다시 넓혀지면서 절반 정도 잃었던 정신이 되돌아왔다. 경찰의 사이렌 소리가 점점 가까워지자 밀집해 있던 인파는 비행선을 향해 달려들었다. 군중은 더욱더 압축되기 시작하였고 질서는 걷잡을 수 없이 혼란으로 가득 찼다. 길을 통제하던 감시관은 서둘러 바리케이드를 들고 왔다. 통제할 수 없는 인파를 막기 시작하였다. 하지만 뒤를 돌아볼 수 없는 군중은 서로를 밟고 질서를 무시하며 빠른 속도로 앞으로 질주하였다. 그들은 순식간에 우리가 있는 비행선의 입구까지 달려왔다.

"당신들은 통합 국제유지법을 위반하였습니다. 지금 즉시 정지하여 몸을 낮추고 투항하십시오."

경찰의 사이렌 소리와 함께 확성기 음의 소리가 들려왔다.

오토바이를 탄 경찰들과 무광 색의 검은색 군용차량에서 군인들이 쏟아져 나왔다. 그들은 민간인을 보이는 대로 제압했다. 손에 든 무기로 남녀노소 가릴 것 없이 휘둘렀다. 도로에는 사람들의 비명과 붉은색의 핏자국이 가득 찼다. 다가오는 경찰들과 군인들은 이제껏 보았던 모자와 옷만 흉내 내던 머저리들과는 달랐다. 이들은 진짜였다. 상위기관의 명령을 직접 받고 행하러 온 진짜들이었다. 그들의 손짓과 말투에는 망설임이 없었다. 마치 눈을 가리고 앞에 보이는 모든 것을 부수고 있는 것처럼 보였다.

"당신들은 통합 국제유지법을 위반하였습니다. 지금 즉시 정지하여 몸을 낮추고 투항하십시오. 당신들은 통합 국제유지법을 위반하였습니다. 지금 즉시 정지하여 몸을 낮추고 투항하십시오…."

확성기 음의 소리가 반복해서 들려왔다.

경찰들과 군인들의 제압하는 소리가 점차 가까워지고 있었다. 바리케이드를 막고 있던 감시관들은 본인들의 통제권을 벗어난 군중들을 막지 못하고 경찰을 피해 비행선 쪽으로 몸을 돌렸다. 순식간에 사람들은 비행선 입구 주변까지 다가왔다. 비행선 안쪽도 혼란으로 가득 찼다. 사람들은 공황을 느꼈으며, 서둘러 본인의 자리에 앉아 버클을 차거나 비행선 밖으로 빠져나가는 사람, 두려움에 그 자리에 주저앉은 사람, 들어오려는 군중들을 막으려는 사람 등 아무도 통제할 수 없었다. 우리 또한 혼란과 함께 붙어 있던 그룹이 찢어졌다. 브랜디와 레랑은 앞줄에 있었기에 비행선에 올랐다. 그룹을 이끌던 남성은 서둘러 유나의 여동생을 안고 유나의 손을 잡으며 입구를 올랐다. 나와 에릭은 뒷줄에서 올라가려 하였으나 모인 인파의 혼란으로 오히려 뒤로 밀려났다. 입구에 올리고 있던 발마저 떨어졌다. 에릭은 바로 나의 뒤에 있었기에 내가 밀려나자 에릭은 손쓸 도리도 없이 같이 뒤로 밀려났다. 그때 등 뒤에서 따뜻한 느낌이 났다. 에릭이 손을 뻗어 나의 등을 밀고 있었다. 그는 인파의 무게를 이겨내며 나를 앞으로 밀었다. 그의 주름이 한층 더 깊어지고 마른 두 팔로 힘을 다하였다. 나는 그의 도움으로 다시 비행선의 입구에 발을 올릴 수 있었다. 한 발이 올라가자 자동으로 힘을 주어 반대 발도 함께 올라갔다. 나는 두 발을 올리고 에릭을 돕기 위해 빠르게 뒤를 돌았다. 하지만 에릭은 나를 올린 반동으로 인하여, 되려 뒤로 밀려났다. 그가 뒤로 밀려 나가자 순식간에 인파는 빈자리를 메꾸었다. 아무리 손을 뻗어도 그에게 닿지 못했다. 최대한 손끝이라도 닿기 위해 입구 가장자리의 손잡이를 잡고 한 발을 내려 손을 뻗었다. 에릭도 몸을 최대한 일으켜 서로의 손끝이 가까워지도록 하였다. 나는 몸을 최대한 가장자리에 서서 그를 돕고자 하였다. 하지만 그때, 에릭은 겨우 닿을 수 있었던 나의 손을 잡지 않고 밀어 넣었다.

"에릭! 어째서?!"

나는 당황하며 그에게 소리쳤다.

"나는 이미 늦었어. 너의 손을 잡기에도. 우주로 돌아가기에도…. 나 같은 올드맨은 지구의 중력을 벗어날 힘이 없어."

에릭은 쓸쓸한 미소를 지으며 말하였다.

에릭의 손끝에서 힘이 풀리면서 인파로 들어갔다. 그는 순식간에 모습이 사라졌다. 눈을 한 번 깜빡인 사이에 그의 얼굴을 찾을 수가 없었다.

"출입구를 닫겠습니다. 비상 상황에 의해 우리 비행선은 급행하도록 하겠습니다. 입구 주변에 계신 승객께서는 즉시 벗어나 주시길 바랍니다. 비행선 점화하겠습니다."

동시에 비행선 안에서 소리가 들려왔다.

소리가 들리자 누군가가 입구에 걸쳐 있던 나의 몸을 낚아채 뒤로 주저앉았다. 나는 아무런 저항도 하지 못하고 의문의 사람과 함께 뒤로 주저앉았다. 그 사람은 우리를 이끌어 주었던 남성이었다. 입구의 두꺼운 철문은 내가 다시 밖으로 뛰쳐나가 에릭을 찾는 행위의 사고조차 멈추게 하였다.


"괜찮으세요?"

남성이 거친 숨을 내쉬며 말하였다.

"에릭이…. 아직…."

"일단 자리로 가시죠. 이곳은 위험합니다."

남성이 나를 부축하며 걸어갔다.

그는 자리를 안내해 주었다. 주변에는 여러 사람이 좌석에 앉아 있었다. 그들은 심란한 표정을 짓고 있었다. 대부분이 거친 숨을 몰아쉬고 있었다. 그중에서는 울고 있는 사람들, 머리를 쥐어짜고 있는 사람들, 안도의 한숨을 쉬는 사람들이 있었다. 남성이 자리를 안내한 끝에는 우리 그룹이 앉아 있었다. 나는 그룹을 보자 눈물이 흘러나왔다. 그들 또한 나를 보자 놀란 표정을 지었다.

"무사했구나. 다행이다."

브랜디는 좌석의 버클을 풀고 나에게 달려와 말하였다.

브랜디는 남성에게서 나를 건네받아 부축하여 주었다. 유나와 레랑은 안도의 한숨을 쉬었다.

"그런데 에릭은?"

레랑이 물었다.

"나는 그의 손을 잡지 못하였어."

나는 그의 질문에 눈물을 쏟으며 말하였다.

직접적으로 말하지 않았음에도 모두가 이해할 수 있었다. 브랜디는 고개를 숙였고 레랑은 두 주먹을 쥐었다. 아무도 나를 탓하지 않았다. 브랜디는 나를 좌석에 앉히고 버클을 매 주었다. 그리고 옆 좌석에 앉았다. 나는 고개를 숙이고 눈물을 흘릴 수밖에 없었다. 그러자 남성이 내 앞에 다가왔다.

"너무 걱정하실 필요 없습니다. 여러분들도 걱정 그만하셔도 됩니다. 에릭은 무사할 터이니까요. 바깥의 경찰들은 무자비하게 폭행을 하는 것처럼 보이지만 금세 단순한 체포로 변할 것입니다. 에릭은 바리케이드 너머에 있었기 때문에 폭행에 휘말릴 일은 없습니다. 체포 후에는 인권을 무시할 수 없어 무사히 있을 것입니다. 그리고 제 연락책을 통해 그를 석방할 수 있도록 조치를 할 테니 걱정은 이제 그만하시죠."

남성이 한쪽 무릎을 꿇으며 말하였다.

"우리 우주선은 우주 궤도에 진입하였습니다. 중력 제동기가 작동하였습니다. 전 좌석 버클을 해제하여 자유로운 움직임을 가지셔도 됩니다."

스피커에서 소리가 들려왔다.

나는 남성의 말에 안심하였다. 눈물을 훔치고 좌석 뒤의 창문을 바라보았다. 창문 밖 풍경을 보고 눈물은 더 이상 나오지 않았다. 어느샌가 우리는 지구를 떠나 우주 공간에 나와 있었다. 풍경은 아름다웠다. 어두운 공간에서 우리의 존재를 실감하였다. 아래에는 지구가 보였다. 주변에는 여러 건축물이 줄을 지어 있었다. 그들은 암흑 속에서 자그마한 빛을 내고 있었다. 여러 색깔의 빛을 내며 지구에서 바라본 별보다 더 반짝거렸다. 우주의 풍경은 지구에서의 아픔을 잠시 잊게 해 주기에 충분했다.

"우주에 오신 것을 환영합니다. 좀 전에 혼란 속에 출발하여 어느샌가 우주에 도착하였네요."

남성이 미소를 지으며 말하였다.

떠올리지 못할 기억 속의 경험이 있었다. 과거로부터 기억을 되살려 보자면 사막의 황야가 먼저 떠오른다. 일 퍼센트의 수분조차 없이 마른 사막의 땅. 푸석푸석하게 흘러가는 모래 한 줌. 그 이후, 브랜디를 만나 지금의 동료들과 만난 기억이 있다. 꽃이 피지 않는 땅에서 우리는 생존하였고 의지하였다. 지구에서의 긴 세월이 이전의 기억을 지워 버린 것만 같았다. 하지만 우주에 올라와 바라본 무중력의 공간은 이상하게도 익숙했다. 마치 느껴 본 적 없는 어머니의 품처럼.

"너무 갑작스러운 사건들이 많아서 소개를 못 드렸네요."

브랜디가 버클을 벗고 일어나 말하였다.

"이런, 저도 잊고 있었습니다."

"제 이름은 '브랜디'입니다."

"저는 '레랑'입니다."

"제 이름은 '유나'이고 제가 안고 있는 여동생은 아직 이름이 없어요."

"브랜디라…. 술의 종류에도 브랜디라는 이름이 있죠. 그곳에서 따온 것인가요?"

"사막에서는 이름이 없는 사람이 흔했습니다. 저도 마찬가지였고요. 우연히 술집에서 처음 훔친 상자에 브랜디라고 적힌 병이 하나 있더군요. 맞습니다. 그 병이 술인지는 몰랐지만, 말씀대로라면 그곳에서 따온 것이 맞죠."

"술에서 따온 이름과 아직 이름도 없는 어린아이라…. 재미있는 조합이네요. 제가 속해 있던 생활권에서는 본명을 사용하는 사람이 흔하지 않습니다. 저 또한 사정이 있어서 실례지만 본명을 밝히기는 어렵습니다. 저도 술을 좋아하기 때문에 '코냑'이라고 불러 주시면 감사하겠습니다."

남성은 본인을 코냑이라고 칭하고는 웃으며 말하였다.

"이렇게 된 거 이름이 없는 여동생에게도 하나의 추천을 드릴까 합니다. 창문 밖을 봐 보시겠어요."

코냑은 창문을 가리켰다.

우리는 그의 말에 따라 창문 밖을 쳐다보았다. 다시 보아도 아름다웠다. 어두운 배경도 어떠한 밤하늘보다도 아름다웠다. 나는 이 장면을 꿈

속에서 여러 번이라도 본 적이 있는 것처럼 느껴졌다.

"오른쪽 구석쯤을 보면 둥글게 떠 있는 것이 있습니다. 우리는 저것을 '달'이라고 부르죠. 과거의 사람들은 저곳을 목표로 수많은 꿈을 가지고 는 했습니다. 또 다른 이름으로는 '루나'라고 부릅니다. 유나 씨의 여동생 이시니 비슷한 '루나'는 어떠신가요?"

코냑은 말하였다.

"루나? 찰떡이잖아?"

레랑이 웃으며 말하였다.

우리는 그의 작명 센스에 모두 미소를 보였다. 누군가의 이름이 지어 지는 순간은 아름다웠다. 이름을 가지게 되면서 드디어 한 명의 사람으 로 재탄생하는 것만 같았다. 무명은 익숙하였지만 역시 이름이 있는 편 이 좋았다.

"좋아…. 앞으로 '루나'라고 부를게."

유나가 조용히 웃으며 말하였다.

그녀의 여동생도 긍정의 표정을 보였다. 우리는 하나의 행복을 통해 겪어 왔던 아픔과 고통에서 잠시 해방될 수 있었다. 하지만 이는 완전히 잊힌 것은 아니었다. 각자의 가장 깊은 곳에 숨어 있었다. 살짝만 닿아도 온몸을 움직일 수 없을 정도의 민감한 곳에 숨겨 두었다. 서로 알고 있었 지만 드러내지는 않았다. 밝히지 않기 위해 본인이 눈치채지 못할 정도 의 과도한 웃음과 행동이 무의식 저편에서 튀어나왔다. 우리는 서로의 얼굴만 보아도 행복했고 숨소리 말 한마디 한마디가 소중했다.

"레랑! 얼굴 좀 봐! 너무 웃겨."

유나가 웃으며 말하였다.

"내 얼굴이 웃기다고? 유나 너 얼굴을 봐봐."

"내 얼굴도?"

"풍선처럼 부어올랐어!"

레랑도 입을 활짝 벌리고 웃으면서 말하였다.

"우주선에 중력이 작동하고 있다고 하여도, 밖은 무중력 공간이기 때문에 얼굴이 약간 부풀어 오릅니다. 자연스러운 현상이죠. 보이시는 것처럼 제 얼굴도 부풀었죠?"

코냑이 말하였다.

레랑과 유나가 서로의 얼굴을 만지며 웃었다. 나도 얼굴을 만지며 익숙하지 않은 촉감에 자연스레 웃음이 나왔다. 보이지 않는 본인의 얼굴이 상상이 되었기 때문이다.

"이처럼 우주의 신비는 많습니다. 하나 또 신기한 사실은 저처럼 이렇게 눈을 감아 보시겠어요? 분명 눈을 감으면 아무것도 보이지 않지만, 우주에서는 가끔 빛이 번쩍하면서 보이곤 한답니다."

코냑이 눈을 감으며 말하였다.

우리는 그의 말에 따라 모두 눈을 감았다. 눈을 감으니 앞에는 아무것도 보이지 않았다. 이는 당연하게도 알고 있는 사실이었다. 하지만 이내 눈앞에서 빛이 번쩍였다. 순간 놀라 눈을 뜨고 말았다.

"오! 진짜 뭔가가 반짝거렸어!"

레랑이 눈을 감은 채로 말하였다.

"진짜로!"

유나도 눈을 감고 말하였다.

모두가 눈을 감고 신비한 현상을 체험하고 있었다. 나 또한 진귀한 광경을 목격하기 위해 다시 눈을 감았다. 처음에는 어둡다가 잠시 후에 어둠 속에서 빛이 반짝거렸다. 빛은 빠른 속도로 지나가는 것처럼 보였다. 빛은 푸른색을 띠기도 하였으며 붉은색으로 반짝이기도 하였다. 이내 초록색으로 변하며 순식간에 지나갔다.

"재밌죠? 사실 이 빛은 방사선입니다."

"우주에도 방사선이 있어요? 그리고 방사선은 위험한 것 아닌가요?"

"우주에도 방사선이 있죠. 하늘 위에 있던 태양이 방사선을 흘려보내고 있습니다. 확실히 방사선에 피폭되면 위험하기는 합니다만, 이 정도의 양은 걱정하실 필요 없어요. 이러한 현상은 방사선이 무중력에 의해 눈을 통과하여 볼 수 있습니다."

코냑이 유나의 질문에 대답했다.

우리는 우주의 신비한 현상과 고요한 바다의 공허를 즐겼다. 별들의 바다를 헤엄치며 인류의 새로운 고향으로 가는 풍경을 바라보았다. 자연이 아닌 기계의 심장으로 만들어진 차갑고 딱딱한 보금자리로 이동하고 있다. 외롭게 빛나지 않는 지구를 떠나보내며 회전하는 어머니의 품으로 한걸음 가까워지고 있다. 인류의 생존을 지속하기 위해 발전된 땅은 침묵 속에서 빛나고 있었다. 우리는 그 침묵 속에서 가까워지는 미래를 기대하며 행복을 노래하고 있었다.


"잠시 저것 좀 볼래?"

브랜디가 작은 목소리로 말하였다.

브랜디는 나를 부르며 이동하였다. 나는 그의 부름에 따라 조용히 무리에서 나와 그를 따라갔다. 우리는 위층 로비의 구석진 곳에 자리 잡았다. 앞에는 둥근 창문이 있었다. 창문 밖에는 과거의 고향인 지구가 외롭게 떠 있었다. 지구는 연갈색과 회색의 하늘로 뒤덮여 있었다. 우주의 암흑 속에서 홀로 있는 지구의 모습에서 처음 가진 기억이 생각났다. 모랫바닥 위에서 혼자 누워 있는 나의 모습이 상상되었다. 과거라는 개념조차 기억되지 않는 그 순간의 모습과 비슷해 보였다. 빛이 회색 구름에 가려져 풀 한 포기 없는 땅 위는 외로웠고 추웠다.

"정말 많은 일이 있었네."

브랜디가 창밖을 바라보며 말하였다.

"맞아…."

"너를 처음 만난 것도 엊그제 같은데…. 시간이 짧으면서도 길게 지났어. 그 순간 속에서 다사다난한 일상을 보낸 것 같아."

브랜디가 말하였다.

그의 어조는 무겁고 슬퍼 보였다. 그의 말은 저 깊숙이 숨겨진 과거를 들춰냈다. 순간의 행복 속에 잊고 있었던 아픔이 스멀스멀 올라왔다. 잠시 잊고 있었다는 사실에 죄책감이 몰려왔다. 평생의 짐이 어깨를 짓누르는 것처럼 아파져 왔다. 브랜디는 의도한 듯이 말하였다.

"지구를 보면 무슨 생각이 들어? 인류의 첫 번째 고향? 아니면 이제는 잊혀진 땅?"

브랜디가 질문하였다.

"모르겠어."

나는 그의 질문을 회피하였다.

"그러면 이건, 지구를 아름답게 바꾸고 싶어? 아니면 되돌리기에는 늦었다고 생각해?"

브랜디는 한 번 더 질문하였다.

"그런 질문은 나한텐 너무 어려워."

"그렇구나…. 나는 다시는 지구로 되돌아가지 않을 거야. 저곳은 이제 되살릴 수 없어. 그것이 인류의 잘못이었고 실수였으니까. 지구에서의 삶은 매 순간 고통스러웠어. 이제 인류의 다음 고향에 대해 역사가 되풀이되지 않도록 노력해야 한다고 생각해."

브랜디가 말하였다.

그의 갑작스러운 고백에 나는 당황하였다. 그의 말에 아무런 대답도 반응도 할 수 없었다. 창밖을 바라보고 있는 그의 눈은 이제껏 봐 온 모습과는 사뭇 달라 보였다. 냉정했고 올곧았다.

"미안. 분위기가 너무 무거웠지?"

브랜디가 말하였다.

그는 분위기를 바꿔 보려는 듯 웃고 있었다. 하지만 말에서는 떨림이 느껴졌고 눈은 웃고 있지 않았다.

"아니야. 평범한 삶은 아니었다고 생각해."

애써 웃으며 브랜디의 눈을 쳐다보며 말하였다.

"이제 곧 있으면 새로운 땅에 도착하여 새로운 삶이 시작될 텐데 앞으로 하고 싶은 것이 있어?"

브랜디가 질문하였다.

"아직은 잘 모르겠어. 솔직히 무서운 마음은 아직 사라지지 않은 것은 사실이야. 하지만 이거는 확실히 알아. 우리가 함께라면 미래는 밝을 것이라는 사실을."

"정답이야. 어떠한 벽이 있더라도 나아가자."

브랜디는 웃으며 말하였다.

그의 목소리에는 떨림이 사라졌고 눈도 웃고 있었다. 우리는 서로를 바라보며 웃었다. 우리는 악수하였다. 그 악수는 새로운 시작의 포부를 알리는 당찬 외침이었다. 이 순간만큼은 두려울 게 없었다. 가슴속 깊이 숨겨진 상처도 잠시나마 아물었다. 광활한 우주의 어둠 속에 악수한 두 손에서 빛이 나며 감싸고 있었다. 그 빛은 태양보다 뜨거웠고 달보다 아름다웠다.

"우리 항공기는 '팩토리 프런티어'의 영주권(領宙權)에 진입하였습니다. 잠시 후 무중력의 상태가 되며 좌석에서 벗어나 있는 승객 여러분께서는 착석하여 버클을 잠가 주시기를 부탁드립니다. 우리 항공기는 제13번 사이드로 도착할 예정입니다. 그러면 마지막까지 여정을 즐겨 주시기를 바랍니다."

천장의 확성기에서 소리가 들려왔다.

# Part 3 : 저녁

'하늘을 두려워하던 고대의 사람들이여, 별을 관찰하는 오랜 사람들이여, 중력을 벗어난 젊은이들이여, 우주의 일행이 될 앞으로의 사람들이여 어둠의 크기를 두려워하지 말고 톱니바퀴가 되어 역할을 맡을 준비를 즐거워하라.'

공장의 매연 냄새가 온몸을 감싸고 있다. 차갑고 거친 기계들의 비명이 들려온다. 거리에는 특색을 가진 탈것이 수없이 지나다녔다. 사람들에게서는 기름 냄새가 났으며 더러운 옷을 입고 있다. 거리 곳곳에서는 후줄근한 옷을 입은 채로 담배를 물고 있는 사람이 여럿 있었다. 뜨거운 공장 안에서 무언가를 힘차게 두들기는 인부들이 있다. 젖은 옷과 손수건으로 흑색의 땀을 닦는 남성들이 있다.

우리는 '팩토리 프런티어' 제13번 사이드에 도착하였다. 우주선은 관문을 통과하고 들어가 지역의 깊숙한 곳에 착륙하였다. 그곳은 끝의 벽이 보일 정도로 인적이 드문 장소였다. 하나의 착륙장이 작은 원의 형태로 있었다. 주변에는 관리하는 사람 한 명도 있지 않았다. 오랫동안 사용을 하지 않은 탓인지 공장에서 흘러나온 여러 쓰레기와 폐수가 버려져 있었다. 기장은 아무런 신호 없이 항공기의 문을 열었다. 입구가 열리자 바람이 강하게 흘러들어 왔다. 사람들은 반사적으로 손으로 얼굴을 가리고 움직이지 못하였다. 바람이 가라앉았을 때, 새로운 지역에 도착하였음을 실감하였다. 신기하게도 지구와 비슷하게, 똑같은 정도로 숨을 쉴 수가 있었다. 사람들은 열린 문을 통해 밖으로 이동하였다. 미리 목적지를 알고 있다는 듯이 발걸음을 옮겨 갔다.

"우리도 출발하시죠."

코냑이 앞서가며 말하였다.

우리는 그의 뒤를 따라 항공기에서 빠져나왔다. 천장에는 하늘이 있었다. 연한 회색의 하늘이 천장의 연한 푸른색을 가리고 있었다. 회색빛 구멍 사이사이로 푸른색 빛이 보였다. 지구처럼 어두웠지만, 지구보다는 아름다운 푸른색이었다. 구름은 떠 있지 않았다. 햇빛은 찾아볼 수 없었지만, 정오 때의 하늘처럼 어딘가에서 비치고 있는 것처럼 느껴졌다. 우주에 처음 도착한 사이드는 어색하지 않았다. 지구의 다른 지역에 도착한 것처럼 익숙했다. 지구의 반대편 지역에 도착한 것은 아닌지에 대한 의심이 들었다. 하지만 중력을 탈출할 때의 미미한 충격이 느껴졌기에 우주임을 알 수 있었다. 코냑은 앞으로의 도착지를 알고 있다는 듯이, 망설임 없이 이동하였다.

나는 생각을 멈추고 그를 따라갔다. 우리는 폐수를 밟고 버려진 기계산을 넘어 사람 냄새가 나는 한 마을에 도착할 수 있었다. 마을은 멀리서 보았을 때, 마치 굴처럼 보였다. 여러 기계와 집들이 높게 쌓아져 있었다.

입구는 마을을 뚫어서 만든 것처럼 보였다. 앞 벽면에 커다란 간판이 하나 있었다. 간판에는 '노라이트빌리지(NOLIGHT VILLAGE)'라고 적혀 있었다. 두꺼운 철판 위에 붉은색 페인트로 적혀 있었다. 간판을 지나 마을 입구로 들어갔다. 한 여성이 우리 쪽을 향하여 손을 흔들고 있었다.

"이쪽이에요!"

그 여성은 반갑게 손을 흔들며 소리쳤다.

코냑 또한 손을 흔들었다. 우리는 여성에게 다가갔다.

"반갑습니다. 미리 연락드린 코냑이라고 합니다."

"기다리고 있었습니다. 저는 '노라'예요."

그녀는 본인의 이름을 밝혔다.

노라는 지구의 여성들보다 큰 몸집을 가지고 있었다. 키가 컸으며 표정에는 자신감이 나타나 있었다. 그녀는 인부들의 푸른색 점프슈트를 입고 있었다. 옷에는 기름 자국과 얼룩이 묻어 있었다.

"멀리서부터 오시느라 고생 많으셨습니다. 저는 제13번 사이드에서 태어나 관리국에서 여러분들의 환승을 책임지고 있습니다. 저희 쪽으로 예약해 주셔서 감사합니다. 출발은 이쪽 시간 기준으로 내일 오전 11시에 예정되어 있습니다. 그때까지 사이드의 관광과 안내를 담당해 드리도록 하겠습니다. 우선 저를 따라오시죠."

노라는 손짓하며 말하였다.

우리는 그녀를 따라 마을 안으로 들어갔다. 노라는 우리가 묵을 수 있는 숙소로 먼저 안내해 주었다.


숙소는 마을 중심부 구간 2층에 있었다. 마을은 여러 건물이 합쳐져 있었기에 빌딩 하나하나를 구분 지을 수는 없었다. 숙소 또한 철로 된 여러 구조물이 어색하게 조합되어 있었다. 노라는 문을 열고 들어가 천장의 불을 켜 주었다. 외관과는 다르게 실내는 정돈되어 있었다. 실내 또한 차가운 금속이었지만, 집과 같은 느낌을 받을 수 있었다. 천장의 전구가 반짝이며 집 안을 밝혀 주었다. 소파와 텔레비전이 있었으며 잠을 잘 수 있는 침대도 있었다.

"이곳이 여러분이 묵으실 숙소입니다. 먼 곳에서부터 오셨지만, 아직 갈 길이 멀기에 잠시 쉬고 계시죠. 저는 잠시 뒤에 다시 오겠습니다."

노라는 문을 닫고 나갔다.

"우선 한걸음입니다. 우리는 이곳에서 내일 밤 뉴 아메리카 프런티어의 뉴욕 사이드로 갈 예정입니다."

코냑이 외투를 벗으며 말하였다.

우리는 그의 말이 끝나기 무섭게 서 있던 자리에 앉아 휴식을 취하였다. 코냑은 텔레비전을 켰다. 화면에서는 소리가 들려왔다. 우리는 놀랄 수밖에 없었다. 지구에 있던 고장 난 텔레비전과는 다르게 정상적으로 작동하였기 때문이었다. 제대로 작동하는 텔레비전을 처음 보았다. 놀라고 있는 우리를 본 코냑은 살며시 미소를 지었다.

"이 사이드는 지구와 정반대인 것 같아. 지구에서의 기계는 흔하지 않았는데, 이곳은 모든 곳이 기계로 되어 있네. 지구에는 기계가 있더라도 전부 작동하지 않았잖아."

레랑이 텔레비전을 보며 말하였다.

나는 그의 말에 동감할 수 있었다. 화면에 그림들이 움직이며 소리가 나오는 것은 입을 자동으로 벌리게 했다. 유나와 루나는 옆에 앉아 같이 화면을 보았다. 브랜디는 침대가 있는 곳으로 가 눈을 감고 누웠다.

"우리는 목이 마르면 수도에서 물을 틀어 마셨어요. 창문을 열면 바람이 불었었죠. 계절에 따라 다른 공기의 냄새를 맡을 수 있었어요. 아버지는 자동차를 타고 출근하셨지요. 나와 동생은 거실의 식탁에 앉아 어머니가 해 주신 미트볼을 저녁으로 먹으며 오늘 하루에 관한 이야기를 나누었었죠."

텔레비전에서 소리가 흘러나왔다.

"약 100년 전 지구는 아름다운 색을 가지고 있었습니다. 동물들은 강에서 흐르는 물을 마셨고 사람들은 바다에 있는 물 위에서 수영을 즐길 수 있었습니다. 산은 나무가 있어 녹색이었으며, 하늘을 보면 구름이 떠 있었습니다. 색을 잃어버린 지구는 무의 우주 위에 새롭게 지구의 색을 입히기 시작했습니다. 약 100년 전의 지구를 우주로 옮긴 영웅들의 의지는 현재 진행 중이라고 볼 수 있죠."

화면 속의 정장 차림의 남성이 걸어 나오며 말하였다.

"60여 년 전의 일은 아직도 엊그제 일어난 것처럼 생생해요. 우리는 학교에 갈 때 입과 코에 천을 두르고 다녔어요. 선생님들은 창문 여는 것을 금지 시키고 책상에는 모래가 가득했죠."

화면이 바뀌고 한 노인 여성이 말하였다.

"주말이 되면 아버지는 강으로 나가 집에서 가져온 가정용품을 버리기 시작했어요. 전자레인지부터 시작해서 세탁기, 냉장고, 텔레비전, 라디오, 심지어는 믹서기도요. 마을의 많은 아버지가 그렇게 하셨죠. 하나의 유행처럼 번졌던 것 같아요. 그때는 어리석었죠. 애꿎은 고철 덩어리들만 많아지고….”

이어서 백발의 남성이 말하였다.

“주변의 친구들이 하나씩 떠나가기 시작했어요. 마을에는 빈집이 늘어났고 자동차도 움직이지 않았어요. 북적북적했던 가족 모임도 한적해지면서 더 이상 모이지 않기 시작했죠. 지금 와서 생각해 보면 사람이 살 수 있는 토지 면적이 넓어짐에 따라 가족 간의 거리가 더욱 멀어지게 되었네요. 그래서 쉽게 모일 수가 없어요.”

다음 화면에서 주름이 많은 노인이 말하였다.

계속해서 여러 사람이 나오며 자신의 과거를 이야기하였다. 우리는 계속해서 그들의 이야기를 보았다. 브랜디는 침대에서 코를 골며 자고 있었다. 코냑은 리모컨을 쥐고 화면을 지켜보고 있었다. 그렇게 우리는 한참의 시간을 보냈다.


‘똑. 똑. 똑.’

침묵의 시간을 깨는 소리가 문에서 들려왔다.

“노라입니다. 다들 조금 쉬셨나요? 괜찮으시다면 사이드의 관광을 시켜 드릴게요.”

문 너머에서 노라가 말하였다.

“아직 시간도 많이 남았으니 가실까요?”

코냑이 자리에서 일어나며 말하였다.

우리는 그를 따라 일어났다. 브랜디를 깨워서 같이 가려 하였으나 깊은 잠에 빠져 있어 두고 가기로 하였다. 문을 열고 나가 노라를 따라갔다. 노라는 우리를 사이드의 중심 번화가에 데려갔다. 번화가라고 하여도 주변에 공장과 철을 두드리는 소리가 들리는 것은 어딜 가나 똑같았다.

"우선 식사부터 하시죠. 팩토리 프런티어의 명물을 알고 계시나요? 바로 '카르보나라'입니다. '크림 파스타'라고도 부르는 이 음식은 지구에서부터 시작했어요. 과거 지구에서도 많은 인부가 존재했을 때 탄광에서 일하는 사람들이 달걀과 치즈만으로 파스타를 해서 먹었던 것이 유래이지요. 위에는 파슬리가 올라가는데 그것은 탄가루를 연상시키는 것이라고 합니다. 카르보나라는 이름부터 숯장이라는 뜻이 있대요. 이곳 대부분도 인부이기에 이 음식이 유행하고 발달되었다고 합니다. 현재는 크림도 들어가서 맛있답니다. 저도 정말 좋아하고요. 제가 알고 있는 맛집이 있으니 안내해 드릴게요."

노라는 이야기를 끝낸 후에 식당으로 안내했다.

우리는 그녀를 따라갔다.


식당 또한 철근이 그대로 보이는 구조물이었다. 역시 밖은 초라했으나 실내는 깔끔하였다.

"우리는 음식을 살 돈이 없어요. 교환할 값진 물건도 없고요."

입구에 선 레랑이 말하였다.

"걱정하지 마세요. 여러분이 뉴욕에 갈 때까지의 경비는 제가 전부 지불해 드리겠습니다."

코냑이 말하였다.

"들어가시죠."

노라가 말하였다.

레랑은 뒤따라서 들어왔다. 우리는 자리에 앉아 카르보나라 5개와 브랜디를 위한 여분을 주문하였다. 잠시 뒤 주문한 음식이 식탁 위에 올라왔다. 우주에 올라와 처음 먹는 요리이자 태어나서 처음으로 이름이 있는 음식을 먹는 일이었다. 우리는 기대를 하지 않을 수가 없었다. 그릇 위에 올라간 파스타는 따뜻한 연기를 뿜으며 고소한 향기를 내보내고 있었다. 코냑이 가볍게 식사를 시작하자 우리는 그를 따라 먹는 법을 보면서 음식을 입에 넣었다. 뜨거운 소스가 혀를 자극하였다. 입안에 든 음식물을 씹을 때마다 고소하고 달콤한 맛이 느껴졌다. 이루 말할 수 없는 최고의 맛이었다. 식사하면서 감동할 수 있다는 사실을 알 수 있었다. 눈에는 눈물이 고일 정도로 맛이 있었다. 우리는 표현조차 하지 못할 정도로 음미하였다. 그렇게 한참 동안 식사를 이어 나갔다. 유나와 루나가 식사를 마치자 우리는 저녁 식사를 끝낼 수 있었다. 가게를 나와 아직 가시지 않은 요리에 대한 여운을 간직하였다.

"식사는 괜찮았나요?"

노라가 말하였다.

"최고였어요."

"정말로. 음식을 먹으면서 이 정도로 행복해져 본 건 처음인 것 같아."

우리는 만족하는 대답을 하였다.

"다행이네요. 아직 시간도 있으니 마을 주변을 안내해 드릴게요. 우선, 제가 일하고 있는 일터로 가 보실래요?"

노라는 미소를 지으며 말하였다.

우리는 앞장서서 가는 그녀의 뒤를 따라갔다.

"이 팩토리 프런티어는 여러 공장이 섞여 있어요. 건축물들이 합쳐져 있어서 사이드의 천장으로 비치는 태양 빛이 거의 들어오지 않아요. 그래서 아침이나 밤이나 비슷한 풍경이죠. 거리에는 라이트를 세우거나 달아서 사이드의 불을 밝히고 있어요. 공장에서는 제품을 만들어 다른 프런티어로 제공하고 있죠. 사이드의 구조물도 주로 이곳에서 만들어지고 있다고 들은 적이 있어요."

마을을 걸어가며 노라가 말하였다.

한참을 걸은 후에 한 공장 앞에 도착하였다. 이 공장 또한 철근으로 된 외관이었지만 푸른색으로 색이 발라져 있었다. 입구 간판에는 '웰던팩토리'라는 이름이 적혀 있었다.

"이곳이 제가 평소에 근무하는 일터입니다. 가끔 여러분처럼 사이드를 안내하는 일이 없을 때는 이곳에서 생계를 유지하고 있어요. 안녕, 브린트, 켈린턴. 저와 함께 일하는 동료입니다. 위에 공장장님이 계시는데 인사하실래요?"

노라가 말하였다.

말이 끝나기 무섭게 위층에서 공장의 서장처럼 보이는 사람이 모자를 쓰고 내려왔다.

"안녕하세요. 이 공장의 공장장을 맡은 '크릭'이라고 합니다. 노라가 안내를 잘 해 주었나요."

크릭은 계단에서 내려와 말하였다.

"반갑습니다. 코냑이라고 합니다. 이분들은 저와 함께 온 동료들입니다."

코냑이 말하였다.

우리는 그의 말과 함께 가볍게 인사를 나누었다.

"저희 공장에서도 다른 프런티어로 제품을 납품하고 있어요. 빛이 통과하는 투과 제품이라고 들었는데, 어디에 쓰이는 것이라고 하셨죠?"

노라가 말하였다.

"다리에 쓰이는 제품입니다. 그 이상은 말씀드릴 수가 없네요."

"아, 괜찮습니다."

코냑은 가볍게 미소를 보였다.

우리는 공장에서 한참 동안 이야기를 나누었다. 지구에서의 생활에 관한 이야기와 이 사이드의 하루에 대해서 말을 나누었다. 공장의 사람들은 스페이스 네이티브이었다. 그래서 지구에 관한 이야기에 놀라워하였다.

"책에서 본 것과는 많이 다르네요."

켈린턴이 말하였다.

"맞아. 온 세상이 물에 덮여 있다고 들었는데."

브린트가 말하였다.

"우리는 오세아니아라는 지역에서만 거주해서 다른 곳이 어떤지는 잘 몰라요. 아마 다른 대륙은 그럴 수도 있지 않을까요?"

유나가 대답하였다.

그렇게 이어서 공장 사람들의 과거 이야기와 어떤 삶을 살고 있는지에 관해 이야기를 나누었다.


시간은 어느새 밤을 넘어 새벽 시간대에 접어들었다.

"이제 슬슬 숙소로 돌아가서 내일을 준비하셔야 할 것 같습니다. 출항 시간에 맞춰야 해서요."

코냑이 대화를 마무리하는 말을 꺼내었다.

"시간이 많이 지나 버렸네요. 아쉽지만 그렇게 하는 것이 좋을 것 같아요."

노라가 코냐의 말에 긍정의 대답을 하였다.

우리는 대화를 마무리하고 공장에서 나와 노라를 따라서 숙소에 돌아가기로 하였다. 공장에서 새벽까지 나눈 대화를 끝내는 것은 아쉬웠다. 스페이스 네이티브와의 과거도 흥미로웠다. 지구에서의 생활보다는 아니었지만, 각자만의 불행과 어려움이 있었다는 사실을 알 수 있었다. 그들의 삶도 쉽지만은 않아 보였다.

"내일 무사히 출항하시기를 기원합니다. 앞으로의 여정에도 축복이 가득하기를 바랍니다. 거리가 멀어도 다시 만나기를 바라고 있을게요. 반가웠습니다."

공장의 서장인 크릭이 배웅을 해 주며 말하였다.

"저희 또한 반가웠습니다. 그럼⋯."

코냐이 인사를 하며 나왔다.

우리도 그를 따라 크릭과 공장 사람들에게 인사를 하고 거리로 나갔다.


공장과 같은 구조물에서 빛이 흘러나오고 있었다. 거리의 가장자리에 놓인 가로등에서 나오는 불빛들이 도로를 밝히고 있었다. 빛은 철에 반사되어 아름답게 빛나고 있었다. 자동차는 도로를 달리고 있지 않았다. 약간의 공장에서는 기계가 돌아가는 소리와 쇠를 두드리는 소리가 들려왔다. 적막한 거리에서 들려오는 소리는 인기척이 없는 사이드를 가득 채웠다. 차가운 새벽 거리를 걸으며 숙소에 도착할 수 있었다.

"그러면 내일 시간에 맞춰서 데리러 오겠습니다. 좋은 밤 보내세요."

노라가 숙소 앞에 서서 말하였다.

우리는 그녀의 말을 끝으로 숙소에 들어갔다.

문을 열고 들어가자 브랜디가 우리를 반겨 주었다. 그는 깨어 있는 상태로 침대에서 나와 소파에 앉아서 텔레비전을 보고 있었다.

"어서 와. 잘 다녀왔어?"

브랜디가 고개를 돌려 말하였다.

"우리만 즐기다 와서 미안해…."

유나가 고개를 숙였다.

"괜찮아. 나도 나름대로 즐기고 있었어."

"이제 시간이 너무 늦었어요. 빨리 자고 내일을 맞이합시다."

코냑이 분위기를 전환시키는 말을 하였다.

숙소는 아늑하였지만 6명이 지내기에는 좁았다. 유나와 루나가 침대에서 자고 나와 레랑은 침대 옆 카펫이 깔린 바닥에서 잠을 청하기로 하였다. 우리는 불을 끄고 하루를 마무리하였다. 코냑과 브랜디는 소파에 앉아 텔레비전을 보고 있었다. 불이 다 꺼진 숙소 안, 화면에서 나오는 소리가 약하게 들려왔다. 사람들이 대화하는 소리가 들려왔는데 알아듣지 못할 정도로 낮은 음량이었다. 불빛이 약하게 새어 나왔다. 침대 위에서는 유나와 루나의 잔잔한 숨소리가 들려왔다. 레랑도 거실의 빛을 눈치채지 못한 채 눈을 감고 있었다. 텔레비전 소리와 화면의 빛이 궁금하여 잠자리에서 일어나려 하였으나 순식간에 일어난 여러 사건은 나의 눈꺼풀을 잠그기에 충분했다. 수많은 밤을 바닥에서 보내왔지만, 오늘만큼은 포근하였다. 배고프지 않았으며 등이 따뜻하였다. 잠이 깨는 일이 없었고 쉽게 깊은 수면 아래로 빠질 수 있었다. 밖의 거리에서는 여전히 쇠를 두드리는 소리가 들려왔다. 기계의 톱니바퀴가 열을 뿜으며 돌아가는 소리도 들려왔다. 눈을 감으니 귓가에 더욱 잘 들려왔다. 사이드를 가득 채우는 이 소리는 새벽의 분위기 속에 잠을 청하게 도와주었다. 그렇게 내일의 해가 뜨는 것을 기다리며 꿈의 어둠 속으로 몸을 맡겼다.

"띠리링. 띠리링. 띠리링…."

잔잔한 물결 아래 깊이 가라앉은 몸을 일으켜 세우는 소리가 귀를 강타하였다. 심장이 강하게 뛰며 빛을 바라보았다. 창문 밖에서 잠자리로 햇살이 비치고 있었다. 옆자리의 레랑은 주름이 깊게 파질 정도로 눈을 감고 있었다. 침대 위에 유나와 루나는 보이지 않았다.

"이제 슬슬 일어나셔야 합니다."

코냑이 앞치마를 두른 채로 방으로 들어와 나를 향하여 말하였다.

나는 그의 말을 듣고 몸을 일으켜 거실 밖으로 나갔다.

"일어났어?"

브랜디가 입에 빵조각을 물며 말하였다.

"출항 시간이 오전 11시이기에 10시에는 출항지에 도착해야 해요. 아직 7시이니까 식사하고 준비하면 여유롭게 갈 수 있을 것입니다. 아침 일찍 장을 보고 식사를 준비해 두었어요."

코냑이 이어서 말하였다.

대화 소리에 깬 레랑과 함께 코냑에 말에 따라 부엌으로 이동하였다. 책상에서 유나와 루나가 음식을 먹고 있었다.

"자리에 앉으세요. 양은 많이 준비해 두었으니 천천히 드세요."

코냑이 의자를 가리키며 말하였다.

자리에는 음식이 놓아져 있었다. 낮고 둥근 그릇에 수프가 담겨 있었고 가장자리에는 반쯤 담긴 빵이 놓여 있었다. 루나와 유나는 수저를 들고 식사하고 있었다. 나와 레랑 또한 그녀들을 따라 수저를 들고 식사하기 시작하였다. 첫입을 먹자 예상치 못한 맛이 났다. 지구에서도 흔히 볼 수 있는 수프였지만 전혀 다른 맛이 났다. 물 탄 수프와는 다르게 깊고 감미로운 맛이 혀를 자극하였다. 고소하고 달콤한 크림 맛이 입안 가득 맴돌았다. 우리는 끊지 않고 식사를 계속하였다. 레랑의 그릇에 바닥이 보일 때 우리는 식사를 종료하였다.

각자의 개인 준비를 모두 마치고 시간에 맞춰서 숙소 앞으로 나갔다. 그곳에는 노라가 미리 와 기다리고 있었다. 우리는 로라가 운전하는 자동차를 탔다. 코냑은 노라의 운전석 옆 보조석에 앉았다. 나머지 우리는 뒷좌석에 앉아 출발하기를 기다렸다.

"이제 출발할게요. 현재 시각이 8시 즈음이고 출항지까지 약 2시간 정도 소요될 것 같습니다. 사이드의 반대편 끝까지 이동해야 하지만 도로가 일직선이라서 많이 걸리지는 않아요. 10시 즈음에는 도착할 수 있을 것입니다. 피곤하실 텐데 주무시고 계세요. 도착하면 깨워 드릴게요."

노라가 운전석에서 백미러를 보며 말하였다.

노라는 시동을 걸고 차를 움직였다. 몸은 피곤하였지만 쉽게 잠이 들지 않았다. 지나가는 창문 밖으로 거리의 풍경이 보였다. 공장에서는 연기가 나오고 있었다. 사람들은 24시간 쉬지 않고 일하는 것처럼 보였다. 항상 쇠를 두드렸으며 얇은 복장을 하고 땀을 흘리고 있다. 해는 잘 들어오지 않았지만, 약간의 햇빛과 공장의 열기가 거리를 밝히고 있었다. 기다려도 창문의 풍경이 바뀌지 않아짐을 깨달았을 때 부족한 잠의 여파가 몰려왔다. 나는 창문에 머리를 기대어 현실을 인지하지 못하는 꿈에 들어갔다. 현실과 꿈을 혼동하고 있었을 때 자동차의 시동 소리가 귓가에 맴돌았다.

한참을 불편한 자세로 이동하였다. 엔진이 굴러가는 소리가 멈추고 몸이 이동하고 있지 않음을 꿈속에서 눈치챘다. 익숙하지 않은 감각에 눈이 자동으로 떠졌다. 등에서는 식은땀이 흐르고 있었고 차가웠다.

"도착하였습니다. 내리시죠."

노라가 고개를 뒤로 돌아보며 말하였다.

우리는 그녀의 말에 따라 자동차의 문을 열고 밖으로 나갔다. 땅에 발이 닿자 이곳이 출항지임을 단숨에 알 수 있었다. 우리는 한 구조물 안에 들어와 있었다. 이 사이드 또한 한 나라 크기의 구조물이라는 사실은 알고 있었지만 여러 건물이 복합되어 있었기에 실내와 실외를 구분하기 어려웠다. 하지만 지금 있는 건물은 통으로 된 사이드에 일부분처럼 느껴졌다. 천장과 벽에는 유리창이 통으로 되어 있었다. 창문 밖으로는 우주의 공간이 보여졌다. 중구난방으로 설치되어 있던 쇠들은 정갈하게 정렬되어 계획하에 건설되어 있는 것처럼 보였다.

"이곳도 옛날에는 정식 공항으로 사용되었다고 들었어요. 지금은 금지되었지만, 밀입국 공항으로 사용되고 있죠."

노라는 말하였다.

그녀의 말대로 큰 규모의 구조물에 사람의 수는 적었다. 사람들의 옷차림은 가지각색이었다. 노라처럼 인부의 옷을 입고 있는 사람들이 있었고, 우리처럼 흙먼지가 묻은 신발을 신고 있는 사람들이 있었다. 천으로 온몸을 감싸고 있는 사람들이 있었고, 얇은 옷으로 짧게 입고 있는 사람들이 있었다. 두꺼운 털 옷으로 땀을 흘리고 있는 사람들이 있었고, 손을 귀에 두고 정갈한 정장 차림의 옷을 입은 사람들이 있었다.

"잠시 기다려 주세요. 항공기 수속을 하고 올게요."

코냑이 말하였다.

"아직 시간도 꽤 있고, 수속도 해야 하니까. 앉아서 기다리고 계시죠. 제가 요깃거리 좀 사 올게요."

노라가 손으로 긴 의자를 가리키며 말하였다.

우리는 그들의 말에 따라 기다리기로 하였다.

"드디어 꿈의 나라로 돌아가는구나…."

브랜디가 혼잣말하듯 천장을 보며 말하였다.

우주가 보이는 천장에는 여러 색깔이 빛나고 있었다.

"아름답다. 별이 반짝이고 있어…."

나는 하늘을 바라보며 말하였다.

천장을 보니 무의식적으로 말이 나왔다. 순간, 속마음으로 생각하였던 것인지 입 밖으로 말을 한 것인지 헷갈릴 정도였다.

"우주에서 별은 반짝이지 않아."

브랜디가 나지막이 말하였다.

"여기 핫도그 좀 사 왔어요."

노라가 양손 가득히 먹을거리를 들고 오며 말하였다.

우리는 의자에 앉아서 그녀가 사 온 핫도그를 먹었다. 브랜디는 사양하여 먹지 않았다. 나는 한 번씩 천장을 바라보며 음식을 맛보았다. 간단하게 배를 채우며 수속을 하러 간 코냑을 기다렸다. 배가 부르고 몸이 피곤하여 잠이 몰려오기 시작했다. 눈이 점점 감겨 왔다. 하지만 얼마 남지 않은 시간을 견디기로 하였다. 출항 시간이 점점 다가오고 있었다. 창문 밖 하늘에서 항공기가 이 사이드로 들어오고 있었다. 처음 탔던 항공기와는 다르게 긴 삼각형 모양이었다. 우리가 타게 될 항공기임이 틀림없었다. 시곗바늘이 11시에 다가가고 있었다. 초시계가 하나씩 이동할 때마다 초조함이 커졌다. 좀처럼 오지 않는 코냑을 하염없이 기다렸다. 졸리고 피곤한 마음이 몰려와 다른 미래를 생각하게 되었다. 만약 코냑이 돌아오지 않아 이곳에 버려졌다면 사이드에서 기술을 배워 살아가자는 각오가 저편 어딘가에서 떠올랐다.

"늦어서 죄송합니다! 예상보다 시간이 더 걸리고 말았네요."

코냑이 뛰어오며 말하였다.

그의 목소리가 들려오자 눈이 번쩍 떠졌다. 자고 싶다는 마음이 사라졌다. 방금 한 각오 또한 어떤 각오였는지 기억해 내지 못할 정도로 순식간에 잊었다. 그는 숨을 헐떡였다. 손에는 티켓을 여러 장 들고 있었다.

"괜찮으세요? 물 사 왔으니 물 좀 드세요."

노라가 봉투에서 물을 꺼내어 건넸다.

코냑은 받은 물을 받고 한 병을 비울 정도로 빠르게 마셨다. 그제야 숨을 돌린 코냑의 얼굴에는 여유가 묻어났다.

"지금 출발하면 출항 시간에 늦지 않게 탈 수 있을 것입니다."

코냑이 말하였다.

그의 말을 듣자 더 큰 세계로 나아가고자 하는 한 걸음이 코앞으로 다가왔다는 사실을 인지하였다. 지구에서 떠나 한 사이드에서 갈아타 또 다른 인류가 사는 세계로 갈 수 있다는 마음에 심장이 두근거렸다.

"그럼, 여기서 작별해야겠네요. 정말 짧은 시간이었지만 여러분을 만나서 반가웠습니다. 다음에도 기회가 되어 볼 수 있으면 좋을 것 같아요. 앞으로의 여정 몸조심하시고 행운이 따르기를 기원할게요."

노라가 슬픈 표정을 지으며 말하였다.

"우리도 반가웠어요. 짧았지만 정말 좋은 시간을 보내게 해 줘서 고마워요."

유나가 말하였다.

노라의 말을 듣고 표정을 보고는 유나 또한 슬픈 표정을 지었다. 잠깐의 시간이었지만 좋은 추억과 경험을 만들 수 있었다. 우주에서 여러 사람을 만나 행운이었다. 우리는 노라와 작별 인사를 하며 떠났다. 그녀는 자리에 서서 멀어져 가는 우리에게 손을 흔들어 주고 있었다. 우리는 뒤를 돌아보며 가볍게 손 인사를 하였다.

코냑은 앞장서서 길을 안내하였다. 사방이 가로막힌 긴 통로를 지나갔다. 끝에는 사람들이 줄을 서고 있었다. 주변에는 똑같은 복장의 사람들이 서 있었다.

"앞에서 짐 검사를 해야 해요. 만일의 상황을 대비하는 것이죠."

코냑이 말하였다.

"어차피 가져온 것도 별로 없어서 괜찮을 거야."

브랜디가 당황한 우리를 안심시켰다.

줄이 짧아짐에 따라 차례가 다가왔다. 앞에서는 한 남성이 사람들의 가방을 가로채어 뒤집어엎은 후에 내용물을 검사하고 있었다. 검사당하는 사람의 표정은 좋아 보이지 않았다. 하지만 불만을 이야기하지 않고 그대로 순응하였다. 앞사람의 차례가 끝나자 우리의 순서가 되었다. 검사하는 사람 뒤에 거구의 두 남성이 같은 복장을 한 채로 손에 커다란 몽둥이를 들고 있었다. 의자에 앉아 있는 남성은 앞서 한 사람과 마찬가지로 가방을 낚아채어 지퍼를 열고 책상에 뒤집어엎었다. 코냑의 가방에서 짐이 쏟아져 나왔다. 옷가지들과 잡동사니, 필기도구 등이 널브러졌다. 남성은 손으로 짐을 헤집고는 보내라는 손짓을 하였다. 코냑은 짐을 다시 가방에 담았다. 뒤에 기다리고 있는 사람들을 위해 대충 쑤셔 넣는 것이 보였다. 가방을 챙긴 코냑은 한 기계장치를 통과했다. 코냑 다음으로 브랜디의 순서가 되었다. 마찬가지로 그의 가방을 뒤집었다. 가방 안에서는 작은 플라스틱 컵과 소형 가방 외투 하나가 나왔다. 검사하는 남성은 짐을 보고는 바로 통과시키는 손짓을 하였다. 브랜디는 짐을 챙기고 코냑이 통과한 기계장치를 걸어갔다. 이어서 레랑의 가방이 엎어졌다. 더욱 적은 양의 짐이 나오자 짐이 없는 유나와 루나까지 동시에 통과시켰다. 내가 앞에 서서 가방을 내밀었으나 남성은 혀를 한 번 차고 검사를 하지 않은 채로 손짓하였다. 나는 그의 손짓에 따라 기계장치를 통과하고 일행을 따라갔다.

"이제 'A 게이트'에 가서 탑승을 기다리면 돼요. 시간이 거의 다 되어서 게이트에 도착하면 바로 항공기에 탑승할 수 있을 것입니다."

코냑이 말하였다.

그는 말을 끝내고 앞장서서 걸어갔다. 긴 복도를 한참 지나 'A 게이트'라고 적힌 표지판이 벽에 달려 있었다. 많은 사람이 줄을 지어서 탑승구로 들어가고 있었다. 대부분 사람은 코냑과 비슷한 정장 차림의 깔끔한 복장을 하고 있었다. 지구에서는 이방인처럼 보였던 코냑의 복장이 이곳에서는 자연스럽게 녹아들었다. 오히려 지구에서 온 우리의 옷차림이 부

자연스러웠다. 이 줄에서 우리는 이방인이었다.

"도착하면 옷부터 사야 할 것 같네요. 요즘에 밀입국 단속이 심해져서 의심받기 쉬울 것이에요. 우리가 가려는 사이드는 대도시라서 단속이 더욱 심할 수도 있을 것입니다."

코냑이 이 상황을 꿰뚫어 보는 말을 하였다.

우리는 줄을 기다리고 탑승구에 다가갔다. 코냑은 주머니에서 티켓을 꺼내 보여 주고 지나갔다. 탑승구를 지나가자 짧은 복도가 나왔다. 그 복도는 바닥을 제외하고 천장과 양옆이 유리로 되어 있었다. 이 복도는 우주 한가운데에 떠 있었다. 천장에서는 빛이 비치고 있었다. 암흑 속에서 천장의 전구는 더욱 밝게 빛났다. 유리 한 겹을 사이로 우주 전체가 보였다. 사막 한가운데보다 더욱 넓었으며 심장이 두근거렸다. 사람의 목숨 하나가 한 겹의 유리로 지탱되어 있다는 사실보다, 하늘보다 더 높고 사막보다 더 넓은 우주의 바다 한가운데에 서 있다는 사실에 두근거렸다. 우주에 왔다는 사실을 다시 한번 실감할 수 있었다. 이어서 복도를 끝으로 항공기에 도착하였다. 우리는 자리를 찾아 앉았다. 전에 탄 항공기와는 다르게 모든 좌석은 앞을 향해 있었다. 우리는 옆으로 나란히 앉았다.

"우리 항공기에 탑승해 주신 여러분께 안내 말씀드립니다. 오늘 뉴 아메리카 프런티어 뉴욕 사이드로 가는 항공편의 출발이 곧 준비되오니 벨트를 풀지 마시고 잠시 기다려 주시기를 바랍니다. 출발 시에 약간의 충격이 있을 수 있으니 대비해 주시기 바랍니다."

천장에서 소리가 들려왔다.

말이 끝나자 항공기는 크게 덜컹거렸다. 강한 엔진음과 함께 서서히 움직이는 것이 느껴졌다. 엔진음의 소리가 점점 커지더니 또 한 번의 충격과 함께 압박감이 느껴졌다. 몸이 뒤로 밀려 좌석 등받이에 파묻힐 것만 같았다. 잠깐의 압박감이 끝나고 엔진음의 소리가 줄어들었다. 몸의 자유를 되찾을 수 있었다.

"이런 충격은 처음이시죠? 출발할 때만 잠시 이렇고 이제 괜찮습니다."

옆 좌석에 앉은 코냑이 고개를 돌려 말하였다.

"승객 여러분께 안내 말씀드립니다. 우리 항공기는 지금 막 팩토리 프런티어 제13번 사이드를 떠났습니다. 우주 영공에 진입하여 중력 장치를 작동하였습니다. 벨트를 풀고 이동하셔도 괜찮습니다."

한 번 더 천장에서 소리가 들려왔다.

"뉴 아메리카 프런티어라면 대도시 아닌가요?"

레랑이 코냑을 바라보며 말하였다.

"맞아요. 현 우주에서 가장 큰 도시라고 볼 수 있죠. 그중에서도 우리가 도착하는 뉴욕 사이드는 뉴 아메리카 프런티어에서도 중심 도시입니다. 여러 기업이 있고 많은 사람이 살고 있죠."

"전에 들어 본 적 있어요."

"지구에서도 아메리카는 큰 나라였었죠. 대륙도 넓었었어요. 하지만 뉴 아메리카 프런티어 전체를 합치면 가늠하기 힘들 정도로 이전보다 훨씬 넓죠. 그중에서도 뉴욕 사이드는 이전 아메리카의 절반 정도의 영토를 가지고 있어요."

"밀입국 단속이 심하다고 하셨는데, 그렇게 대도시로 가도 괜찮은 거예요?"

"걱정하지 않으셔도 돼요. 저는 뉴욕 사이드에서 꽤 오래 살아왔고 힘도 어느 정도 있어서 여러분의 안전을 보장해 드릴 수 있어요. 그리고 기왕 지구를 떠나 우주에 정착하는 기회가 생겼으니 '기회의 땅'이라고 불리는 곳에 가는 것이 좋다고 생각해요. 많은 사람이 이곳에서 정착하려고 인생을 바친 노력을 하고 있습니다. 쉽게 갈 수 있는 곳은 아니에요."

"다시 한번 감사드려요."

레랑과 코냐은 대화를 주고받았다.

코냐은 미소를 보였다. 레랑은 혼자 무언가를 생각한 듯 고개를 끄덕이고는 다시 앞을 바라보았다. 그들의 대화를 듣고 있던 우리도 고개를 끄덕였다. 레랑은 우리가 궁금해했던 질문을 잘 뽑아 주었다. 코냐이 말한 '기회의 땅'을 마음속으로 곱씹었다. 그 단어가 미래에 대한 두근거림을 더욱 고조시켰다. 새로운 기회가 주어졌다는 사실에 감사를 표하고 싶었지만 쉽게 말로 꺼내기 어려웠다. 아마 말이 아닌 행동으로 감사의 표현을 하고 싶다는 생각에 입술을 대기하였다. 이 사람을 따라간다면 눈앞의 미래에, 앞으로의 미래에는 축복만이 가득할 것만 같았다. 목적지에 도착하게 되어도 헤어지고 싶지 않았다. 인맥이라고는 생각하지 않았지만, 최고의 조력자가 생긴 것 같아 마음을 기댈 수 있었다.

"아직 도착하려면 시간이 많이 남았고 피곤하실 텐데 자 두세요. 도착하면 이것저것 하게 될 수도 있으니 바빠질 것입니다."

코냐이 말하였다.

그의 말에 따라 눈을 감으니 고요의 시간도 없이 깊은 잠에 빠졌다.


우주의 바다를 헤엄치고 있다. 그림자가 드리운 숲속을 가로지르는 한 줄기 라이트가 별을 가리키고 있다. 몸에서 융합하여 튀기는 불꽃이 저항 없는 대기를 가르며 달이 회전하는 속도가 보이지 않을 정도로 나아가고 있다. 길을 안내하는 표지판도 없이 별과 달을 중심 삼아 도로를 걷고 있다. 손으로 별과 별을 그어 만들어진 별자리가 하늘 전체를 뒤덮고 있다. 깊은 푸른색의 하늘이 보랏빛에 섞여 별과 달이 크게 보일 때, 순간의 시간을 잊지 않고 선을 그린 소년과 소녀는 우주의 별자리가 될 본인의 미래를 발견하고 있다. 과거 별자리 속 중심인물들이 나를 주인공 삼아서 관찰하고 있다. 나는 때로 그들 중 하나가 되어 상상 속의 경험이 원동력이 되곤 한다. 별을 보고 자라 시간의 특이점을 발견하고 만들어 낸 이들은 어둠 속 별이 되어 길 잃은 방랑자의 목적지를 비춰 주곤 한다. 독수리가 사막의 하늘을 비행하고 고래가 지구의 중심에서 물을 뿜을 때, 닥쳐올 시련을 극복하여 산을 오른 영웅들은 정상에서 바라본 지구의 절반과 달 일부를 보게 된다. 무너져 가는 별자리의 인물은 탄생의 순간을 지나 고쳐지고 우주 일부가 되어 누군가의 마음속 안에 자리 잡는다. 손실의 역사를 경험한 이들은 역사의 일부가 되었다. 그렇게 모든 힘으로 본인을 태워 존재의 의미를 마지막으로 주장한다. 타고 남은 재는 먼지가되어 새롭게 태어날 본인의 미래를 고대하고 준비한다. 탄생의 역사를 경험한 이들은 스스로 역사가 되기를 바라고 있다. 지나간 시간 속 계승되는 현재의 일직선에 있는 자신이 미래를 덮어쓰고 있다.

"기장이 안내 말씀드립니다. 우리 항공기는 목적지인 뉴욕 사이드 도착까지 앞으로 1시간 정도 남아 있습니다. 도착까지 얼마 남지 않았으므로 단속을 피하고자 식별코드를 변경할 예정입니다. 식별코드 변경을 위해 선내의 모든 불이 꺼지게 됩니다. 코드가 변경될 때까지 선내에 중력

장치를 정지하여 잠시 무중력 상태에 돌입함에 양해의 말씀드립니다. 감사합니다."

현실과 꿈 언저리에서 소리가 들려왔다.


나는 꿈을 꾸었다. 깊은 어둠 속에서 둥글게 빛나는 꿈을 하나 보았다. 황금색 마차를 타고 돌로 된 길을 건너고 있었다. 하늘에서는 구름이 유유하게 떠 있었다. 시냇물이 강을 타고 물레로 돌아가 산에 올라가고 있었다. 길의 끝에는 황금색으로 된 성이 성벽을 두르고 서 있었다. 마차를 끄는 말이 가쁜 숨을 쉬며 달려가고 있다. 마차는 은으로 된 문 앞에 섰다. 숨을 몰아쉬던 말은 어느샌가 보이지 않았다. 문을 두드리자 대문이 트럼펫 소리와 함께 열렸다. 하얀색 빛이 열리는 문 사이로 눈을 비췄다. 밝은 빛을 막고자 손으로 눈을 가렸다. 익숙해진 빛에 적응한 눈을 뜨자 앞으로 가고 있던 몸이 멈춰진 것을 느끼고 의자가 보였다. 의자는 항공기의 좌석이었다. 목적지에 도착하여 멈춘 항공기에서 잠에서 깨어났다. 달콤하고 여유로운 꿈이었다. 현실을 직시하지 못할 정도로 따뜻한 꿈이었다. 하지만 주변을 파악하고 익숙하지 않은 환경에서의 존재를 인지하자 1분 전의 꿈이 기억나지 않게 되었다. 무엇보다 앞으로가 기대되고 신비로운 꿈이었으나 머릿속에서 찾을 수 없게 되었다. 다시 생각하려 해보아도 꿈이었는지 과거의 기억이었는지 헷갈릴 정도로 한 조각도 기억하지 못하였다. 따뜻한 햇볕과도 같은 경험이었다는 것만은 기억할 수 있었다.


"이제 도착한 것 같네요."

코냑이 말하였다.

"안내 말씀드립니다. 우리 항공기는 지금 막 뉴 아메리가 프런티어에 진입하여 뉴욕 사이드에 도착하였습니다. 엔진의 시동이 멈출 때까지 잠시 대기하여 주시기 바랍니다. 문이 열리면 승무원의 안내에 따라 질서 있게 행해 주시기를 바랍니다. 단속에 주의하시고 행복한 여정의 길에 오르기를 바랍니다. 오늘도 저희 항공기를 이용하여 주셔서 감사의 말씀 드립니다."

천장에서 소리가 들려왔다.

그는 아직 잠결 상태인 나를 흔들어 깨웠다. 깨어 있는 브랜디는 잠들어 있는 레랑을 깨우고 다시 레랑은 옆자리의 유나와 루나를 깨웠다. 주변 좌석의 사람들이 버클을 풀고 일어나면서 나는 소리를 들으니 목적지에 도착했다는 사실을 알 수 있었다. 우리도 좌석에서 일어나 사람들을 따라 나갔다. 항공기의 출구로 나가자 탈 때와 같은 주변이 유리로 된 복도가 나왔다. 다시 우주의 바다를 건너 통로를 지나갔다. 공항에 도착하자 수많은 인파가 지나가고 있었다. 코냑과 다른 우리의 옷차림은 옥에 티였다. 몇몇 사람들이 낯선 모습을 쳐다보았지만, 경계하지는 않았다.

"일단 옷부터 사야 할 것 같네요. 전에도 말했다시피 단속이 심해져서 지금 복장으로 다니다가는 쉽게 의심당할지도 몰라요."

코냑이 말하였다.

그는 공항의 백화점을 향하여 길을 안내해 주었다. 여러 가게가 전광판 속에서 빛을 내며 줄을 서 있었다. 사람들은 좌우로 왔다 갔다 하며 양손 가득 무언가를 들고 다녔다.

"이곳에서 사면 될 것 같네요."

코냑이 한 가게 앞에 서서 말하였다.

그 가게 또한 전광판에서 밝은 빛을 내고 있었다. 전광판 속 남성은 갈색의 반짝이는 피부를 가지고, 입고 있는 윗옷의 깃을 잡고 있었다. 옷을 집고 있는 손목에는 커다랗고 동그란 시계가 있었다. 우리는 그 가게에 들어가 코냑의 입맛대로 옷을 입었다. 브랜디는 하얀 셔츠에 갈색 남방을 걸치고 갈색 바지를 입었다. 레랑은 검은색 모자와 함께 얇은 바람막이와 올리브색의 바지를 입었다. 유나는 긴 검은색의 원피스와 청색의 재킷을 입었다. 루나는 청색으로 된 멜빵바지를 입었다. 나는 파란색 모자와 함께 줄무늬에 깃이 있는 윗옷과 청바지를 입었다. 그렇게 코냑은 머리부터 발끝까지의 차림새를 꾸며 주었다. 여분으로 입을 몇 가지의 옷도 따로 챙겨 주었다. 새 옷을 입어 본 처음의 기억이었다. 누군가가 입다 버린 해진 옷이 아닌, 편의를 위해 사람의 피부에 맞게 체형에 맞게 제작된 옷을 입은 첫 경험이었다. 새 옷은 약간 뻣뻣하였으나 몇 번 관절을 움직이니 익숙해졌다.

"이 정도면 뉴요커라고 해도 손색이 없을 것 같네요."

코냑은 미소를 보이며 말하였다.

우리도 그의 미소에 화답하듯 감사의 말을 전했다.

"이제 밖으로 나갑시다. 우선 배고플 테니 식사부터 할까요?"

코냑이 말하였다.

우리는 그를 따라서 공항의 출구로 이동하였다. 출구의 문이 자동으로 열리자 빛이 눈을 가렸다. 그 순간 항공기에서 꾸었던 꿈이 뇌리를 스쳤으나 눈이 적응하고 바깥의 풍경이 보이자 현실로 돌아왔다.

"기회의 땅이라 불리는 뉴욕에 오신 것을 환영합니다."

코냑이 뒤를 돌아 우리를 바라보며 두 팔을 벌리고 말하였다.

바람이 얼굴을 스치며 처음 보는 풍경이 눈에 들어왔다. 높은 건물들이 사방에 서 있었다. 길을 걷는 사람들은 웃으며 대화하고 있었다. 도로를 달리는 자동차는 바퀴가 땅에 닿지 않은 채로 이동하고 있었다. 하늘에서 길을 따라 열차가 움직이고 있었다. 코를 타고 맑은 공기가 넘어왔다. 청량한 공기가 코에 막히는 일 없이 맡아졌다. 피부에 닿는 바람은 모래가 섞여 까슬거리는 느낌이 나지 않았다. 깃털 같은 바람이 피부를 타고 흘러갔다. 탁하지 않은 대기는 시야를 다르게 보여 줬다. 좁아져 있던 시야는 전체가 훤히 보일 정도로 탁 트였다. 우리는 한동안 움직일 수 없었다. 지구에도 사람이 살고 이곳에도 사람이 살고 있다. 하지만 전혀 다른 두 세계의 분위기는 충격을 주기에 충분했다. 지구보다 더 지구 같은 자연스러움에 압도되어 충격을 받았다. 현재 상황을 대조 추측하였다. 길을 걸으며 웃고 있는 뉴욕의 사람들과 밥시간을 기다리며 시체처럼 누워 있는 지구의 사람들의 모습이 대조되어 같은 인간의 삶에 충격을 받았다.

"막상 도착하니 무엇부터 시작해야 할지 모르겠어. 이곳은 말로 표현하기가 힘드네…."

레랑이 말하였다.

그 또한 나와 같이 분위기에 압도된 것처럼 느껴졌다.

"일단 제가 묵고 있는 숙소로 가시죠. 그곳에 가서 쉬신 후에 제가 일자리라도 찾아 드릴게요. 그때까지 묵으셔도 좋습니다."

코냑이 말하였다.

출발선에 왔으나 어느 방향으로 뛰어야 할지 모르는 우리에게 코냑이 제안해 주었다. 무지의 우리는 그를 따라가야만 했다. 그를 의지하는 것이 최고의 선택이었다. 우리는 공항에 미리 차를 주차해 둔 코냑의 자동차를 타고 이동했다. 이동하는 순간의 풍경은 팩토리 프런티어에서 본 것과 지구에서 본 풍경과는 전혀 달랐다. 지구보다 몇 배나 더 아름다운 풍경을 가지고 있던 팩토리 프런티어의 도시도 뉴욕 사이드의 풍경과는 비교할 수 없었다. 수치를 매길 수 없을 만큼 말로 형용할 수 없을 정도의 아름다움이었다. 도시의 경관은 인공적으로 만들어졌다고 생각할 수 없었다. 깔끔하고 완벽했으며 흠잡을 데가 없었다. 오히려 지구의 모습이 누군가에 의해 조작된 것만 같았다.

"지금까지 본 모습과는 다르죠? 확실히 풍경만 보면 모든 것이 완벽하지만, 그 속은 생각보다 시꺼먼 부분도 많아요. 오히려 지금의 지구보다 더 어두운 면도 있죠."

코냑이 운전하며 말하였다.


한참 동안 창밖을 바라보다 한 장소에 도착하였다. 그곳은 중앙의 공원을 기준으로 똑같이 생긴 고층의 건물들이 정렬되어 있었다. 우리는 차에서 내려 한 고층 건물로 들어갔다. 첫 번째 유리문을 열고 들어가니 여러 개의 같은 철문이 있었다. 코냑은 구분하였는지 특정한 철문 앞에 서서 기다렸다. 우리도 그를 기다렸다. 잠시 뒤 철문이 열리자 화장실보다 약간 큰 크기의 방이 나왔다.

"이 좁은 곳이 숙소에요?"

레랑은 떨떠름한 표정으로 말하였다.

"아, 처음 보시겠군요. 이것은 숙소가 아니라 숙소로 가기 위해 이동

수단으로 사용하는 엘리베이터라고 하는 것입니다. 밑에 봤을 때, 건물이 꽤 높았죠? 높은 건물을 층마다 나누어서 사람들이 거주하고 있어요. 그리고 이 엘리베이터를 타고 위아래로 편하게 이동하는 것이죠."

코냑이 말하였다.

그의 말을 듣고 이해한 우리는 엘리베이터에 올라탔다. 코냑이 버튼을 누르더니 철문이 닫히고 움직였다. 그의 말에 따라 위로 이동하는 것처럼 느껴졌다. 철문 위에는 숫자가 1에서부터 높아지고 있었다. 한 숫자에 다다르자 버튼의 불이 꺼지고 멈추는 느낌과 함께 문이 열렸다. 엘리베이터에서 나가자 또 여러 같은 문이 있었다.

"이렇게 층마다 나눈 것이고, 그 층에서 또 여러 개로 나누어서 방을 만들어서 살고 있어요. 여러분과 지구에서 처음 만났을 때, 제가 머물고 있던 숙소가 여러 곳에 있는 것으로 생각하시면 돼요."

코냑이 이동하며 말하였다.

우리는 고개를 끄덕였다. 문 손잡이에 그의 엄지손가락을 대니 기계음과 함께 문이 열렸다. 뒤따라서 그의 집으로 들어갔다. 집 안은 생각보다 작았다. 지구에서 코냑이 사용하던 숙소와 팩토리 프런티어에서 사용하던 숙소보다 몇 배는 더 작았다.

"혼자 사용하는 곳이다 보니 생각보다 좁을 수도 있어요."

코냑이 말하였다.

입 밖으로 꺼내지는 않았지만, 정곡을 찔린 한마디였다. 하지만 경치는 아름다웠다. 창문 밖을 보자 높은 층에 있다는 것을 단숨에 알 수 있었다. 마을의 경관이 한눈에 보이는 높이였다.

"이렇게 높은 곳에 사람이 살 수 있다니…."

유나는 살짝 겁먹은 목소리로 말하였다.

처음 느껴 보는 높이에서 겁먹는 것도 이해할 수 있었다. 창문 밖을 볼 때, 하늘을 바라보고 아래의 마을을 바라보니 속이 울렁거리는 느낌이 들었다. 불편한 감각에서 익숙해지니 위에서 내려다보는 희열감이 생겨났다. 이내, 높은 곳에 사람이 살 수 있다는 사실보다 이렇게 높은 곳을 순식간에 이동해서 올라왔다는 사실에 놀랐다.

"방을 둘러보셔도 좋아요. 사용하지 않는 방이 있으니 비어 있는 곳에서 쉬셔도 좋아요. 본인 집처럼 편하게 사용하셔도 괜찮습니다. 불편해하지 마시고 편하게 지내 주세요. 일단 장시간 비행으로 피곤하실 텐데 편히 쉬셔도 좋습니다. 식사 준비를 하고 있을 테니 기다려 주세요."

코냑이 말하였다.

우리는 그의 말을 따라 집 안을 둘러보며 휴식을 취했다. 비어 있는 방이 하나 있었다. 비어 있는 방은 유나와 루나에게 양보하였다. 브랜디와 레랑과 나는 거실에서 휴식을 취했다. 몇 시간 정도 휴식한 후에, 코냑이 만들어 준 요리와 함께 식사하였다. 식사가 끝나고 거실에서 다 같이 모여 늦게까지 대화를 나누었다. 하늘이 어두워지자 유나는 졸린 루나와 함께 빈방에서 잠을 청하였다. 레랑과 나도 거실 한편에서 잠을 청하였다. 코냑은 거실 소파에 누웠고 브랜디는 소파 아래 옆에서 잠을 잤다. 달이 지구를 돌고 지구가 스스로 회전했다. 그렇게 뉴욕에서의 첫 하룻밤이 지나갔다.


"언제든지 준비는 되어 있어."

브랜디의 목소리가 잠결에 들려왔다.

귓속말을 하는 것처럼 생생하게 들려왔다. 꿈속에서 들린 환청인지 현실에서 귓가에 들린 목소리인지 구분할 수 없었다.

"진행하자."

이번에는 코냑의 목소리가 들려왔다.

그의 목소리가 귓가에 들리자 현실의 목소리라는 사실을 알 수 있었다. 자동으로 눈이 떠져 자리에서 일어났다. 눈의 초점이 잘 맞지 않았다. 눈을 비비고 시야가 선명해졌다. 그들은 부엌에서 대화 중인 것을 확인할 수 있었다. 뒷모습밖에 보이지 않았다. 벌써 잠에서 깨어난 두 사람이 놀라웠다. 부엌에서는 연기가 나오고 있었다. 옆에서 자고 있던 레랑은 아직 세상 모르게 잠에 빠져 있었다. 문을 닫고 들어간 유나와 루나의 방도 아직 닫혀 있었다. 경치를 바라보던 창문에서는 구름 사이로 햇빛이 비치고 있었다. 사이드의 각도대로라면 햇빛이 비칠 리 없었지만, 기술력에 더 이상 놀라지 않기로 하였다. 구름 또한 어떻게 생성된 것인지 알 방법이 없었다. 자연적으로 생겨난 지구의 햇볕보다 따뜻하였으며, 지구의 구름보다 맑았다. 지구 밖에서의 아침을 처음으로 맞이할 수 있었다.

"요리법대로라면 지금 진행하면 될 것 같아요. 소스가 튀길 수도 있으니 조심해서 넣어야 해요."

코냑이 말하였다.

"미리 준비해 놓길 잘했네요. 손질된 것을 산 게 다행이에요. 직접 했으면 시간이 오래 걸렸을 것 같아요."

이어서 브랜디가 말하였다.

자리에서 일어나 부엌으로 가까이 다가갔다. 브랜디는 손에 고깃덩어리를 들고 있었다. 그들은 요리하고 있었다. 코냑이 손짓하자 브랜디는 그에 맞춰서 들고 있던 고깃덩어리를 무언가를 끓이고 있는 냄비에 집어넣었다. 고기가 익는 소리와 함께 맛있는 향이 흘러나왔다. 코냑은 고기가 들어간 것을 확인한 뒤에 냄비 뚜껑을 닫았다.

"일어났어?"

브랜디가 나를 쳐다보며 말하였다.

나는 그를 보며 조용히 고개를 끄덕였다. 잠이 완전히 깨지 않아 대답할 힘이 나오지 않았다.

"아침 식사 준비 중이었어요. 곧 있으면 완성되니 조금만 기다려 주세요."

이어서 코냑이 말하였다.

나는 완전히 돌아오지 않은 눈을 비비며 부엌을 나와 화장실로 향하였다. 세면대 앞에 서서 거울을 바라보며 차가운 물로 얼굴을 씻었다. 뜻밖의 냉기로 잠에서 완전히 깰 수 있었다. 수건으로 얼굴을 닦고 화장실에서 나왔다. 거실에는 레랑이 깨어 있었다. 향긋한 냄새로 인해 잠이 깬 것 같았다. 그는 살짝 멍 때린 표정으로 앉아 있었다.

"슬슬 아침 식사가 완성되었으니 유나와 루나를 깨워 주시겠어요."

코냑이 말하였다.

나는 그녀들이 잠든 방에 들어가 유나를 깨웠다. 유나는 쉽게 잠에서 깨어났다. 그녀는 자리에서 일어나 아침 식사 이야기를 듣자 옆에서 자고 있던 루나를 깨웠다. 루나는 일어나 앉았으나 쉽게 잠에서 깨어나지 않았다. 앉아 있는 채로 고개를 꾸벅이며 잠과의 사투를 벌이고 있었다. 유나는 억지로 루나를 일으켰다. 나는 그녀들과 방에서 나와 부엌으로 향하였다. 레랑은 먼저 자리에 앉아 있었다. 우리는 비어 있는 의자에 자리 잡았다.

"아침 일찍 브랜디 씨와 함께 만든 요리에요. 처음 만들어 보는 요리라 맛을 기대하기는 어렵네요."

코냑이 살며시 웃으며 말하였다.

브랜디는 각자의 자리에 접시와 수저를 놓아 주었다. 코냑은 음식이 든 큰 냄비를 자리 중앙에 놓았다. 냄비 뚜껑을 열자 많은 양의 뽀얀 연기가 흘러나왔다. 연기와 함께 맡아 본 향이 더욱 깊게 퍼졌다.

"맛있는 향이 난다."

유나가 말하였다.

코냑은 국자를 들고 와서 냄비에서 음식을 퍼 각자의 그릇에 담아 주었다. 음식은 대체로 어두운 붉은색이었다. 아마 토마토를 베이스로 한 음식 같았다. 토마토의 달콤한 향이 맡아졌다. 걸쭉한 수프와 함께 동그랗게 굴려진 고깃덩어리가 함께 있었다.

"양은 많으니 마음껏 드세요."

코냑이 수저를 들며 말하였다.

우리는 그릇에 담긴 음식을 살펴보다 그의 말이 끝나자 식사를 시작하였다. 음식에서 토마토의 달콤한 맛이 났다. 고기의 고소함과 함께 잘 어우러져 입안에 맴돌았다. 고깃덩어리를 씹으니 안에서 토마토 수프와 섞인 육즙이 입안으로 흘러들어 왔다. 카르보나라에 비해 환상적인 맛은 아니었지만, 지구에서 먹은 수프보다 맛있었다. 지구에서 먹어 본 적 있는 토마토 수프의 상위호환 버전이었다. 아침으로 먹기에 든든하였다. 우리는 천천히 음식을 음미하며 그릇을 비워 나갔다.

"자신 있는 요리는 아니었지만 다들 맛있게 드셔 주셔서 기분이 좋네요."

코냑이 미소를 지으며 말하였다.

포만감과 함께 식사를 마무리하였다. 식사를 마친 식탁을 정리하였다. 각자 먹은 그릇을 싱크대에 넣고, 사용한 수저를 닦았다.

"오늘 일정에 대해서 말씀드릴 것이 있습니다. 이제 뉴욕에 오셨으니 본격적으로 이곳에서 살기 위해 적응하실 필요가 있을 것 같아요. 하지만 첫날부터 일을 나가시기에는 가혹하니 오늘 하루 뉴욕을 둘러보면서 관광을 하시는 것은 어떠신가요?"

부엌 정리를 마친 코냑이 말하였다.

우리는 거실로 돌아와 소파에 앉아 그의 말을 경청했다. 그의 말은 듣던 중 반가운 말이었다. 이렇게 아름다운 도시를 관광할 수 있다는 것은 큰 경험이었다. 거리를 돌아다닌 것만으로도 즐길 수 있었다. 우리는 서로의 눈을 마주친 후에 설렘으로 인해 새어 나오는 웃음을 참으며 그의 제안에 긍정을 표하였다.

"좋아요. 하지만 여러분을 관광시키는 것은 제가 아니에요. 저는 이곳에 남아 앞으로 여러분이 일해서 돈을 버실 수 있는 일터를 찾아볼게요. 그래서 여러분을 관광시켜 줄 분에게 미리 연락을 드려 놨어요. 이곳에서 오랫동안 알고 지낸 사이라 걱정하실 필요는 없어요."

코냑이 우리를 바라보며 말하였다.

우리는 그렇게 거실에서 약간의 시간을 보내며 아침 식사를 소화했다. 코냑은 미리 연락해 둔 분과 만날 약속 장소와 시간을 메모로 남겨 주었다. 그는 집에 남아 외출하는 우리를 보며 손을 흔들었다.

우리는 집에서 나와 최첨단의 엘리베이터를 타고 아래로 내려갔다. 로비를 나오자 따스한 햇볕이 반겨 주었다. 따뜻하게 데워진 공기가 피부의 살결을 타고 머리끝으로 넘어갔다. 선선한 바람이 다리 아래를 가볍게 간지럽혔다. 다리를 타고 바지 안으로 들어와 몸 전체를 훑은 후에 빠져나갔다. 우리는 코냑의 메모대로 아파트 단지 중앙에 있던 공원으로 향하였다. 나무가 정갈하게 공원을 둘러싸고 있었다. 둘러싸인 나무 안으로 색깔이 다른 도로가 있었다. 사람들은 그 도로 위를 달려갔다. 윗옷을 벗은 채로 달리고 있는 사람이 있었고 가벼운 속옷만 입은 채로 달리고 있는 사람도 있었다. 도로를 건너 공원 안으로 더 들어가자 호수가 보였다. 호수는 건너편이 쉽게 보이지 않을 정도로 넓었다. 공원을 둘러싸고 있는 길을 따라 메모에 적힌 건물 앞으로 향하였다. 각진 보석처럼 빛나는 호수를 바라보며 길을 걸었다. 거울처럼 평평한 호수는 하늘의 구름과 땅의 나무를 복사하고 있었다. 육지의 또 다른 세상이 물의 표면 위에 살아가고 있었다. 사람들은 의자에 앉아 손에 무언가를 들고 먹으며 웃고 있었다. 길을 걸으며 서로를 바라보고 미소 짓고 있는 사람들도 있었다. 긴 막대기를 들고 호수 위에 앉아 있는 사람들도 있었다. 공원 잔디에 앉아 얼굴에 종이를 덮고 누워 있는 사람들도 있었다. 그들은 평화로웠다. 근심과 걱정이 없어 보였다. 바람을 맞으며 숨을 쉬는 행위에 당연함을 느끼고 있었다. 본인들의 세상 이외의 것에 관심이 없어 보였다. 시간이 흘러가는 대로 떨어지는 낙엽이 바람을 타고 자연스럽게 흘러가고 있다. 이들의 인생에는 바람이 따랐다. 앞으로 나아가는 이들에게 바람은 뒤에서 밀어주고 있었다. 강한 바람은 다리 힘을 쓰지 않아도 될 정도로 뒤에서 밀어 날게 해 주었다. 바람은 날개였다. 바람을 타고 웃는 이들은 하늘을 나는 법을 본능으로 간직하고 있었다. 태어날 때부터 주어진 보이지 않는 날개가 나에게는 뚜렷하게 보였다. 영원히 지속되는 생각이 끝에 다다르자 어느샌가 메모의 건물 앞에 도착하였다. 건물은 특이한 구조를 띠고 있었다. 2층 건물에 옥상이 있었다. 2층의 넓이가 1층보다 넓었다. 건물을 가리키고 있는 표지판의 안내에 따르면 미술 박물관이었다. 박물관으로 올라가는 계단 위 입구 앞에 한 여성이 서 있었다. 여성의 키는 크지 않다. 붉은색 단발머리를 하고 있었다. 짧은 가죽 잠바를 입고 있었으며 타이트한 청바지를 입고 있었다. 잠바 주머니에 손을 넣고 검은색 캔버스를 신고 있었다. 계단을 다 올라가 입구 쪽으로 다가가자 그 여성이 먼저 우리를 알아보고 인사하였다. 주머니에서 손을 빼 미소를 짓고 손을 위로 크게 흔들었다.

"이쪽이에요."

붉은 머리의 여성이 크게 말하였다.

그녀가 반겨 주자 우리 또한 그녀가 약속 상대라는 것을 알아차리고 다가갔다. 가까이에 다가가자 그녀는 팔을 내리고 다시 주머니에 손을 넣었다.

"안녕하세요. 코냑의 소개로 오신 분들 맞으시죠?"

그녀가 말하였다.

우리는 고개를 끄덕이고 가볍게 인사를 했다.

"반가워요. 뉴욕에 잘 오셨어요. 저는 모젤이라고 합니다. 오늘 도시의 관광을 해 드릴게요. 우선 이곳은 뉴욕 사이드에서 맨해튼이라고 불리는 도시예요."

모젤이 말하였다.

그녀는 손으로 가리키며 이곳저곳을 설명해 주었다.

"우선 저희 앞에 있는 박물관부터 들어가실까요?"

모젤이 본인의 뒤에 있는 건물을 가리키며 말하였다.


우리는 그녀의 말을 따라 박물관의 입구로 들어갔다. 입구의 문이 열리자 차가운 바람이 느껴졌다. 공원에서 따듯하게 그을리고 있던 피부가 냉기와 만나 시원하게 식어 갔다. 천장 어딘가에서 바람이 흘러나오는 것 같았다. 박물관 전체를 회전하고 있는 바람은 마음을 편안하게 해 주고 기분 좋게 해 주었다.

"이 박물관은 주기에 따라 항상 전시가 바뀌는데 이번에는 동양풍의 전시가 이루어지고 있는 것 같네요. 동양의 관점에서 이번 연도가 토끼의 해라서 토끼 관련된 것이 많이 있네요."

모젤이 고개를 돌려 주변을 살펴보다 말하였다.

"동양이 뭐예요."

레랑이 말하였다.

그는 내가 궁금해하고 있던 것을 잘 집어 말하였다. 어렴풋이 들어 본 적은 있었으나 정확히 알지는 못하였다.

"아. 동양은 말이죠. 이전에 지구의 인종과 지역을 구분할 때 크게 두 가지로 나누었는데 하나가 서양이고 하나가 동양이에요. 지구의 태평양을 기준으로 양쪽으로 나누었죠. 동양은 여러 특징 중에 오리엔틱하고 고풍스러운 특징을 많이 가지고 있어요. 라고 말하였지만, 저도 스페이스 네이티브라 정확히는 몰라요. 어디서 주워들은 정도라고 생각하시면 돼요. 아마 코냑이 저보다 더 자세히 알고 있을 것이에요. 역사에 빠듯한 것이 아니라서 박물관 같은 전시회를 다닐 때는 그저 작품 그 존재 자체를 감상하며 즐기고 있어요. 물론 작품에 관한 역사와 이야기를 알면서 보는 것도 하나의 감상 방법이라고 생각해요."

모젤이 약간의 미소를 지으며 말하였다.

그녀의 설명이 끝나고 이어서 박물관 전체를 둘러보았다. 그녀의 말대로 토끼와 관련된 작품이 많았다. 고풍스러운 디자인이 섞여 있었다. 박물관 관광을 마친 우리는 모젤을 따라 공원 밖으로 나갔다.

이어서 그녀는 여러 장소를 구경시켜 주었다. 여러 상품을 파는 백화점이라는 곳에도 데려다주었다. 그녀는 그곳에서 우리에게 몇 가지의 옷을 사 주었다. 종류가 많아 쉽게 고르기 어려웠지만, 다 마음에 드는 옷이었다. 주변을 돌아다니면서 그녀가 좋아하는 식당에서 함께 점심과 저녁을 먹었다. 저녁을 다 먹고 해가 져 하늘이 어두워지자 모젤은 한 건물로 안내해 주었다. 건물은 한눈에 보이지 않을 정도의 높이를 가지고 있었다. 밑에서 보았을 때 가늠할 수 없을 정도로 높이 쌓여져 있었다. 그녀는 그 건물의 이름을 'World Tower'라고 알려 주었다.

"이 빌딩의 이름은 과거 지구의 뉴욕에 있던 'One World Trade Center'를 오마주해서 지은 건물이에요. 보시는 것과 같이 정말 높죠?"

모젤이 말하였다.

그녀는 말이 끝나고 안으로 들어가자는 손짓을 하였다. 우리는 그녀를 따라 빌딩 안으로 들어갔다. 실내는 외부에서 봤을 때와 비교해서 훨씬 넓었다. 건물 안에서 여러 사람과 상점이 있었다. 사람들은 정장과 형형색색의 옷을 입고 주변을 돌아다니고 있었다.

"꼭대기 층에 전망대가 있어요. 우리는 오늘 그곳에 올라갈 것이에요."

모젤이 길을 안내하며 말하였다.

그녀는 한 곳에 도착하였다. 앞에는 코냐의 집에서 봤던 것과 비슷한 철문이 있었다. 엘리베이터였음이 틀림없었다. 양옆으로 문이 열리고 안으로 들어갔다. 모젤이 버튼을 누르고 한번 덜컹거린 후에 빠르게 올라갔다. 속도가 느껴져 순간 속의 느낌이 이상했다. 몇 초도 지나지 않은 시간 만에 목적지에 도착하였다. 언제 경험해 보아도 경이로운 기술이었다. 다시 한번 엘리베이터의 문이 양옆으로 열렸다. 앞의 장소는 어두웠다. 천장에 불이 켜져 있었지만 약한 조명이 나오고 있었다. 직접 눈으로 보아도 따갑지 않을 정도로 어두웠다. 사방은 창문으로 둘러싸여 있었다. 모젤을 따라 창문 앞으로 걸어가자 어째서 이 장소를 어둡게 해 놓았는지 알 수 있었다. 창문 밖 아래로 도시의 정경이 펼쳐져 있었다. 해가 없었기에 도시는 불빛을 키고 길을 밝히고 있었다. 전망대가 어두워 어둠 속의 빛이 선명하게 보였다. 도시의 건물, 자동차, 사람 모든 것이 작았다. 손바닥 안에 들어올 정도로 크기가 작았다. 도시가 작아진 것이 아닌 내가 커져 모든 곳을 아우르는 것만 같았다. 도시의 도로를 달리는 자동차들도 볼 수 있었다. 사람들의 모습은 잘 확인할 수는 없었지만 무언가 움직이는 것을 보고 사람임을 알 수 있었다. 하늘은 어두웠다. 아래에서부터 빛이 번져 위로 올라갈수록 어두웠다. 암흑 속에서 어렴풋이 구름이 떠다니는 모습이 보였다. 이렇게 높은 위치여도 사이드의 천장은 보이지 않았다. 사이드의 끝이 어떻게 생겼는지 알 수 없었다. 팩토리 프런티어처럼 유리로 되어 있지 않을까 하는 추측을 해 보았다. 우리는 도시의 정경을 감상한 후에 몇 시간 더 전망대에서 여운을 음미했다. 세상의 꼭대기에 있는 것 같은 상상이 들었다. 누구나 쉽게 범접할 수 없는 쉽게 손에 닿지 않는 그런 정상에 있는 느낌이 들었다. 조용히 음미하고 있을 때 또 다른 관광객의 소음과 함께 상상을 그만두었다. 그렇게 시간이 흘러 우리는 엘리베이터를 타고 타워 아래로 내려갔다. 순식간에 하늘에서 땅에 도착하였다. 건물 밖으로 나간 후에 정상에서 보았던 정경이 눈에 아른거리며 가슴속에 여운이 남아 있었다.

"오늘은 시간이 늦었으니 이만 들어가시는 것이 좋을 것 같아요. 뉴욕 전체를 둘러보기에는 한참 시간이 부족해요. 반년을 관광하여도 전부 둘러볼 수는 없을 거예요. 제가 다시 코냑이 지내고 있는 아파트 단지까지 안내해 드릴게요."

모젤이 뒤를 돌아 우리를 바라보며 말하였다.

우리는 해가 진 밤거리를 따라 집으로 돌아갔다. 모젤이 코냑의 아파트까지 안내해 주었다.

어느 정도 길을 알고 있는 우리는 그녀와 작별 인사를 하고 로비로 들어갔다. 엘리베이터를 타고 위로 올라갔다. 코냑의 집 앞에 초인종을 누르자 자동으로 문이 열렸다. 집 안에 있던 코냑은 안경을 쓰고 있었다. 그는 마중을 나오며 반갑게 맞이해 주었다.

"관광은 잘하고 오셨나요? 피곤하시죠? 들어와서 일단 쉬세요."

코냑이 집 안으로 안내하며 말하였다.

한참을 밖에 있던 우리는 집에 들어오자 피로가 한 번에 몰려왔다. 관광할 때까지만 하여도 몸이 피곤한 줄도 모르고 즐겼지만, 집 안의 따뜻함이 몸을 감싸자 피곤함이 발끝에서부터 올라왔다.

"여러분이 관광하고 계시는 동안 일자리를 알아봤어요. 쉬고 계시는데 이런 이야기를 해서 죄송해요. 하지만 내일부터 바로 일이 시작되는 분도 계셔서 오늘이 가기 전에 말씀드리고 싶습니다."

코냑이 의자에 앉아 말하였다.

우리는 그의 말을 듣고 몸을 일으켜 세워 코냑을 쳐다보았다. 몸을 최대한 휴식시켜 주면서 상체를 들고 집중하였다.

"우선 루나 씨에 관해서입니다만, 그녀는 너무 어려서 일하기에는 부담이 될 것이에요. 그래서 우선 그녀를 제외하고 네 분의 일자리를 찾아보았어요. 하지만 일자리가 많지 않아서 세 명분의 일자리밖에 찾지 못하였습니다. 세 자리 중에서 하나는 유나 씨 전담이에요. 한 바에서 일할 여성분을 찾고 있더라고요. 이곳은 아까 여러분을 관광시켜 준 모젤도 일을 하는 곳이라서 같이 근무하실 수 있을 것이에요. 그녀에게 말을 해 두었으니 도움을 많이 줄 것입니다. 나머지 두 자리 중에서 한 자리는 사이드의 공항 데크로 가서 짐을 나르는 일자리가 하나 있었어요. 이 일은 5일 동안 그곳에서 묵으면서 근무하셔야 해요. 대신에 급여가 높아요. 그리고 한 자리는 한 식당에서 설거지하는 일입니다. 이 두 가지의 일을 세 분이 정하시면 될 것 같습니다. 공항 데크는 이곳에서 조금 먼 곳에 있어서 일하실 거면 내일 바로 출발해야 해요. 설거지 근무와 바에서의 근무는 내일 모레부터 시작하시면 됩니다."

코냑이 일자리에 대해 말하였다.

우리는 고민하였다. 유나를 제외하고 나머지 세 명 중에서 일을 어떻게 할 것인가에 대해 고민하였다. 고민하다 문득 생각이 들었다. 지구에서부터 지금의 뉴욕에서까지 나는 이제껏 도움만 받아왔다. 대가 없는 도움이었다. 도움을 받으면 그에 상응하는 도움을 다시 주는 것이 도리였다. 하지만 지금까지 생각도 하지 않고 있었다. 그저 도움받는 것이 감사할 뿐이지 당연하다는 듯이 받아들이고만 있었다. 나도 이들을 위해 대가 없는 도움을 주고 싶어졌다. 나의 자원을 지불하여 대신하고 싶었다.

"내가 사이드의 공항에서 근무할게."

나는 생각이 끝나기 전에 말하였다.

고민이 지속되면 또 다른 생각인 귀찮음과 게으름이 나의 각오를 망쳐버릴 것만 같았기 때문이었다. 결심이 끝나기 전에 먼저 말을 하여 다짐하기로 하였다. 나중에 후회하더라도 지금의 선택에는 만족했다.

"그러면 내가 설거지 일을 할게."

이어서 브랜디가 레랑보다 먼저 말하였다.

"그러면 그렇게 결정하시는 것으로 하시죠. 레랑 씨는 잠시 쉬시는 것이 좋겠어요."

브랜디의 말이 끝나자 코냑이 말하였다.

코냑이 결정을 내리자 내가 한 선택에 약간의 후회가 들었다. 일하면서 편히 쉴 레랑의 모습이 떠오르면서 다짐을 철회하고 싶었다. 그러나 미안해하고 있는 레랑의 표정을 보자 결심을 되풀이하지 않은 자신에게 뿌듯했다. 하나의 역할을 맡았다는 사실에 자신을 기특해하며 결심의 도화선에 불을 지폈다.

"하지만, 나도 도움이 되고 싶은데."

레랑이 슬픈 표정을 지으며 말하였다.

"도움을 주실 수 있습니다. 다른 분들이 일하실 때 옆에서 저를 도와주세요."

코냑이 레랑을 다독이며 말하였다.

"그러면 일은 어떻게 시작하면 되나요?"

내가 말하였다.

무엇도 나의 선택을 막을 수 없도록 쐐기를 박고자 하였다.

"맨해튼에서 조금 떨어진 곳에 공항 데크로 가는 인부들만의 역이 있어요. 그곳까지 제가 내일 데려다 드릴게요. 제가 미리 연락을 드려 놨으니 아마 그곳에 도착하시면 담당해 주시는 분이 안내해 주실 것입니다. 그리고 그다음 날부터 브랜디 씨와 유나 씨도 근무를 시작하실 수 있어요."

"알겠습니다."

"일이 5일 동안 계속되니 힘드신 일이 있으시다면 소통할 수 있는 이 핸드폰으로 저한테 연락해 주세요. 핸드폰 안에 제 연락처를 저장해 두었습니다. 핸드폰의 사용법은 뒤에 메모지에 적혀 있어요."

코냑이 핸드폰을 나에게 주며 말하였다.

"그럼 내일 일찍 일어나야 하니 이만하고 자러 가자."

브랜디가 말하였다.

그의 말에 동의하고 우리는 모두 잠자리에 들어갔다. 처음 이곳에서 잔 것과 같이 각자의 자리에서 잠을 청하였다. 내일이면 또 다른 위치에서의 시작이었다.


"슬슬 출발하시죠."

잠결에 코냑의 목소리가 들렸다.

몸이 좌우로 흔들렸다. 낯선 손길에 잠에서 눈이 떠졌다. 코냑이 나의 어깨를 짚고 흔들고 있었다.

"무슨 일이시죠."

나는 어제의 일을 기억해 내지 못하고 말하였다.

"슬슬 출발하셔야 시간에 맞출 수 있습니다."

코냑이 말하였다.

그의 이해할 수 없는 말에 어제의 기억이 되살아났다. 근무에 대해 기억하자 잠기운이 사라졌다. 나는 코냑이 당황할 정도로 순식간에 일어났다. 어제 잠든 지 5분도 지나지 않은 듯한 느낌이었다. 하지만 몸은 쌩쌩했다. 나는 서둘러 준비를 마쳤다. 주변에서 레랑과 브랜디는 아직 잠들어 있었다. 방에 있는 유나와 루나도 기상을 눈치채지 못하고 있었다. 나는 코냑을 따라 밖으로 나갔다. 아파트의 밖은 아직 해가 뜨지 않았다. 해가 하늘에 없었지만, 주변은 흐릿하게 밝았다. 하늘은 푸른색이었지만 땅은 어두웠다. 어두운 하늘색을 띠며 아침 전임을 알 수 있었다. 나는 코냑이 운전해 주는 차를 타고 이동했다. 인기척 없는 새벽 도로를 달리며 차갑게 식은 공기가 맴돌았다. 한참을 일직선으로 달리다 구불구불한 길을 지나 그는 차를 멈춰 세웠다.

"여기서부터는 내려서 걸어가시죠."

코냑은 뒷자리의 나를 바라보며 말하였다.

나는 그의 말을 따라 차에서 내려 코냑을 따라 길을 걸어갔다. 주변에는 철로 된 구조물이 많이 있었다. 뉴욕이라고 하기에는 어울리지 않은 건축물들이 있었다. 땅에서는 연기가 새어 나오고 있었다. 안으로 깊숙이 들어가자 한 역이 나왔다. 역과 역 사이에는 철도가 깔려 있었다. 신기하게도 철도는 내리막길로 아래를 향하고 있었다.

"곧 이곳으로 전철이 도착할 것이에요. 바로 공항 데크로 이동하는 전철이니 타고 가셔서 내리시면 담당자분이 기다리고 계실 것입니다."

코냑이 말하였다.

그의 말이 끝나기 무섭게 역 천장에서 빨간 불이 비치면서 시끄럽게 울리는 알림음이 울렸다. 주변에 의자에 앉아 있던 몇몇 사람들은 일어나 철도에 가까운 곳으로 다가갔다.

"전철이 오려나 봅니다. 그러면 5일 동안 무사히 다녀오셔야 합니다. 오시는 날에 맞춰서 이곳에서 기다리고 있을게요. 근무를 하는 것에 있어서 5일은 긴 시간이 아닐 수도 있지만 분명 좋은 경험이 될 것입니다. 일이 끝난 뒤에는 많은 것이 바뀔 수도 있어요. 내면적으로나 외적으로나. 부디 몸조심해서 다녀오세요."

코냑이 나의 어깨를 잡고 말하였다.

그의 어조에서 힘이 느껴졌다. 그의 말을 들으니 자동으로 등에 힘이 들어가고 긴장감이 생겼다. 나는 고개를 끄덕였다. 전철은 빠르게 달려오다 앞에 서서 문을 열었다. 나는 코냑의 인사를 받으며 열린 전철 안으로 들어갔다. 나를 따라 사람들도 들어왔다. 실내는 차가운 바람이 맴돌고 있었다. 좌석은 비어 있어서 빈자리에 가서 앉았다. 좌석은 전철을 기준으로 양 구석에 길게 나열되어 있었다. 나는 한 자리에 앉아 뒤를 돌아 창문을 바라보았다. 창문 밖에는 코냑이 나를 쳐다보고 있었다. 서로 눈을 마주치자 그는 나를 보고 있었다. 그리고는 쓸쓸한 미소와 함께 손을 흔들었다. 나도 그에게 손짓하려던 찰나 전철은 한번 덜컹거리더니 요란한 소리와 함께 앞으로 움직였다. 덜컹거림에 움찔한 나는 다시 앞을 바라보고 앉았다. 내리막길로 되어 있던 철도는 안에서 느끼기에 평행을 유지하고 있었다. 옆으로 몸이 쏠리지 않았다. 그렇게 한참을 소리를 내며 이동했다. 이동하면서 일터에 가까워지는 것을 느낄 수 있었다. 그럼에 따라 이상한 긴장감이 올라왔다. 이곳에서의 근무가 내 인생에 있어서 하나의 전환점이 될 것 같은 느낌이 들었다. 낯선 곳에서의 두려움과 동료들에게 도움을 줄 수 있다는 기대감이 복잡하게 섞여 있었다.

전철은 빠르게 이동하다 서서히 느려지더니 덜컹거리는 움직임과 함께 멈췄다. 그리고 문이 열리고 앉아 있던 사람들은 문을 따라 내리기 시작하였다. 나도 그들을 따라 전철에서 내렸다. 문에서 나와 앞을 바라보자 신기한 광경이 펼쳐졌다. 이곳은 하나의 실내였다. 천장과 양옆에는 철로 된 구조물들이 원통을 이루면서 하나의 커다란 실내 공간을 유지하고 있었다. 앞에 끝에 보이는 곳에는 밝은 빛이 밝혀지고 있었다. 그 빛에 의해 주변을 훤히 볼 수 있었다. 마치 이곳은 팩토리 프런티어 같았다. 전혀 뉴욕이라고는 볼 수 없었다. 내가 주변을 둘러보며 신기해하고 있을 때 앞에서 한 안전모를 쓴 인부가 걸어왔다.

"뉴욕의 최하층에 오신 것을 환영합니다. 당신이 아마 이번에 단기로 일을 맡은 분이시죠? 나는 그쪽의 안내를 맡은 이곳의 많은 인부 중 하나입니다. 잘 부탁해요."

황토색 피부에 검은색 가루가 얼굴에 묻은 인부가 나를 보며 말하였다.

그 인부는 높임말과 반말을 섞어 가며 나에 대한 경계와 본인의 지위를 어필하고 있었다. 나는 그 인부를 따라 5일간 사용할 방과 작업복 등을 받았다.

"5일 동안 그쪽이 할 일은 항공기에서 내려오는 물건들을 옮기시면 돼요. 오늘이 월요일이니 금요일까지. 근무 시작은 9시부터입니다. 지금이 8시니까 한 시간 동안 쉬시다가 9시에 저쪽으로 가세요."

인부는 손으로 일터를 가리키며 말하였다.

나는 일찍이 방에서 작업복으로 갈아입은 뒤에 공항 데크 주변을 둘러보았다. 숙소는 여러 방으로 나누어져 있었다. 긴 복도가 있었으며 조를 이루어 방이 있었다. 한 방에는 침대 4개가 있었다. 4개의 침대는 두 개의 2층 침대가 양옆으로 벽에 붙어 있었다. 가운데에는 책상 하나가 놓여 있었다. 데크는 하나의 마을이었다. 인부들이 묵고 쉴 수 있는 숙소가 있었고 주변에는 인부들을 위한 음식점과 가게들이 줄지어 있었다. 사람들은 팩토리 프런티의 주민들과 비슷하게 생활하고 있었지만, 얼굴에서 여유와 풍요로움이 묻어났다.

한 시간 정도 둘러보다 일정에 늦지 않게 9시 전에 일터로 들어갔다. 옆에서 사람들은 근무 시작을 기다리고 있었다. 안내에 따라 한 커다란 벨트에 양옆으로 사람들이 다가갔다. 그리고는 천장의 시계가 9시를 가리킴과 동시에 알람음이 시끄럽게 울렸다. 그 소리에 맞춰 장갑을 고쳐 착용하는 사람도 있었다. 캐터펄트 끝에서 문이 열리더니 상자가 순번을 지키며 벨트를 타고 이동하고 있었다. 사람들은 상자를 잡고 본인의 뒤에 있는 컨테이너 상자에 옮겨 담았다. 나는 곁눈질로 그들의 행동을 보고 따라 했다. 앞에서 놓친 상자가 내 앞에 다가오자 나는 넘기지 않고 상자를 들어 뒤로 옮겨 담았다. 어색하고 낯설었다. 보이지 않는 나의 행동을 상상해 보아도 어리숙해 보였다. 하지만 주변 사람들은 아무런 편잔도 꾸중도 하지 않았다. 노력하는 나의 모습에 비난하지 않는다고 생각했다. 그렇게 계속해서 같은 일을 반복하고 움직였다. 일에 익숙해지자 사람들은 실없는 농담을 주고받기도 하고 웃으며 의미 없는 대화를 이어 나가기도 하였다. 꽤 오랫동안 이곳에서 일한 것처럼 보이는 인부가 나에게도 실없는 농담을 하기도 하였다. 나는 대답 없이 미소를 보였다. 중간에 점심 식사를 위해 한 시간 정도 쉰 후에 이어서 근무가 시작되었다. 총 7시간 정도의 일을 끝마치고 천장의 알람음과 함께 상자가 더 이상 나오지 않았고 문이 닫혔다. 주변 사람들은 몸을 뻗었다. 고된 한숨과 함께 다들 착용하고 있던 장갑을 벗고 밖으로 나갔다. 나는 그들을 따라 나갔다.

"오늘 일은 여기서 끝이에요."

선참자의 인부가 나의 손을 가리키며 말하였다.

나는 아직 손에 장갑을 착용하고 있었다. 그의 말에 따라 장갑을 벗고 제공 받은 숙소를 향해 갔다. 숙소에 들어가기 전에 본인만의 로커에 옷을 정리했다. 그리고 사람들을 따라 샤워장에서 몸에 묻은 먼지와 오물을 닦고 옷을 갈아입었다. 숙소의 다른 방에서는 몇몇 사람이 자고 있었다. 로비에서 각자의 시간을 보내는 사람도 있었고 밖으로 나가 가게로 들어가는 사람도 창문 밖으로 보였다. 나는 근무 첫날의 피곤한 몸을 이끌고 침대로 돌아가 그대로 잠이 들었다. 중간중간 인부들의 떠드는 소리에 잠에서 깨긴 하였지만, 금세 다시 잠에 빠졌다. 그렇게 피곤한 하루가 지나갔다.


천장에서 요란한 알람음이 울렸다. 그 소리에 눈을 뜨지 않을 수 없었다. 아침 시간을 알려 주는 알람이었다. 옆과 위에서 자고 있던 사람들도 소리에 깨 움직였다. 나도 졸린 눈을 일으키고 인파에 몸을 맡겼다. 그리고 어제와 같은 일상이 반복되었다. 같은 행동과 시간이 반복되었다.

피곤한 4일째가 되어서야 근무에 적응할 수 있었다. 그리고 막바지가 다가오고 있음을 알 수 있었다. 근무처에서의 마지막 밤이 된 날 몇몇 사람들이 앉아 있는 로비로 가 틀어져 있는 텔레비전을 같이 시청하였다. 방송은 뉴스였다. 전문인이 나와 무언가 설명하고 있었다. 뉴욕에 오기 전부터 화제가 되어 있었던 밀입국에 관한 이야기였다. 뉴 아메리카 프런티어에서 밀입국을 시도한 일행을 잡았다는 뉴스였다. 이들은 불법적인 항공기로 우회해 들어와 일반 주민처럼 생활하고 있었다는 내용이었다. 자연스럽게 섞여 있던 이들이 잡힌 이유는 처음 뉴 아메리카 프런티어로 이주해 온 이민 1세대부터 내려오는 이력이 전혀 없다는 것이 주요 원인이었다. 이들을 조사하니 비교적 최근에 불법으로 밀입국한 사실이 적발되었다고 방송에서 말하고 있었다. 텔레비전을 같이 보고 있던 인부들도 방송을 보며 한마디씩 던졌다.

"저런 더러운 피가 섞여 들어오니 발전이 더딘 거야."

리모컨을 들고 있던 인부가 말하였다.

"그래도 빨리 잡아서 다행이네요. 저런 사람들은 빨리 퇴출해야 하는데."

이어서 다른 인부가 말하였다.

이들에 반응하여 고개를 끄덕이는 사람이 보였다. 방송을 보며 혀를 차고 고개를 좌우로 젓는 사람도 있었다. 눈살을 찌푸리며 이들의 말에 찬성하는 행동을 취하는 사람이 있었다.

"이 넓은 우주에서 못사는 사람들이 많은 건 알고 있어? 그들도 얼마나 힘들었으면 위험을 무릅쓰고 이곳에 왔겠어. 공감을 못 하나?"

뒤에서 이들의 말을 지켜 보고 있던 한 인부가 말하였다.

그들에게 대적하여 의견을 하는 사람도 있었다. 그의 말을 듣고 고개를 끄덕이는 몇몇 사람들이 있었다.

"뭐야?"

리모컨을 들고 있던 인부가 자신에게 반대하는 의견을 듣자 발끈하였다.

"우리야 운이 좋아 부족하지 않게 사는 것이지 힘든 사람 생각은 안 해?"

"힘들어? 지금 이곳에서 땀 흘리며 힘들게 사는 사람이 누군데."

"우리가 힘든 것은 저들에 비하면 아무것도 아니라는 뜻이지."

"저들이 편하게 살든 어렵게 살든 그것은 내 알 바가 아니고 저들 때문에 부족해지는 자리는 누가 보상해 줘? 어?"

두 인부의 논쟁이 점점 커졌다. 목소리의 크기가 커졌고 이내 서로의 멱살을 잡을 정도로 분위기가 거세졌다. 서로의 행동이 급격해지자 주위에서 지켜보고 있던 사람들이 말리기 시작하였다. 큰 소리로 인해 다른 곳에 있던 인부들까지 모여 상황은 더욱 혼란스러워졌다. 여러 사람이 좁은 공간에 모이자 통제가 되지 않았다. 언쟁을 벌이고 있던 두 인부의 모습이 다른 인부들에게 가려져 어디에 있는지조차 보이지 않았다. 그런 혼란 속에서 방송은 계속해서 흘러나오고 있었다.

"뉴 아메리카 프런티어에서 불법 밀입국으로 잡힌 일행의 처분에 대해 여러 의견이 나오고 있는 상황입니다. 의견 중에서는 밀입국으로 정세가 악화하자 이를 바로잡기 위해 본보기로 공개 처형을 하자는 의견이 있다는 사실입니다. 이 의견이 언론에 공개되자 사람들의 찬반 논쟁이 더욱 거세지고 있다고 합니다. 강한 본보기로 두 번 다시 불법적인 일을 저지르지 않게 하기 위한 찬성의 관점과 인류의 도리에서 벗어나 비인도적인 행위라는 반대의 관점이 대립하고 있다고 합니다. 상황이 최신화가 되는 대로 방송을 보내도록 하겠습니다."

탁상에 앉아 있는 정장 입은 남성이 한껏 고조된 얼굴로 말하였다.

방금 나온 방송에 관하여 나와는 상관없는 제삼자의 상황이었다. 이미 뉴욕의 생활에 익숙해진 나는 흐려진 과거를 기억하지 못한 채로 저장하지 않고 저편으로 흘려보냈다. 뉴스의 중요성은 생각하지 않았다. 앞으로 있을 미래에 대한 존재 의의를 새겨 두지 않았다. 이어서 다른 뉴스가 나왔지만, 더욱 혼란스러워진 인부들의 인파로 인해 잘 들리지 않았다. 상황을 해결하기 위해 불러온 간부들에 의해 혼란이 종결되었고 모여 있던 인부들은 해산하여 각자의 방으로 들어갔다. 나도 그들이 시키는 대로 방으로 돌아가 마지막 밤을 음미하지 않고 그대로 잠이 들었다. 항상 마지막을 장식하는 밤에 하던 상상은 더 이상 나오지 않았다. 그렇게 새벽이 깊어 갔다.

나는 마지막 일을 끝냈다. 5일간의 짧지만 긴 하루의 여정을 마무리 지을 수 있었다. 같이 작업을 하던 인부들과 작별 인사를 나누고 올 때와 같은 전철을 타고 이동하였다. 공항에서 받은 급여 봉투를 가슴속 깊이 간직해 두었다. 고생했다는 노력을 알아주는 것보다 나는 이 돈으로 친구들에게 눈에 보이는 선물을 해 주고 싶었다. 오랜만에 볼 그들의 얼굴을 기억하며 어떠한 선물을 마음에 들어 할지 생각했다. 전철이 목적지에 거의 다 오자 선물의 내용물을 정하지 못하여 먼저 만날 코냑에게 조언을 듣고자 하였다. 역에 도착한 나는 전철에서 내려 계단을 올라가 코냑이 내려 주었던 곳으로 가 그를 기다렸다. 그는 내가 도착한 지 얼마 지나지 않아 차를 타고 내 앞까지 왔다. 그는 자동차의 창문을 내리고 미소를 보이며 나를 반겨 주었다. 오랜만에 본 그의 얼굴도 어딘가 낯이 변해 있었다. 눈가가 어두웠으며 수염이 덥수룩하게 자라 있었다. 바닥에서 뿜어져 나오는 연기 때문에 그의 피곤해 보이는 인상이 더욱 부각되었다.

"오랜만이에요. 고생 많으셨어요."

코냑이 말하였다.

그의 안색에 대해 걱정의 말을 꺼내려 하였지만, 그의 기운 있는 말투에서 근심을 그만두었다. 공항에서 일하던 인부들도 낯빛이 어두웠지만, 그들의 말과 행동에서는 기운을 느낄 수 있었다. 코냑 또한 하고 있는 일에 지친 상태임을 알 수 있었다. 나는 그와 인사를 나누고 코냑의 자동차 옆 좌석에 탑승하였다. 그는 나를 태우고 집으로 향하였다. 한참 동안 도로를 달리다 문득 선물의 조언에 관한 생각이 떠올랐다.

"공항에서 일해서 받은 급여로 모두에게 선물을 하나씩 주고 싶은데 마땅한 것이 없을까요? 전철에서 계속 고민해 봤지만, 마땅히 떠오르는 것이 없어서요."

나는 앞을 보며 운전하고 있는 코냑을 바라보며 말하였다.

"선물이라 좋은 생각인데요? 모두에게 줄 만한 선물이라면 우정 팔찌 같은 것은 어때요? 소박하지만 정성도 있어 보이고. 굳이 똑같은 팔찌가 아니더라도 여러 색상이나 비슷한 모양들로 선물해 주면 좋아할 것 같아요. 선물로 주는 액세서리를 싫어할 만한 분들도 아니시니까요."

코냑이 말하였다.

그의 조언은 완벽했다. 선물의 내용물을 고르지 못한 답답함이 가슴에 응어리지고 있었지만, 그가 말해 준 조언으로 인해 해소되었다. 나는 모두에게 팔찌를 선물하기로 했다.

"그러면 집에 가기 전에 주변 백화점에 들러 선물을 먼저 사고 갈까요?"

코냑이 길을 안내해 주고 있던 기계를 만지며 말하였다.

그는 항상 앞서 최선의 선택을 제공해 준다. 그의 센스를 본받고 싶었다. 나는 코냑의 말에 찬성하였다. 코냑은 길 안내를 다른 곳으로 바꿔 우리는 백화점을 향해 갔다.

백화점에 도착한 코냑은 자동차를 주차한 뒤 나를 내려 주었다. 그는 바쁜 일정으로 인해 팔찌를 고르는 것까지는 도와줄 수 없었다. 이는 스스로 해야 하는 일이었다. 그리고 집에서 다시 만나자는 말을 주고받았다. 익숙하지 않은 맨해튼이었지만 백화점에서 코냑의 아파트가 보일 정도로 가까운 위치였다. 중간에 한 광장을 사이에 두고 지나서 가면 바로 아파트가 있었다. 길을 인지한 뒤 나는 백화점 안에서 모두에게 줄 선물을 골랐다. 백화점에 내가 받은 급여로 사기에 터무니없는 가격의 물건이 많이 있었다. 그 안에서 작은 가게가 하나 있었는데 직접 손으로 액세서리를 만들어서 파는 수제 공방이었다. 나는 그곳에서 몇 가지의 실로 만든 얇은 팔찌를 구매했다. 여러 색이 조합되어서 각자의 개성에 맞게 고를 수 있었다. 나는 모두의 이미지를 떠오르며 그들에게 맞는 팔찌를 골랐다. 팔찌가 들어간 종이로 된 가방을 받았다. 그렇게 구매를 끝나고 나서 백화점 밖으로 발을 돌렸다.

코냑이 알려 준 대로 길을 따라 광장으로 향하였다. 백화점과 광장과의 거리는 멀지 않아 금세 육안으로 확인할 수 있었다. 점점 가까워지자 사람들의 소리가 들리기 시작했다. 광장 중앙에는 인파가 몰려 있었다. 밀집된 사람들로 인해 앞이 보이지 않을 정도로 빼곡했다. 평소라면 다른 길로 우회하여 벗어났을 터이지만, 길도 모르고 앞의 상황이 궁금하여 인파를 뚫고 앞으로 나아갔다. 나는 들고 있던 가방을 두 손으로 집고 가슴 쪽에 밀착시켜 소중하게 지켰다. 앞으로 갈수록 사람들의 소리가 커졌다. 이는 함성처럼 들렸다. 앞을 향해 팔을 들고 소리치는 사람들이 있었고, 두 손을 입 앞에 두고 소리치는 사람들이 있었다. 이들은 집중된 이목으로 인해 내가 그들을 뚫고 지나가고 있다는 사실을 알지 못하였다. 맨 앞의 몇 줄을 남겨 두고 광장의 중앙이 보였다. 그곳에는 무대가 있었다. 무대 위에는 몇몇 사람들이 서 있었다. 무대 위에 있는 사람들의 얼굴을 보고 나는 양손으로 쥐고 있던 가방을 놓지 않을 수 없었다. 가방이 떨어지며 심장도 함께 저 밑 심연으로 떨어졌다. 종이 가방에 들어 있던 팔찌가 바닥에 널브러졌다. 신경을 써 주는 인파는 아무도 없이 바닥에 놓인 팔찌를 밟아 댔다. 나는 떨어진 선물을 주울 수 없었다. 아니, 줍고자 하는 생각도 아무런 행동도 할 수 없었다. 머릿속 모든 사고가 정지되었다. 이는 과거에 몇 번 경험해 본 적 있는 악몽보다 무서운 감정이었다. 시간이 이상하게 흘러갔다. 어지러울 정도로 느리게 흘러가는 시간은 구토를 유발할 정도로 역겨웠다. 주변 인파들의 움직임이 훤히 보일 정도로 느리게 흘렀다. 무대 위에 있는 사람들의 시간은 평범하게 흘러갔다. 그들은 기둥 앞에서 뒤로 양손이 묶여 있었다. 얼굴에는 눈을 가리는 안대가 묶여 있었다. 기둥 위에 고리 모양의 줄이 그들의 목을 감싸고 있었다. 몇몇은 어깨와 배가 들썩일 정도로 거친 숨을 내쉬며 가려진 눈에서 눈물이 흐르고 있었다. 눈을 볼 수 없었지만 나는 이들이 누군지 단숨에 알 수 있었다. 광장 중앙의 네 명은 브랜디, 레랑, 유나와 루나였다. 모든 시간을 함께 지내온 이들이었기에, 하루 1초도 지나지 않는 시간 동안 서로의 얼굴을 바라보던 사이였기에 가려진 눈으로 신분을 숨기는 것이 나에게는 통하지 않았다. 통하지 않았기에 괴로웠다. 밝게 빛나는 희망의 길을 걷고 있던 우리에게 절망의 시간이 찾아왔다. 마음속 깊이 숨어 있던 불안한 마음이 온몸을 휘감았다. 없어질 리 없었던 불안한 엄습이 결국 찾아왔다. 나는 움직일 수 없었다. 지금 당장에라도 앞으로 뛰쳐나가 모두를 구하고 싶다는 생각이 수도 없이 시뮬레이션 되며 미래를 예측하였다. 그러나, 심연 깊이 뿌리내린 두 발은 움직일 낌새가 보이지 않았다. 익숙한 공포와 메슥거림이 몸을 짓눌렀다. 하지만 이내 또 다른 생각이 자리 잡았다. 지금이 아니면 나는 두 번 다시 모두를 구할 수 없을 것만 같은 생각이었다. 두 번 다시 모두의 얼굴을 보고 대화를 나눌 기회가 사라질 것만 같은 생각이 떠오르며 공포를 이겨 내기 시작했다. 나는 무거운 발뒤꿈치를 떼며 앞으로 나아가려 하였다. 그 순간 무언가 무거운 물체가 내 머리 위에 올라왔다.

"앞에 뭐가 보이지?"

코냑이 옆에서 손으로 나의 머리를 숙이며 말을 하였다.

나는 갑작스러운 그의 등장과 행동으로 인해 앞으로 뛰쳐나가려는 생각을 잊고 다시 심연으로 들어갔다. 느리게 흘러가는 시간 속에 코냑이 나의 공간으로 들어왔다. 이는 떠넘김이었다. 고통스러운 나는 할 수 없으니 코냑이 해결해 주기만을 기다리는 미루기였다. 이러한 설계는 무의식 속에서 생각되었다. 의식을 가지고 상상한 것이 아니기에 나는 그에게 부탁의 말을 꺼낼 수 없었다.

"무엇을 봤어?"

코냑이 같은 말은 반복하였다.

"떨고 있는 친구들? 자기들만의 법을 집행하려는 집행관들? 사람들을 가로막고 있는 경찰관들? 곳곳에 자리 잡은 군인들? '처형'을 외치는 사람들? 파고들지 못하고 있는 시위대?"

코냑이 귀 바로 옆에서 말을 하였다.

그의 말을 듣고 다시 들어 보니 주변 사람들은 '처형'이라는 말을 다 같이 외치고 있었다. 무리에 적응했다고 생각했던 우리는 완전한 이방인이었다. 이들에게 우리는 존중받을 가치가 없는 존재였다. 나는 주변 인파에도 공포를 느끼기 시작했다. 몸이 점점 움츠러들어 갔다. 무릎이 굽혀졌으며 다리는 더욱더 들기 어려울 정도로 무거워졌다. 유일하게 움직일 수 있었던 것은 눈이었다.

"For Freedom"

무대 위에서 외치는 소리가 들렸다.

누군가 외친 소리는 보고 있지 않아도 누구인지 알 수 있었다. 브랜디가 외친 소리였다. 그가 외친 소리는 모든 인파를 침묵시켰다. 광장을 울린 그의 외침은 모두를 얼어붙게 했다. 나는 브랜디가 외친 소리를 듣고 숙여진 고개에서 눈을 치켜올려 앞을 보려는 순간 코냑은 손으로 나의 머리를 더욱더 강하게 눌렀다. 그리고 그 순간 광장 전체에 울려 퍼지는 한 터지는 소리가 들렸다. 나는 보고 있지 않아도 무대 위에서 들린 소리가 어떤 것이었음을 알 수 있었다. 더 이상 무대에서 흐느끼고 있는 소리가 들리지 않았다. 나는 그 순간 간신히 부여잡고 있던 얇은 정신 줄이 끊겼다. 몸에 힘이 풀리며 기절했다. 저 깊은 심연의 소용돌이에 몸을 맡겨 빠져들어 갔다.

# Part 4 : 자정

굳게 닫은 눈의 틈 사이로 빛이 새어 들어왔다. 얼굴에 비친 햇살이 눈가에 흐른 눈물을 말려 자국을 남겼다. 창문을 타고 들어오는 햇빛이 심연에 갇힌 나를 깨워 주었다. 격렬하게 잊고 싶은 과거의 순간들이 떠올랐다. 두통이 시작됐다. 고통이 지속되는 동안 눈을 뜰 수 없었다. 하지만 이내 포근한 이불과 푹신한 침대의 감촉을 느낀 후 굳게 닫힌 눈을 뜰 수 있었다. 몸을 들어 올려 누워 있던 침대에 앉았다. 익숙하지 않은 천장과 배경. 처음 보는 창문. 기억에 있는 바깥의 마을. 이곳은 아직 맨해튼이었다. 하지만 내가 있는 방은 낯선 공간이었다. 나는 이마에 붙은 머리와 눌린 뒷머리를 정리했다. 무거운 몸을 일으켜 세워 방의 문을 열고 밖으로 나갔다.

"일어났나 봐."

방 밖 거실에서 처음 마주친 남성이 말하였다.

"일어났어?"

부엌에서 요리하고 있던 코냐이 말하였다.

나는 코냐의 말을 듣고 그에게 시선이 옮겨 갔다. 내가 그를 마주친 순간 눈에서는 알 수 없는 눈물이 흘러나왔다. 그에 놀란 코냐이 가까이 다가왔다.

"힘든 순간이었지?"

그는 그저 조용히 나를 안아 주었다.

"배고프지? 일단 밥부터 먹자."

포옹을 끝낸 그는 이어서 말하였다.

"이곳은…?"

나는 코냑의 말에 다른 질문을 하였다.

"이곳은 내가 속해 있는 단체의 거주지야."

"단체?"

"맞아. 우리는 한마디로 일종의 운동가인 셈이지."

"어떤?"

코냑과 나는 말을 주고받았다.

"저기를 볼래?"

코냑이 창문을 가리키며 말하였다.

창문 밖에서는 거리로 나와 시위하는 사람들이 보였다. 수많은 사람이 거리로 나와 줄을 지어 팻말을 들고 있었다. 팻말에는 'R.I.P'라는 둥 '과잉'이라는 둥의 여러 문구가 적혀 있었다.

"정말 안타까운 일이지만 오전에 일어났던 브랜디 일행의 집행에 관해 사람들이 추모하고 있어. 저들은 저들만의 방식으로 지금의 잘못된 집행에 대응하고 있는 거야. 우리 단체도 잘못된 정책을 바로잡기 위해 모인 그룹이라고 할 수 있지. 우리도 저들과 비슷하지만 조금 다른 방식으로 활동하고 있어. 그래서 지금, 이 순간 너에게 제안하고 싶어. 우리와 함께하지 않을래? 잘못된 방식을 바로잡고 올바른 길로 나갈 수 있도록. 더 이상 브랜디 일행과 같은 일들이 일어나지 않도록."

코냑은 나에게 손을 내밀었다.

나는 순간 망설였다. 너무 갑작스러운 제안이었다. 어떻게 대처를 해야 할지 알 수 없었다. 이 그룹의 방향성이 인간적으로 올바른 선택인지 판단할 수 없었다. 하지만 나는 그를 따라가지 않을 수 없었다. 그의 마지막 말이 가슴속으로 깊게 들어왔다. 이제 내가 기댈 곳은 코냑이 유일했다. 나는 그의 손을 잡았다. 코냑의 손은 두꺼웠고 딱딱했지만 따뜻했다. 그는 나의 손을 약간의 힘을 주어 악수했다. 힘에 대한 반동으로 나의 손에도 힘이 들어갔다.

"환영해. 일단 그룹원들을 소개해 줄게."

코냑이 나의 손을 놓고 뒤를 돌게 하며 말하였다.

뒤를 돌자 좁아져 있던 시야가 열리면서 거실이 한눈에 들어왔다. 거실에는 몇몇 사람이 있었다.

"우리는 모두 실명을 사용하지 않고 있어. 모두 코드네임을 하나씩 가지고 그 이름으로 불리고 있지. 나 또한 이전에 말했다시피 본명이 아닌 '코냑'이라는 이름을 이곳에서도 사용하고 있어. 내 코드네임이 코냑이야. 우선 소파에 앉아 있는 저 친구는 '오르비'."

"반가워."

처음 거실에서 마주친 남성이 인사하였다.

"저기 반대편 소파에 앉아 있는 사람은 본 적 있지?"

"오랜만이야."

익숙한 얼굴의 여성이 인사를 하였다. 그녀는 이전에 도시를 관광시켜 준 '모젤'이었다.

"이어서 이쪽 방에 있는 분은 '아이리시'."

코냑이 나의 등에 손을 얹고 한 방으로 안내해 주었다.

"반갑네. 앞으로 잘 부탁하네."

문을 열고 들어가자 한 노인이 앉아 있던 기계장치 앞에서 머리에 쓰고 있던 무언가를 벗고 일어나 악수하였다. 그의 악수를 받고 다시 거실로 나갔다. 코냑은 나를 거실 중앙으로 안내했다.

"앞으로 활동하려면 코드네임 하나가 필요할 거야. 하고 싶은 가명이 있어?"

코냑이 질문하였다.

나는 딱히 떠오르는 이름이 없었다. 무슨 이름이 좋을지 생각나지 않았다. 나는 고개를 저었다.

"그러면 '쉐리'는 어때?"

코냑이 말했다.

"좋아요…."

내가 대답했다.

나는 딱히 어떤 이름이든지 상관없었다. 나는 나 자신의 이름을 지어줄 정도로 대단하지 않다고 생각했기 때문이었다. 그리고 코냑이 지어주는 이름이라면 어떤 의미일지라도 상관없이 만족할 수 있었다.

"그러면 쉐리의 입단을 환영하며… 다 같이 식사라도 하자."

코냑이 말하였다.

그의 말이 끝나자 거실에 있던 모두가 박수를 쳐 주었다. 어느샌가 거실로 나와 있던 아이리시라는 이름의 노인도 박수를 보내 주었다. 그렇게 우리는 부엌으로 모여 몇 가지의 대화를 이어 나가고는 코냑이 만든 식사를 시작하였다.

  오늘은 그렇게 특별한 일 없이 흘러갔다. 코냑은 내가 처음 일어난 방을 소유하게 해 주었다. 나는 방으로 들어가 어두워진 창문 밖을 바라보았다. 이전과 같은 하늘 같은 풍경이었지만, 많은 것이 바뀌었다. 폭풍 같은 하루였다. 많은 미래가 생겨났고 많은 미래가 사라졌다. 순식간에 여러 사건이 흘러간 하루는 당황한 채로 마무리되었다. 어째서인가 나는 슬픔을 잊어버렸다. 주변에 있던 동료가 사라졌고 주변에 동료가 생겼다. 그들이 행하고 있는 단체의 활동이 어떤 것인지 구체적으로 알기 어려웠지만, 나는 어딘가에 속해 있다는 사실에 일단 안심이 되었다.

  "잠시 괜찮을까?"

  코냑이 방문을 노크한 후에 들어왔다.

  나는 긍정의 표현을 했다. 그는 방으로 들어와 침대 옆 의자에 앉았다.

  "오늘 오전에 있던 일은 미안해. 내가 모두를 책임지겠다고 약속까지 했는데 나는 아무도 지킬 수 없었어. 정말 미안해. 이렇게 사과밖에 할 수 없다는 나 자신에 화가 나. 너에게 깊은 상처를 안게 해서 미안해. 이렇게 사과할게."

  코냑은 자리에서 일어나 고개를 숙이며 말하였다.

  나는 그의 행동에 놀라지 않을 수 없었다. 나는 그의 사과를 받아들였다. 잠을 자면서, 창문 밖을 바라보면서 잊을 수 없는 기억에 대해 많은 생각을 하였다. 이미 일어난 사건에 대해 코냑은 가해자가 아님을 알 수 있었다. 그는 우리를 위해 최선을 다해 주었고 대가 없는 배려를 해 주었기 때문이었다. 그에게 기대기 위해 모든 의심하지 않기로 다짐했다. 이미 일어난 사건을 되돌릴 수는 없었다. 앞으로 이러한 사건이 일어나지 않게 하는 것이 심연에서 빠져나올 수 있는 방식이라고 생각했다. 하지만 가슴속 깊이 남은 고통을 잊을 수는 없었다. 저 깊은 곳에서 계속 꿈틀거렸다. 과거에 여러 번 느껴 본 적 있는 고통보다 수만 배는 더욱더 큰 고통이었다. 형용할 수 없는 고통이기에 그런 것일까 아니면 이전부터 받아 온 고통에 익숙해진 것일까 생각보다 쉽게 받아들여졌다. 아직도 꿈이 아닐까 하는 생각이 들곤 한다.

"우리가 하는 일에 대해서 말해 줄 것이 있어."

코냐이 의자에 다시 앉으며 말하였다.

"우리는 여러 사이드를 이동하며 보이지 않는 곳에서 활동하고 있어. 깊은 곳에 숨어들어 잘못된 선택을 바로잡고 있지. 그리고 이 활동들은 당연히 위험한 행동들이야. 발각되는 순간 또 한 번 모두를 잃게 될 수도 있어. 하지만 이 활동의 끝에는 평등과 자유의 목적지가 기다리고 있어. 우리는 인류가 우주로 나아가면서 생겨난 차별과 부와 빈곤의 격차로 생겨난 불평등의 순간을 바로잡을 생각이야. 그래도 이 위험한 여정을 함께할래? 지금이라도 그만두어도 괜찮아. 이 그룹에서 나간다고 해도 나는 끝까지 너의 안전을 책임지고 이곳에서 평범하게 살 수 있도록 최선을 다할 거야. 모든 것은 너의 선택에 달려 있어."

코냐은 진지한 표정을 지으며 말하였다.

나는 그가 제안을 해 주기 전부터 이미 결정하였다. 앞으로 어떠한 미래가 기다리고 있다고 하더라도 이미 내가 받은 고통을 뛰어넘을 수 없다고 생각했다. 그리고 그 고통이 내가 아닌 다른 이에게도 옮겨 가지 않기 위해서는 가만히 있어서는 안 된다는 사실을 알 수 있었다. 나의 대답은 이미 정해져 있었다.

"브랜디, 레랑, 유나와 루나. 절대 잊을 수 없는 이름들. 이러한 사건이 더 이상 일어나지 않도록 막기 위해 움직이고 있는 거죠? 그렇다면 그 고통 전체를 받은 제가 아니면 그 누구도 대신할 수 없다고 생각해요. 모두를 구할 수 있을지도 몰랐던 순간에 아무것도 하지 못했던 저 자신에 대한 잘못에 대해 속죄하기 위해서라도 위험은 더 이상 무섭지 않아요. 이제 가만히 서 있는 것은 지겨워요. 되풀이되지 않도록 고통이 가중되지 않도록 하려면 움직이지 않고서는 할 수 없잖아요."

나는 코냑의 눈을 바라보며 말하였다.

"고마워. 사실 너의 그 대답을 기다리고 있었어."

코냑은 가볍게 미소를 보이며 말하였다. 그의 눈에는 약간의 눈물이 고여 있었다. 그는 의자에서 일어나 나에게 한 번 더 악수를 건네었다. 그의 손을 보고 나는 침대에서 일어나 그에게 악수하였다.

"오늘은 편히 쉬어. 내일부터 구체적인 활동을 소개해 줄게."

악수를 끝낸 코냑이 방 밖으로 나가며 말하였다.

달빛이 창문을 통해 방으로 들어왔다. 밖을 보니 커다란 달이 하늘에 떠 있었다. 인공적으로 만들어진 달이더라도 밤하늘의 달이 주는 몽롱한 기분을 느낄 수 있었다. 그렇게 하루의 끝을 알리는 달빛과 함께 몸을 침대 위에 맡겼다.

창문 밖 시끄러운 소리와 함께 잠에서 깼다. 방 안을 비추고 있던 달빛은 어느샌가 사라졌고 햇빛이 비치어 방 안을 밝히고 있었다. 잠을 깨운 소리의 근원을 바라보았다. 어제와 마찬가지로 거리에 사람들이 줄을 지어 나와 모여 있었다. 나는 누워 있던 자리를 정돈하고 방 밖으로 나갔다. 방문을 열고 나가자 거실에 모두가 나와 있었다. 이번에도 부엌에서 코냑이 요리하고 있었다.

"일어났구나."

코냑이 나를 보며 말하였다.

우리는 부엌에서 그가 만들어 준 식사를 했다. 다 같이 모여 식사하니 이전의 일들이 떠올랐다. 이전에도 코냑이 요리를 해 주고 우리는 한 자리에 모여서 식사했었다. 똑같이 모두와 함께 밥을 먹는 것이었지만, 나는 왜인지 눈물이 흘렀다. 과거의 추억이 목구멍에서 넘어오는 밥을 가로막았다. 나는 들키지 않기 위해 억지로 밥을 넘겼다. 이 슬픔을 모두와 공유하고 싶지 않았다. 한참의 시간이 흘러 식사를 끝마쳤다. 우리는 뒷정리를 마치고 코냑의 지시에 따라 거실 소파에 모두 모였다. 코냑은 거실에 있던 커다란 보드 판을 가져왔다. 판을 가리키며 소파에 앉아 있는 우리에게 설명했다.

"쉐리를 위해 현재 우리의 상태를 설명해 줄게."

코냑이 보드 판 위에 그림을 그리기 시작했다.

"우선 우리는 청소업체로 위장해서 활동하고 있어. 청소업체 중에서도 사이드의 숨겨진 부분들을 관리하고 청소하는 업체로 위장하고 있는 거야. 그래서 여러 사이드로 이동하면서 활동하기에 용이해. 그리고 우리 단체의 최종 목표를 다시 한번 확인시켜 줄게. 아직 발표는 나지 않았지만 입수한 정보에 의하면 현재 프런티어의 독립이 이루어지려고 하고 있어. 이는 '디스커넥트 프로젝트'라는 명칭의 계획으로 이름이 있고 유기적인 연결고리가 있는 사이드들끼리 뭉친 뒤에 지구와 이름이 없거나 버려진 사이드들과의 연결을 전부 끊으려고 하고 있어. 인류의 수를 줄이고 각자가 가지고 있는 자리를 지키기 위해 이러한 계획을 세운 거로 생각해. 이렇게 되면 운송 수단이나 우송 같은 모든 연결이 사라질 것이야."

"지금도 지구와 이곳 뉴욕 사이드와는 직접적인 입항이 없잖아."

나는 그의 말을 가로막으며 말하였다.

"맞아. 뉴욕 사이드는 극단적인 예라고 보면 돼. 이곳은 현재 뛰어난 도시 중 하나이지만, 이곳에서 먼저 이전부터 프로젝트가 시행되고 있었어. 하지만 이곳과 다르게 지구와의 유기적인 연결을 계속해서 시도하는 사이드들도 있고 계속해서 지구를 되살리려고 하는 도시들도 많이 존재하고 있어. 하지만 결국에는 이 황량한 우주에서 살아남기 위해 뉴욕 사이드를 중심으로 지구와 이외의 버려진 사이드와의 관계를 끊게 될 거야. 그렇게 되면 지구는 점점 더 살기 어려워지고 버려진 사이드는 자원 고갈로 인해 그곳에서 사는 인류는 죽음을 기다리는 것 말고는 할 수 있는 것이 없어지겠지. 우리는 그 프로젝트를 저지하고 지구와의 연결을 촉진시키는 목표를 가지고 있어."

"그렇게 어려운 일을 고작 우리 다섯 명으로 할 수 있는 거야?"

나는 다시 한번 그의 말을 가로막았다.

"걱정하지 않아도 돼. 오히려 뒤에서 움직이는 이런 일에 구성원이 많으면 목적성이 옅어지고 각오가 불분명해질 수 있어."

코냑이 말하였다.

"디스커넥트 프로젝트를 저지하기 위해서는 여러 사이드를 연결하는 다리를 정지시키면 안 돼. 이곳에서 다리는 랑데부라고도 불리고 정확한 명칭으로는 'Each Side Connection Pointer'라고 해서 'ESCP'라고 줄이기도 하고 있어. ESCP는 우주에 떠 있는 항공기의 유도선이라고 생각하면 돼. 뉴욕 사이드도 마찬가지이고 팩토리 프런티어도 마찬가지로 모든 사이드에는 이 ESCP가 부착되어 있어. 그래서 우주로 나온 항공기가 이 ESCP의 유도선을 따라서 각 사이드로 도달하여 공항으로 도착할 수 있지. 우주에서의 표류나 좌초의 상황을 상정해서 혹시 모를 위험에 대비하여 유도선은 모두에게 검색될 수 있게 되어 있어. 하지만 이 유도선을 각자의 사이드들로 비밀 회선으로 연결하면 지구에서 나오는 항공기나 다른 프런티어의 항공기들은 길을 따라서 도착할 수 없게 되어 버려. 물론 이 유도선에는 여러 방송 회선이나 전자기기의 회선들도 같이 엮여 있어. 우리는 이 ESCP를 지키고 여러 방면으로 커넥션을 확장시키는 목표를 가지고 있어. 이것이 우리의 최종 목표자 인류의 희망이라고 생각하고 있는 거야. 어때? 조금 어렵지? 어렵지만 네가 있는 것으로 큰 힘을 얻을 수 있어. 나를 잘 믿고 따라와 주기를 바랄게."

코냑이 이어서 말하였다.

이 그룹에서 누가 리더이고 누구를 중심으로 모인 것인지 알 수 있었다. 코냑의 힘 있는 말과 뚜렷한 목표를 이해할 수 있었다.

"좋아요. 당신을 믿고 따를게요. 잘 부탁드립니다."

나는 소파에서 일어나 말하였다.

"그런데 이 단체의 이름은 무엇이죠."

나는 이어서 의문을 제시하였다.

나의 말에 코냑은 당황하였다. 분명 지금까지도 그룹의 이름을 정해두지 않았음이 틀림없었다. 다른 그룹원들도 고개를 저었다.

"그러고 보니 단체의 이름을 지어 볼 생각을 하지 않았네. 청소업체의 이름은 있지만 그 이름을 그대로 상용하기에는 위험할 수도 있으니….”

옆 소파에 앉아 있던 모젤이 말하였다.

“이렇게 된 거 그룹 이름을 하나 지어 보는 것도 나쁘지 않은 생각인 것 같구먼.”

앉아 있던 아이리시가 말하였다.

우리는 그룹의 이름을 만들기 위해 고민했다. 고민하면서 여러 이름이 나왔지만, 모두를 만족시킬 만한 이름이 나오지는 않았다.

“그냥 ‘레지스탕스’나 ‘레벨즈’ 같은 것은 어때?”

오르비가 말하였다.

“그렇게 거창한 이름은 안돼. 물론 인류를 위한 길이라고는 생각하지만, 누군가에는 오지랖이라고 생각될 수도 있어.”

코냑이 말하였다.

“그러면 ‘뉴요커’는 어때? 우리의 근거지가 뉴욕에 있으니까.”

아이리시가 말하였다.

코냑은 고개를 숙이고 고민하고 있었다. 우리는 아무도 대꾸할 수 없었다. 그의 의견은 그렇게 자연스럽게 무시되었다.

“‘브릿지’는 어때? 무엇이 됐든 간에 서로를 이어 주는 다리를 지키고 확장하려는 목적이 있잖아.”

내가 말하였다.

“그거 좋은 생각인데. 좋은 의견이야. 나는 브릿지에 한 표 던지고 싶어.”

고민하고 있던 모젤이 말하였다.

“그거라면 간단하고 좋은데.”

오르비도 찬성하였다.

"뉴요커보다는 좋은 거 같네."

아이리시도 말하였다.

"그러면 브릿지로 가자."

고민하고 있던 코냑도 고개를 끄덕였다.

"그룹명도 정했고 쉐리도 합류하였으니 선물을 하나 줄게."

코냑이 말하였다.

그는 방에서 상자 하나를 가져와 나에게 건네주었다. 네모난 모양의 작은 상자를 여니 안에는 시계 하나가 들어 있었다. 시계는 작동하지 않은 채로 가만히 있었다. 평범한 시계는 아니었다. 특별한 점은 하나씩만 있어야 할 시침과 분침이 하나씩 더 존재했다.

"그 시계는 특별하게 제작된 시계야. 위아래로 시침 분침이 각각 하나씩 더 겹쳐 있지? 옆의 버튼을 누르면 아래에 있는 시침 분침에 불이 들어올 거야. 보통 사이드의 시간은 지구의 영국 시간을 기준으로 시간을 설정해 두었지만, 다른 사이드에서는 각자의 시간을 사용하고 있는 곳도 많이 있어. 그래서 위에 있는 시침과 분침이 다른 시간을 사용하는 사이드에서 맞춰서 사용하면 되는 것이고, 아래에 있는 시침과 분침은 우리의 본거지가 있는 뉴욕 사이드에 맞춰서 사용하면 돼. 옆에 있는 톱니바퀴를 이용하여 시간을 변경할 수 있어."

코냑이 시계를 가리키며 말하였다.

나는 그의 말에 따라 시간을 조정했다. 우선 뉴욕 사이드에 있으므로 위아래의 시침과 분침을 같은 시간대로 맞추어 두었다.

"이러한 시계는 평범하게 팔고 있지만, 우리가 가지고 있는 것은 특별하게 제작한 시계야. 우리 모두 같은 시계를 가지고 있지. 이 시계들을 제작한 사람이 아이리시야."

코냐이 손바닥으로 아이리시를 가리켰다.

"지구에서 살았을 때 배운 기술을 바탕으로 만든 것뿐이야. 시중에서 팔리고 있는 것보다 아름답지는 않지만, 성능은 확실하게 만들어 두었으니 걱정할 필요는 없어."

아이리시가 말하였다.

그는 살짝 부끄러워하는 듯한 표정을 짓고 있었다. 그 얼굴을 본 모두가 미소를 지을 수 있었다. 모두와 한자리에 모여 주제를 가지고 대화를 나누는 것은 행복했다. 이곳에 모인 다섯 명은 세상의 중심에 있는 것처럼 느껴졌다. 어두운 배경에서 이곳에만 조명이 비치고 있는 것만 같았다.

"조금 이르지만 다음 작전을 설명할게."

코냐은 보드 판을 지우고 새로 쓰기 시작했다.

"이번 작전은 어려운 것은 없어. 팩토리 프런티어의 제13구역의 사이드로 가서 그곳에서 제작하고 있는 ESCP의 부품을 이곳으로 가지고 오는 작전이야. 그저 간단한 배송 임무라고 생각하면 돼. 한 가지 주의해야 할 사항은 뉴 아메리카와 팩토리 프런티어와는 화물 운송으로밖에 출입국이 되지 않아. 그래서 우리는 화물선에 타고 팩토리 프런티어의 기계장치를 청소하는 업체로 위장해서 도착하면 돼. 쉐리는 저번에도 본 적 있겠지만, 노라가 근무하고 있는 공장으로 가는 거야. 그곳에 부품을 주문해 두었으니 내 이름을 말하면 받을 수 있어. 이 작전에는 쉐리와 모젤 두 명이 가면 돼. 쉐리는 처음이라 부족한 부분이 많을테니 모젤이 옆에서 잘 도와줘. 앞으로 이 두 명은 다른 작전에서도 함께 수행하게 될 테니 사이좋게 지내 줘. 그러면 조금 빠르지만, 지금부터 짐을 챙겨서 출발 준비를 해 줘."

코냑이 우리를 보며 지시하였다.


모젤과 나는 그의 지시에 따라 각자의 방에서 가볍게 짐을 챙긴 뒤에 집 밖으로 나갔다. 기억을 잃은 채 이곳에 온 뒤로 처음 밖에 나가 보는 것이었다. 집은 벽돌로 지은 집으로 3층짜리 높지 않은 건물이었다. 우리가 있던 2층에서 계단을 타고 내려가 1층으로 내려갔다. 1층에는 긴 탁상과 식사를 할 수 있는 책상이 여러 개 놓아져 있는 바가 있었다.

"이곳에서 유나와 같이 일했었어."

옆에 있던 모젤이 말하였다.

그녀의 표정은 침울했다. 모젤이 먼저 일하고 있던 술집과 유나가 일을 했던 곳이 이곳이었다. 유나의 온기를 느낄 수는 없었지만, 모젤에 말에 잠시 추억에 젖을 수 있었다.

"빨리 와."

모젤이 손짓했다.

그녀의 말에 의해 추억에서 벗어날 수 있었다. 안타깝게도 떠오른 추억의 끝에 눈을 가린 채로 흐느껴 울고 있던 유나의 얼굴이 떠올랐다. 모젤의 손짓에 슬픔에 빠지지 않고 밖으로 나갔다. 집 밖 거리에는 자동차가 한 대 세워져 있었다. 우리는 그 차 트렁크에 짐을 실은 뒤에 모젤이 운전하여 공항으로 향하였다. 나는 그녀가 운전하는 옆좌석에 타 이동하였다.

"두려워할 것 없어. 위험한 일을 하러 가는 것이 아니니까."

모젤이 앞을 보며 말하였다.

나는 전혀 두려워하고 있지 않았다. 오히려 무언가 할 일이 생겼고 목표가 생겼다는 마음에 흥분을 주체할 수 없었다. 그녀의 말에는 의문이 들었다. 무엇 때문에 내가 겁을 먹었다고 생각하는 것인지 알 수 없었다. 그 순간 손끝에서 의문의 실마리를 알 수 있었다. 무릎 위에 올려둔 양손이 주먹을 쥔 채로 떨고 있었다. 생각과는 다르게 몸은 긴장하고 있었다. 깊숙이 숨어 있는 두려움을 희망적인 생각으로는 쉽게 감출 수 없었다. 나는 적잖이 당황했다. 그때, 모젤의 손이 떨고 있는 손 위에 올라왔다. 그녀의 온기를 그대로 느낄 수 있었다. 주먹을 쥔 채로 떨고 있던 두 손은 자연스럽게 펴졌다. 그녀가 손으로 나의 손을 두 번 치니 떨림이 멈추었다.

"전혀 두렵지 않아요."

나는 이상한 오기가 생겨 자신 있게 대답하였다.

"그럼 다행이네."

모젤은 손을 빼고는 말하였다.

"참고로 우리 둘은 나이도 비슷할 것 같은데 편하게 반말해도 돼. 앞으로 같이 있을 시간이 많아질 테니 그러는 편이 서로에게 편할 거야."

모젤은 손을 운전대에 가져다 두며 이어서 말하였다.

"알았어."

나는 대답했다.

그녀의 임무로 인한 명령조 같은 말에 나는 쉽게 말을 놓을 수 있었다. 그렇게 우리는 한참을 앞으로 이동했다. 모젤에게 물어보고 싶은 질문이 많이 있었지만, 그 뒤로 공항에 도착하기 전까지 우리의 대화는 단절되었다.

모젤은 공항의 주차장에 자동차를 주차하였다. 우리는 차에서 청소업체로 위장하기 위한 옷가지가 든 가방과 함께 내려 수속을 위해 공항 안으로 들어갔다.

"명심해. 우리는 화물선을 타고 팩토리 프런티어로 가야 하므로 다른 수속 게이트로 입장한 뒤에 청소업체로서 탑승할 거야."

모젤이 앞장서서 가다 뒤를 돌아 나를 바라보며 말하였다.

"알고 있어."

나는 대답했다.

우리는 화장실에서 옷을 갈아입었다. 파란색 점프슈트로 된 옷이 전신을 감쌌다. 오른쪽 가슴에는 청소업체의 로고가 박혀 있었다. 입고 온 옷을 가방에 다시 넣은 후에 짐을 들고 출항을 위해 화물선 게이트로 이동했다. 우리는 검색대에서 짐을 검사받았다. 수상한 물건을 들고 오지 않았기에 평범하게 지나갈 수 있었다. 팩토리 프런티어로 가는 게이트이기에 사람들은 적었다. 미리 준비해 둔 위장 티켓을 들고 게이트에 입장했다. 위장 티켓은 그날 바로 아이리시가 만들었다. 위장 티켓으로 모젤은 순조롭게 통과했다.

"돌아오는 티켓은 그곳에서 구매하실 예정이신가요?"

내가 승무원에게 티켓을 검사받는 순간 예상치 못한 질문이 들어왔다.

나는 쉽게 대답하지 못하였다. 수상하지 않게 여기기 위해 빠른 대답이 필요했지만, 유도리 있게 대처하지 못했다. 오히려 의혹을 피할 수 있는 대답에 관한 선택을 고민하다 시간을 놓치고 말았다. 나는 더욱 당황했다.

"그곳의 거래처에서 티켓을 구해 주셨어요. 다시 돌아올 때는 거래처에서 받은 티켓으로 올 것입니다."

모젤이 빠르게 끼어들어 말하였다.

그녀의 대처는 승무원의 의혹을 피할 수 있었다. 승무원은 나에게서 받은 티켓을 다시 되돌려주며 게이트의 입장을 승인했다. 우리는 게이트를 통과하여 화물선에 올라탔다. 좌석에 앉아 출발을 기다렸다.

"방금과 같이 예측할 수 없는 상황이 많이 일어날 거야. 그때마다 내가 항상 도와줄 수는 없으니 대처 방법을 떠올릴 수 있게 대비를 해 두어야 해."

모젤이 말하였다.

나는 그녀의 말에 아무 말 없이 고개를 끄덕였다. 나로 인해 모든 임무를 망쳐 버릴 수도 있었다는 상황에 스스로가 한심했다. 또 그 상황을 잘 넘겼다는 사실에 안도의 한숨을 내쉬었다.

"팩토리 프런티어는 뉴 아메리카 프런티어와 다른 시간을 사용하니까 시간을 조정해야 해. 코냑에게서 받은 시계 차고 왔지? 내 것을 보고 위의 시침 분침을 조정해."

모젤은 차고 있는 시계를 보여 주었다.

나는 그녀의 시간을 보고 맞춰서 조정하였다.


이후, 화물선을 타고 한참 동안 우주의 바다를 넘어갔다. 팩토리 프런티어에 도착하여 제13사이드에 도착했다. 공항에 도착하여 화물들과 함께 내려갔다. 청소업체의 옷을 입은 채로 우리는 서둘러 도시로 향하였다. 주변에서 무인 자동차를 타고 노라가 일하고 있던 공장으로 발길을 옮겼다. 모젤은 가방에서 코냑에게 받은 편지를 꺼냈다. 편지는 공장에서 ESCP의 부품 구매에 관한 이야기가 적혀 있다고 했다. 노라가 있는 공장에 도착하자 일하고 있던 인부들이 반겨 주었다. 전부 이전에 봤던 사람들이었다. 가장 먼저 노라가 공장 앞까지 나와 안으로 안내해 주며 반겨 주었다. 그녀는 이미 코냐에게 연락받은 상태였다. 우리를 공장장이 있는 사무실까지 안내해 주었다. 사무실에 들어가 기다리고 있던 공장장인 크릭에게 편지를 건네었다. 그는 본인의 자리에서 한참 동안 편지의 내용을 살펴보았다.

"잠시 기다려 주세요."

편지를 다 읽은 크릭이 말하였다.

그는 편지를 들고 아래층으로 향하였다. 우리는 그의 사무실 의자에 앉아 기다렸다. 노라가 가져다준 커피를 마시며 올라올 기미가 보이지 않는 그를 기다렸다. 잔의 커피가 식어 갈 무렵 문을 열고 크릭이 들어왔다. 한 손에는 철로 된 네모난 가방을 하나 들고 있었다. 그리고는 우리가 앉아 있는 사무실 중앙의 책상에 가방을 올려 두었다. 가방을 우리를 향하게 하여 돌려놓고 잠금장치를 풀고는 내용물을 보여 주었다. 가방의 안에는 기계장치가 들어 있었다.

"이것이 ESCP의 부품입니다."

크릭이 의자에 앉으며 말하였다.

이것만 가져가면 처음 부여받은 임무가 끝나는 것이었다. 하지만 그렇게 순조롭게 흘러가지는 않았다.

"하지만 문제가 하나 있습니다. 이것은 부품의 완성본이 아니에요. 아직 제품을 완성하지 못하였습니다. 아시다시피 ESCP의 부품이 워낙 복잡한데다가 우리도 이것만 생산하고 있는 것이 아니기에 기한에 맞춰 완성할 수 없었습니다. 우선 그 점에 대해 공장주로서 사과의 말씀드리겠습니다."

크릭은 자리에서 일어나 우리에게 고개를 숙였다.

"아니에요. 괜찮습니다. 원래부터 무리한 부탁이라는 것은 알고 있었습니다. 저희의 부탁을 받아 주신 것만 해도 감사하죠. 그러면 어느 정도의 시간이 더 필요하실까요?"

모젤이 똑같이 자리에서 일어나며 말하였다.

"아무래도 하루 정도의 시간이 더 필요할 것 같아요. 기다려 주신다면 이곳에서 묵으실 장소를 안내해 드릴게요."

"알겠습니다. 그러면 기다릴게요."

"감사합니다. 노라를 보내 묵으실 숙소를 안내해 드릴게요."

크릭과 모젤이 대화를 주고받았다.

나는 자리에서 일어나 모젤과 함께 사무실 밖으로 나갔다. 크릭의 연락을 받은 노라가 와서 우리를 안내해 주었다.


우리는 그녀를 따라 공장 주변 식당에서 간단하게 식사를 마친 후에 안내받은 숙소로 들어갔다.

"죄송해요. 인부들이 사용하는 단지의 숙소라 지내시던 곳과 비교하기에 좋지 않을 거예요."

노라가 말하였다.

"괜찮아요. 잘 곳이 있다는 것만 해도 감사하죠."

모젤이 이어서 말하였다.

"그럼 하루지만 편하게 쉬세요. 그리고 이제 쉐리라고 했죠? 잠시 말 좀 나눌 수 있을까요?"

"네? 저요? 알겠습니다. 잠시 나갔다 올게."

"편하게 갔다가 와."

노라는 나를 불렀다. 그리고 나는 모젤에게 말했다.

나는 노라와 함께 숙소 밖으로 나갔다. 숙소 계단 아래로 내려가 평평한 공간에서 이야기를 나누었다.

"이 말을 지금 드리는 것이 어떨지는 모르겠지만, 친구분들 일에 관해서는 애도를 표할게요. 저에게는 깊은 친분은 없었지만, 그래도 정말 반가웠던 분들이라……. 가족과도 같은 분들이라 그날의 일을 다시 떠올리게 하는 것은 아닐지 하고 조심스러웠거든요. 사실 저도 어렸을 때 가족을 잃었기에 그 슬픔 잘 알고 있어요. 혹시라도 제가 도울 일이 있다면 말해 주세요."

노라는 눈가에 눈물을 적시며 말하였다.

"고마워요. 마음 잘 받았어요. 배려해 주신 것도 고맙고요. 슬프지 않다면 거짓말이고 보고 싶지 않다고 하면 거짓말이지만, 앞으로 그런 일이 두 번 다시 일어나지 않도록 다짐하였기에 극복할 수 있었어요. 시간에 의한 치유가 아닌 사람에 의한 치유를 받아서 방향을 잡고 나아갈 수 있었습니다. 노라의 마음 다시 한번 고마워요."

나는 그녀를 바라보며 말하였다.

그녀의 눈에는 여전히 눈물이 고여 있었지만, 나의 말을 듣고 미소를 볼 수 있어 마음이 놓였다. 인사를 건넨 뒤에 그녀는 돌아갔다. 떠나는 노라의 뒷모습을 본 후에 다시 계단을 올라 숙소로 돌아갔다.

"다녀왔어."

"왔어? 무슨 이야기 했어?"

"친구들. 그녀는 이전에 브랜디 일행을 본 적 있었어서 소식을 듣고 마음에 걸렸나 봐."

"착하네. 방이 두 개라 미안하지만, 왼쪽 방에 짐을 풀어서 오른쪽 방 사용해 줘. 어차피 같은 구조라서 괜찮지?"

"알겠어."

나는 모젤과 대화했다.

나는 오른쪽 방에 짐을 풀고 침대에 누웠다. 긴장감이 풀리며 쌓여 있던 피로가 침대 시트로 흡수되었다.

"코냑이 편지에 적었나 봐."

거실 소파에 앉아 있던 모젤이 말하였다.

"무슨 말이야."

"아마 공장에서 보여 준 부품은 완성품이었을 거야."

"무슨 소리 하는 거야?"

"아마 할 일이 있어서 우리를 하루 더 이곳에 머물게 하려고 편지에 적었나 봐."

"어째서?"

"무슨 생각이 있겠지. 아니면 특별하게 할 일이 있을지도 모르고. 리더의 생각이니 따라야지. 어쩌면 너랑 더 친하게 지내게 하려는 작전일지도 모르고."

"그렇다면 뭐……."

"시간이 급한 것은 아니니까 하루 정도는 괜찮겠지?"

"하루 정도는 뭐……. 계획이 있겠지."

"이따가 코냑에게 연락을 해 둘게."

모젤과 대화를 이어 갔다.

대화를 끝으로 각자의 방에 들어가 새로 생긴 하루를 위해 오늘을 마무리했다. 모젤은 코냑에게 연락을 걸었다.

[뉴욕 사이드 : 코냑의 시점]

"알겠어. 고마워. 새로운 티켓을 바로 보내 줄게. 그럼 쉬어."

나는 통화로 모젤에게 말했다.

"모젤이야?"

오르비가 말하였다.

나는 고개를 끄덕였다. 들고 있던 전화기를 책상에 올려 두었다. 나는 아이리시의 방으로 가 모젤과 쉐리의 티켓을 부탁했다.

"슬슬 시간이야."

오르비가 나를 보며 말하였다.

나는 한 번 더 고개를 끄덕였다. 우리는 거실 중앙의 소파로 가 자리에 앉았다. 그리고 텔레비전을 켜고 기다렸다. 기다리고 있는 방송은 인류의 역사에 있어 하나의 구심점이 될 정도로 중요한 연설이 될 것이다. 뉴 아메리카 프런티어를 비롯한 여러 프런티어와 지구에서도 송출이 예정되어 있다. 원래대로라면 점심 즈음에 송출될 예정이었지만, 누군가에게는 잔인한 방송이 될 수 있기에 청소년과 어린 나이의 인류에게 노출이 되지 않도록 저녁 깊은 시간으로 변경되었다. 하지만 이는 시간이 지나면 인류 전체에게 알려질 내용이 될 것이다. 예정된 시간이 오자 화면이 변경되며 한 남성이 나왔다. 이 남성은 현 상황에서 의미가 사라진 대통

령들과 총리들보다 권위가 높아진 인물이었다. 인류에게 있어 아무도 모를 수가 없는 인물이다. 카메라의 플래시 세례를 받으며 입장한 남성은 화면 한가운데에 위치하여 들고 있던 종이를 내려놓았다.

"우선, 방송을 보고 계신 시청자분들에게 인사의 말씀드립니다. 우주에서나 지구에서나 어느 장소에서 상관없이 이 방송을 보고 계신 분들에게 깊은 밤에 시간을 내주셔서 감사의 말씀을 드리겠습니다. 여러분은 역사의 한 장면을 보고 계심에 인지하여 주시기를 바랍니다. 저를 모르실 수도 있는 분들에게 제 소개를 드리자면, 저는 현재 뉴 아메리카 프런티어의 최고 원수이자 정부 수반의 운영을 관리하는 라이젤 쿠퍼라고 합니다."

방송의 남성은 본인을 소개했다.

그가 말한 것과 반대로 그를 모를만한 인류는 없었다. 말이 뉴 아메리카 프런티어이지 그의 뒤에는 사이드의 건설을 담당하는 '오어비츠 인더스트리'를 업고 있었다. 우주의 거의 모든 프런티어 위에 서 있다고 해도 과언이 아니었다. 오어비츠 인더스트리는 쿠퍼 가의 친가가 운영하고 있었다.

"저는 쿠퍼 가문으로서 제 아버지인 히컴 쿠퍼는 인류가 처음 우주에 정착하게 된 날. 퍼스트 사이드를 지구에서 날아 올려 인류의 새로운 보금자리를 만든 장본인으로서 자랑스럽게 생각하고 있습니다. 또한 무너져 가는 지구에서 인류를 구한 아버지에게 경의를 표합니다. 그리고 저도 아버지를 따라 인류에게 새로운 한순간을 지금 발표하려고 합니다. 현시점부터 우주에 있는 프런티어는 뉴 아메리카 프런티어를 중심으로 시스템을 구축할 것입니다. 혼란을 초래하지 않기 위해 지구의 나라별로 나누어 국가를 운영하는 시스템이 아닌 제가 뉴 아메리카 프런티어를 중심으로 모든 프런티어를 운영하는 시스템으로 변경할 것입니다. 또한 지구와의 모든 연결을 끊고 새롭게 태어난 인류를 위해 끊임없는 발전을 이루도록 하겠습니다. 무너진 강을 막고 새로운 길로 흘러가는 강에 배를 띄어 우주의 바다를 자유롭게 항해할 수 있도록 바람과 파도를 거침없이 불도록 하겠습니다. 아버지가 쏘아 올린 우주의 땅에 제가 인류의 생활과 정책을 구축하도록 하겠습니다. 끝으로, 저의 선택을 지지하여 주시고 여러분의 도움을 후회하지 않도록 인류의 미래를 책임지도록 하겠습니다. 이상으로 오늘의 연설을 마칩니다. 감사합니다.”

남성은 다시 한번 카메라 세례와 함께 퇴장했다.

방송이 끝나자마자 이어서 뉴스가 나왔다. 뉴스 방송에서는 방금 전의 연설에 대하여 조명하고 있었다. 이뿐만 아니라 여러 채널에서도 연설에 관해 말을 하며 화제가 되어 있었다. 나는 리모컨을 들고 텔레비전을 껐다. 이 방송을 보고 나는 머리를 잡지 않을 수가 없었다. 자동으로 고개가 숙여지며 눈에 피곤함이 몰려왔다. 하지만 이렇게 무너질 수는 없었다. 나는 고개를 들어 올려 크게 심호흡하였다. 숨을 내쉬자 머리가 맑아지면서 큰 도움이 되었다. 방금 전의 연설로 앞으로 곳곳에서 큰 화제가 될 것이다. 우주의 여러 프런티어도 마찬가지고 뉴 아메리카 프런티어와 우호적이지 않았던 프런티어와 지구에서는 반발의 목소리가 나올 것이다. 우리도 가만히 있을 수는 없었다. 목소리가 닿지 않는 곳에 뜻을 전달시키기 위해 이대로 고개를 숙이고만 있을 수는 없었다. 이제부터 폭풍으로 뛰어들어 화제의 중심으로 들어갈 것이다.

“모젤에게도 연락을 남겨 둘까?”

오르비가 말하였다.

"아니 아직. 다시 이곳에서 모여 모두에게 전할게."

나는 말했다.

"우선, 쉬자. 밤도 늦었고 생각을 정리해야 할 것 같아."

나는 이어서 말했다.

오르비는 납득을 하였는지 고개를 끄덕이고 방으로 들어갔다.

나는 오르비를 방으로 보내고 소파에 앉았다. 잠시 혼자만의 시간이 필요했다. 급변하는 세상 속에서 복잡한 생각들을 정리할 필요가 있었다. 끊임없이 떠오르는 생각들이 머릿속에서 정렬되지 않았다. 각자 주변을 맴돌며 서로의 주장을 훼방하고 있었다. 나는 소파에 앉아 쉽게 정리할 수 없었다. 아니, 정리하려 하지 않았다. 그저 피곤했다. 이 밤이 빠르게 지나가기를 바랐다. 하지만 바람과 다르게 시간의 초시계는 아주 느리게 한 번씩만 움직였다. 나는 등을 기대 천장을 바라보며 한숨만 내쉬었다. 눈을 감아도 평화가 찾아오지 않았다. 이러고 있는 시간에 지구의 시계는 멈추지 않는다는 생각에 등에서 식은땀이 흐르고 몸이 차가워졌다. 이상 증상이 느껴져도 가만히 앉아만 있다는 나 자신이 한심했다. 푹신한 소파에 잠식되려는 순간 나의 뇌보다 발이 먼저 움직였다. 움직이려는 의지의 생각보다 두 발이 먼저 움직여 몸을 일으켜 세웠다. 나는 그 기세를 이어 나가 방으로 가 책상에 앉아 종이를 꺼내어 글을 썼다. 끊임없이 떠오르는 생각을 원칙에 맞지 않는 문장을 적어 나가며 정리했다. 복잡하게 엉켜 있던 실타래를 풀며 앞으로의 계획과 해야 할 행동에 대해 정리했다. 한번 글을 적자 멈출 생각 없이 종이 전체를 메꿀 정도로 빼곡하게 적었다. 정리가 되지 않으면 다음 종이를 꺼내어 미리 써 둔 글을 바탕으로 정리했고, 여러 장의 글을 겹쳐 보며 모순을 고치고 계획을 수정했다. 글을 쓰다 보니 시간의 초시계가 인지하지 못할 정도로 여러 순간을 넘어 달이 떠 있는 시간을 줄였다. 그렇게 하루의 밤을 가득 채워 보내었다.

[팩토리 프런티어 제13사이드 : 쉐리 시점]

아침이 밝아 오고 모젤과 나는 간단하게 아침 식사를 마친 후에 가져 왔던 짐을 챙겨 노라의 공장으로 향하였다. 부탁받은 ESCP의 부품을 받기 위해 길을 나섰다. 먼 거리가 아니었기에 천천히 길을 걸어갔다. 나는 어색함을 느꼈다. 그녀와 단둘이 길을 아무 말 없이 걷는 것이 어색했다. 이 분위기를 타파하고자 대화를 시도하려 했지만, 마땅히 분위기를 반전시킬 만한 말이 떠오르지 않았다. 모젤과 옆으로 나란히 걸었다. 나는 조금씩 뒤처졌다가 다시 옆으로 나란히 걷다가를 반복했다. 분위기를 반전시키는 대화를 고민하다 어느새 공장에 도착했다.

앞에서 기다리고 있던 노라의 안내를 따라 위의 사무실로 올라갔다. 공장장인 크릭은 사무실에서 우리를 기다리고 있었다. 책상 위에는 어제 본 케이스가 놓여 있었다. 그는 우리를 자리로 안내하고 앉았다. 케이스를 열자 제품이 들어 있었다. 어제 본 부품과의 차이를 명확히 알기 어려웠다. 모젤의 말대로 이미 완성된 제품을 무언가의 이유로 코냑이 하루를 미뤘다는 주장에 신뢰성이 붙었다.

"기다려 주셔서 감사합니다. 부탁하신 부품이 완성되었습니다."

크릭이 말하였다.

"감사합니다. 들고 바로 돌아가 볼게요."

모젤이 케이스를 닫고 가방을 들며 말하였다.

"가시는 길의 티켓은 구하셨나요?"

"네. 어제 부탁해서 오늘 아침에 돌아가는 티켓을 받았습니다."

"다행이군요. 그러면 공항까지 가는 자동차를 불러 드릴게요."

크릭과 모젤이 대화했다.

우리는 공장 밖으로 나가, 노라와 작별 인사를 한 후에 가져온 짐과 부품을 들고 공항으로 향하였다.


팩토리 프런티어에서 뉴욕 사이드까지의 길은 어렵지 않았다. 왔던 길이기에 금방이었다. 왔던 길의 역순으로 뉴욕 사이드에 도착하였다. 공항에는 오르비가 마중 나와 있었다. 우리는 그의 자동차를 타고 본거지로 향하였다. 오는 길에 간단한 마중의 말을 제외하고는 대화를 이어 나가지 않았다. 지나가는 풍경을 바라보다 목적지에 도착하였다. 짐을 가지고 내려 건물의 2층으로 올라갔다. 문을 열고 들어가자 거실에는 코냑과 아이리시가 대화를 나누고 있었다. 우리가 도착함을 알아챈 그들은 자리에서 일어나 우리를 반겨 주었다. 코냑은 먼저 나에게 다가왔다.

"어서 와. 임무를 잘 행해 주었어. 고마워."

코냑은 나와 악수하며 말하였다.

그는 나의 등을 약하게 두드렸다. 그의 손길을 통해 뿌듯함을 느꼈다. 우리는 소파에 앉아 가져온 케이스를 가운데 책상에 올려 두었다. 케이스를 열고 내용물을 모두에게 보여 주었다. 가장 먼저 아이리시가 케이스 속 내용물을 손에 들었다. 그는 이리저리 둘러보더니 다시 내려놓았다.

"확실히 ESCP의 부품임에는 틀림없어."

아이리시가 말하였다.

나는 그의 말에 왠지 모를 성취감을 느꼈다. 겉으로는 표현하지 않았지만, 내면에서 본인에 대해 칭찬했다.

"하지만 이것만으로는 ESCP 전체를 알기에는 정보가 부족해. 이 부품은 단지 레이저의 마지막 포인트를 억제하는 부품에 지나지 않아. 다시 말해 공항의 유도선의 끝부분을 지정하는 부품이야. 물론 없는 것보다 백배는 낫지만, 아직 필요한 정보에는 절대적으로 미치지 않아."

아이리시는 이어서 말하였다.

속으로 기뻐하고 있던 나는 실망하지 않을 수 없었다. 최종 목표에 중요 열쇠가 될 부품이라고 생각했던 것이 덧없다는 사실에 풀이 죽었다.

"역시 그렇게 쉽게 진행될 리가 없지."

모젤이 말하였다.

그녀는 실망한 기색이 전혀 나타나지 않았다.

"걱정하지 마. 하나의 정보가 제로의 정보보다는 훨씬 이득이니까. 이제 한걸음에 지나지 않아. 앞으로 할 일이 많이 남아 있어."

코냑이 몸을 앞으로 숙이며 말하였다.

그의 말에 실망감이 한층 줄어들었다. 이후 잠깐의 정적이 흘렀다. 코냑은 말한 후에 고개를 숙여 눈을 감았다. 그는 무언가 준비하고 있음이 분명하였다. 우리는 그의 말을 기다렸다.

"다음 임무는 장기전이 될 거야."

코냑이 침묵을 깨며 말하였다.

우리는 그의 말에 집중했다. 모두 그를 쳐다보았다.

"이렇게 ESCP의 다른 부품들은 비밀리에 숨겨진 공장에서 만들어지고 있기에 이번처럼 구하기가 쉽지는 않아. 그렇기에 ESCP가 최초로 만들어진 곳을 가야 할 필요가 있어."

"ESCP의 최초라니?"

모젤은 놀라며 코냑의 말 중간에 말하였다.

"말 그대로 처음 ESCP가 설치된 사이드로 가서 분석할 필요가 있어."

"그곳이 어딘데?"

"'퍼스트 사이드'."

"퍼스트 사이드…."

"인류가 처음으로 지구에서 우주로 쏘아 올린 새로운 보금자리."

"하지만 퍼스트 사이드는 이미 오래전부터 운영을 안 한 지 오래됐잖아. 그리고 그곳에 ESCP가 설치가 돼 있는지는 어떻게 알아. 만약 있다고 해도 시간이 너무 지나서 온전치 못할 수도 있잖아."

"맞아. 퍼스트 사이드가 우주에 뜬 이후로 시간이 많이 지나긴 했지. 하지만 그곳에 ESCP가 설치되어 있는지는 아이리시가 알고 있어."

코냑과 모젤이 대화를 이어 가다 코냑의 말을 끝으로 모두 아이리시를 쳐다보았다.

"코냑의 말이 맞아. 나는 이전에 지구에서 퍼스트 사이드의 개발에 참여했었거든. 그곳에 ESCP가 설치되어 있다는 것은 내가 보장할 수 있어."

아이리시가 말하였다.

모젤도 그의 말에 신뢰를 얻었는지 다른 대꾸를 하지 않았다.

"하지만 모젤의 말대로 퍼스트 사이드는 오래전부터 운영하고 있지 않아. 말 그대로 유령 도시이지. 아무런 프런티어와 사이드와도 연결되어 있지 않기 때문에 그곳으로 접근할 방법을 구해야 해. 다른 이유로는 뉴 아메리카 프런티어 정부에서 퍼스트 사이드의 접근을 의도적으로 막고 있다는 정보도 있어. 본인들의 계획을 진행하기 위해 ESCP와 관련된 모든 것을 남에게 들어가지 않게 하기 위함이겠지."

코냑이 말하였다.

"그렇다면, 그 정부에서는 왜 퍼스트 사이드를 철거하거나 하지 않는 거야. 그렇게 하면 아무에게도 뺏기지 않을 텐데."

모젤이 말하였다.

"알고 있다시피 뉴 아메리카 프런티어 정부가 그렇게 못 하는 이유는 최고 수장인 라이젤 쿠퍼의 아버지가 개발하고 실현 시킨 것이 퍼스트 사이드이기 때문이겠지. 본인의 아버지가 이룬 업적을 아들이 철거하고 지워 버리는 것은 너무 잔인하잖아. 아들의 입장으로 남겨 놓고 싶어 함이 틀림없어."

아이리시가 말했다.

"그것까지 그렇다 쳐도 그러면 ESCP만 따로 제거할 수는 있잖아."

모젤이 아이리시의 말에 대꾸했다.

"그러지 못하는 이유도 있어. 지금의 모든 프런티어와 사이드에서 사용하는 ESCP는 암호화되지 않은 복제품에 지나지 않아. 단순히 켜고 끄는 것밖에 할 수 없지. 하지만 퍼스트 사이드에 설치된 ESCP는 지금의 ESCP를 뛰어넘는 것으로 위치를 제어하고 원격으로 원하는 목적지와 연결할 수 있도록 설계되어 있었어. 하지만 설계 당시부터 암호화되어 있기에 제작자인 히컴 쿠퍼 말고는 관계자였던 우리에게도 알려 주지 않았어. 정확히는 그가 혼자 비밀리에 퍼스트 사이드에 설치하였고 우리는 그가 생을 이별한 후에 알게 되었지. 하지만 히컴은 본인의 아들에게조차 ESCP의 암호도 알려 주지 않았나 봐. 어쩌면 이런 일을 일찍이 예상했을지도 모르지. 그리고 퍼스트 사이드의 ESCP를 지금의 ESCP에 덮어 씌워서 암호 키를 알게 되면 뉴 아메리카 프런티어의 정부도 제어하지 못하는 ESCP의 소유권을 획득할 수 있어. 그렇게만 한다면 우리의 목적에 빠르게 다가갈 수가 있는 거야."

아이리시가 말하였다.

"그의 말이 맞아. 그래서 다음 임무는 퍼스트 사이드에 접근할 수 있는 방법을 찾아야 해. 이번 임무에는 모젤과 쉐리 그리고 아이리시도 함께 수행을 부탁할게. 나와 오르비는 뉴 아메리카 프런티어의 정부에 가서 협상을 요구할 거야. 양쪽 모두 쉽지는 않을 거로 생각해. 참고로 퍼스트 사이드에 접근하기 위해서는 주변의 프런티어로 가서 단서를 찾아보는 방법 말고는 정보가 전혀 없어. 그러므로 장기적인 임무가 될 거야."

코냑이 말하였다.

"알겠어. 어느 길이든 쉽지 않다는 것은 알고 있어."

모젤은 코냑의 말에 대답했다.

"그러면 언제부터 시작하면 되죠?"

나는 질문했다.

"바람대로라면 내일 당장이라도 시작하고 싶지만, 돌아온 지 얼마 되지 않았고 앞으로 긴 시간이 필요할 테니 너희의 선택에 맡기고 싶어."

"그러면 내일 바로 시작해. 시간이 지체될수록 의지가 줄어들 뿐이야.

지금 계획을 들었고 다짐한 순간 바로 시작하는 것이 좋다고 생각해. 나는 코냑의 계획에 찬성하고 최고의 방법이라고 생각하고 있으니까."

"고마워. 쉐리와 아이리시는 어때?"

코냑과 모젤이 말한 후에 남은 우리에게 질문하였다.

"나도 마찬가지야. 코냑의 계획에 찬성하고 최대한 빠르게 목적을 달성하고 싶어."

"나도 이의 없어. 오랜만에 다른 우주를 여행하는 것도 기대되고 말이야. 나이도 있으니 목표를 이루는 순간을 두 눈으로 감상하고 싶어. 지구의 시간은 애석하게도 나를 기다려 주지는 않으니까."

나와 아이리시가 말하였다.

"모두 고마워. 그럼 내일 바로 출항할 수 있도록 준비할게."

코냑이 미소를 보이며 말하였다.

"그러면 목적지를 어디로 설정하는 편이 좋을까?"

아이리시가 말하였다.

"우선 퍼스트 사이드와 가장 가까운 곳에 있는 유라시아 연합 프런티어를 목적지로 설정하는 것이 좋겠어."

"알겠어. 그러면 나는 먼저 목적지로 갈 티켓을 제작해 놓을게."

코냑이 아이리시의 말에 대답한 후, 아이리시는 자리에서 일어나 방으로 들어갔다.

"모젤과 쉐리도 잘 부탁할게. 이번 임무에는 뉴 아메리카 프런티어의 정부도 깊게 관련되어 있으니 조심해야 해. 만약에라도 신변에 위험이 생기면 주저하지 말고 임무를 중단해야 해. 목표도 중요하지만, 목숨에 안전이 보장되지 않으면 목표에도 도달할 수 없으니까."

코냑은 나와 모젤에게 말하였다.

그의 말에는 무게가 실려 있었다. 작게나마 압박감도 들었다. 하지만 목적지에 가장 근접하는 임무를 맡은 순간에 최선을 다하고 싶어졌다. 신변의 위험이라는 말조차 나를 막을 수 없었다. 오히려 위험한 임무이기에 이 작전이 얼마나 중요한지를 실감할 수 있었다. 코냑의 말은 나를 앞으로 나아가게 하는 추진력으로 자극되었다.

하루가 지나고 빠르게 준비를 마친 우리는 공항으로 향하였다. 아이리시는 어젯밤 탑승할 항공권과 그곳에서 장기간 지낼 수 있는 숙소를 마련해 두었다. 짐은 가볍게 챙겨 필요한 물건이 생기면 그곳에서 충당하기로 정하였다. 목적지로 정한 곳은 유라시아 연합 프런티어의 태평양 사이드로 향하였다. 태평양 사이드는 이전 지구의 오리엔틱한 동양풍이 깊게 남아 있는 도시였다. 놀랍게도 태평양 사이드를 의뢰하여 우주에 도시를 만들고 담당하고 있는 정부는 서양인이었다. 현재 유라시아 연합 프런티어의 상황은 이러했다. 여러 정부로 나뉘어 각각 몇 개의 사이드를 운영하고 있었다. 그중에서도 뉴 아메리카 프런티어와 우호적인 관계를 맺고 있는 정부는 밀입국 없이 정식적인 방법으로 입국할 수 있었다. 하지만 뉴 아메리카 프런티어와 부정적인 관계를 맺고 있는 사이드도 있었기에 이곳에서 정식적으로 입국할 방법이 없었다. 우리가 목적지로 정한 태평양 사이드는 뉴 아메리카 프런티어와 우호적인 관계를 맺고 있는 도시로서 평범하게 항공권을 구매하고 입국할 수 있었다. 하지만 태평양 사이드는 우리가 최종적인 목적지인 퍼스트 사이드와는 거리가 멀었기에 유라시아 연합 프런티어에서도 가까운 사이드로 한 번 더 이동할 필요가 있었다. 한 가지 다행인 점은 유라시아 연합 프런티어 소속의 사이드들은 서로 원활한 관계를 맺고 있어서 태평양 사이드에 입국한다면 다른 사이드로 입출항하는 것은 쉬웠다. 퍼스트 사이드에 다가가기 위한 한 걸음으로서 태평양 사이드로의 입국이 필요했다. 태평양 사이드는 유라시아 연합 프런티어 중에서도 규모가 있는 도시로 전 우주적으로 봤을 때도 세계적인 사이드 중 하나였다. 과거에서부터 많은 사람이 관광이나 거주의 목적으로 발걸음을 많이 옮기고 있다고 알려져 있었다. 하지만 최근 라이젤 쿠퍼의 연설 이후 태평양 사이드를 비롯한 여러 유라시아 연합 프런티어의 도시들로 이동하는 사람들의 발길이 줄어들 전망이라고 알려졌다. 정확한 이유가 밝혀진 것은 아니었지만, 오래전부터 유라시아 연합 프런티어는 중립적인 색이 강했기에 본인이 거주하고 있는 정부의 판단으로 인해 우주의 중심으로 떠오른 뉴 아메리카 프런티어와의 연결이 끊기는 것을 기본적으로 바라지 않을 것이다. 뉴 아메리카 프런티어의 규모는 다른 프런티어와는 비교가 되지 않을 정도로 거대하기에 그곳에 본인이 근무하고 있는 회사의 상황이나 공장, 시민들의 생활에 큰 관여를 하는 곳이 뉴 아메리카 프런티어에 크게 관여되어 있었다. 모험을 걸어가며 유라시아 연합 프런티어에의 이주와 여행에는 큰 부담이 따랐다. 공항에서 태평양 사이드로 향하는 승객의 수가 적었다. 우리는 비어 있는 여러 좌석과 함께 바다로 나갔다.

바다를 넘어 태평양 사이드에 도착했을 때, 낯선 것들이 많았다. 건물, 시민, 자연환경 등 모든 것이 낯설었다. 중앙 도심에 지어져 있던 건물을 제외하고는 건물 대부분의 높이가 낮았다. 하늘 끝에 닿을 듯한 구름의 위치에 근접해 있던 뉴욕의 건물들과 비교하면 고개를 들지 않아도 보일 정도로 건물 전체가 한눈에 보였다. 사람들도 달랐다. 그들에게서는 여유가 넘쳐 났는데, 뉴욕에 거주하고 있던 사람들의 여유와는 다르게 태평해 보였다. 그들의 옷은 얇았고 짧았다. 밖에서의 생활의 경험 시간을 알수 있는 그들의 탄 피부는 여가와 취미생활이 보였다. 여러 인종의 사람이 사이드에 융화되어 비슷한 옷차림을 입고 있었다. 세상의 정세와 경쟁의식을 잊은 채 살아가고 있는 듯이 보였다. 하늘에는 뜨거운 태양이 떠 있었다. 약간은 습한 공기가 몸을 데웠다. 우리는 우선 아이리시의 동료가 거주하고 있는 곳으로 가기로 하였다. '말레'라는 이름의 도시로 향하였다. 아무 정보가 없는 상황에서 말레에 거주하고 있는 아이리시의 동료에게 가 퍼스트 사이드로 가는 길을 찾기 위해 도움을 구하기로 하였다. 공항 앞에서 여러 도시로 갈 수 있는 버스를 타고 말레로 이동하였다. 버스를 타고 가는 와중에 태평양 사이드의 풍경을 볼 수 있었다. 여러 도시의 풍경을 합쳐 놓은 모습이었다. 블록 몇 개를 기준으로 완전히 다른 풍경이 보이곤 하였다. 나무로 된 집에 마당에는 잎이 큰 나무들이 서 있는 풍경이 보였다가, 바퀴가 두 개만 있는 탈것이 여러 대가 지나가고 있는 풍경이 보였다가, 모래사장 위를 맨발로 걸어 다니는 사람들의 풍경이 보였다가, 절벽 위에서 물이 강하게 떨어지는 강가의 풍경이 보였다. 이것 이외에도 여러 풍경이 눈을 즐겁게 해 주었다. 창문 밖으로 시시각각으로 변하는 풍경을 바라보며 세 시간 이상의 시간을 지루하지 않게 보내다 목적지에 도착하였다. 버스가 주차장에 서고 문이 열렸다. 우리는 짐을 들고 밖으로 나갔다. 버스 밖 주차장에 내리자 한 남성이 다가오며 우리를 반겨 주었다. 아이리시의 얼굴을 보자 다가온 모습이 그의 동료임이 틀림없었다. 그는 태평양 사이드의 사람들처럼 얇은 옷을 입고 있었다. 바지와 옷은 짧은 옷이었다. 코 위에 선글라스를 끼고 손을 크게 벌리며 과하게 반겨 주었다.

"올라. 올라. 어서 와. 이안. 이안 레토. 오랜만이야."

남성은 아이리시에게 다가와 포옹하며 말하였다.

"오랜만이야. 레비. 잘 지냈어?"

아이리시도 포옹을 받으며 말하였다.

아이리시의 동료인 레비는 아이리시를 '이안'이라고 불렀다. 레비는 아이리시의 오랜 동료이기에 아이리시의 본명을 불렀다. 그는 우리의 비밀 그룹을 알지 못했다. 가까운 동료에게도 비밀을 유지하여 임무에 차질이 생기지 않도록 공개하지 않았다. 그랬기에 아이리시라는 암호명도 알 수 없었다. 아이리시의 본명은 처음 들었다. 우리는 그저 근무하고 있는 회사에서 연구 목적으로 퍼스트 사이드를 조사하라는 명령을 받고 태평양 사이드에 온 사원이었다.

"레비, 이쪽은 내 밑에서 연구를 도와주고 있는 쉐리와 모젤이야. 쉐리 모젤, 이쪽은 이전에 지구에 있었을 때, 연구소의 동료였던 레비야."

아이리시는 서로를 소개해 주었다.

"반가워요. 지구에서 있었을 때 이안의 동료였던 레비라고 합니다."

레비는 악수를 건네며 말하였다.

"반갑습니다. 현재 이안의 밑에서 연구를 보조하고 있는 모젤이라고 합니다. 이쪽은 같은 쉐리이고요."

모젤은 건네받은 악수를 받으며 말하였다.

모젤이 악수한 후에 이어서 나와 악수하였다. 레비는 뜨겁게 탄 피부를 가지고 두꺼운 손의 감각이 느껴졌다.

"우주에 가서도 여전히 연구소에서 근무하다니. 자네는 정말 질리지도 않는다니까. 나는 은퇴 후에 이곳에서 여생을 물과 함께 보내고 있다네. 이곳 말레는 이전 지구에 수중 도시를 모델로 만들어진 곳이야. 여행에도 좋지만, 나처럼 죽기 전 여생을 보내기에도 최적의 장소지. 일단 말레에 온 것을 환영해. 먼 길 와서 지칠 텐데 우선 숙소로 안내하지."

레비는 우리를 안내해 주었다.

그의 말대로 주변에는 물이 많았다. 낮은 집들이 물 위에 있었다. 사람들은 물과 집을 넘나들며 즐기고 있었다.

"그래서 퍼스트 사이드를 연구한다고? 확실히 현재 접근이 어렵다는 것은 알고 있지만, 그래도 데이터가 남아 있지는 않나?"

걸어가는 도중에 레비가 말하였다.

"연구소의 규모가 작아서 정보를 쉽게 얻지는 못하겠더라고. 또 퍼스트 사이드에 관한 데이터는 비밀 유지로 인해 가려져 있는 정보가 많아서…."

"그렇군. 확실히 뉴 아메리카 프런티어에서 퍼스트 사이드에 관한 정보를 숨기고 있다는 말이 많더군. 그런데 그런 구닥다리는 왜 연구하는 거야?"

"구닥다리더라도 인류의 첫 거주지다 보니 연구 가치가 있다고 판단했거든. 지금이야 기술력이 나날이 급격하게 발전하고 있지만, 당시의 기술력으로 건축물을 우주에 띄워 놓는 기술력은 가히 감탄할 만하니까. 직접 가 보면 알지 못했던 연구 소재가 생길지도 모르니까 말이야."

"우리가 지구에 있었을 때, 퍼스트 사이드에 관여했었잖아. 그때의 정보로는 아직 부족한가?"

"확실히 당시에 지구에서 관여하긴 했었지만, 그때 우리가 맡은 비중은 너무 적었으니 부족한 부분이 많지. 비중이 작아 우리가 관여했던 부분이 실제로 사용됐는지조차 알 수 없으니까. 그리고 랜드마크가 된 과거의 산물은 시간이 지날수록 더욱 연구 가치가 높아지는 것을 잘 알고 있잖아."

"듣고 보니 그렇네. 나는 연구직에서 멀리 떨어져 있다 보니 당시의 감을 많이 잊어버렸어. 그래도 내가 도와줄 수 있는 부분이 있다면 최선을 다해 도움을 주겠네."

아이리시와 레비가 걸어가며 대화를 나누었다.

"지구에 있었을 때는 어떤 연구를 함께하신 거죠?"

뒤에서 대화를 듣고 있던 모젤이 질문했다.

"우리는 지구에서 국가의 우주국에서 근무했었어. 그곳에서 좋고 나쁜 여러 일들이 있었지."

레비가 그녀의 질문에 답하였다.

여러 대화를 이어 나가며 걸어가다 보니 숙소에 도착할 수 있었다.


"이곳이 지내게 될 숙소라네. 나는 바로 옆집에서 거주하고 있으니까 필요한 것이 있다면 언제든지 자유롭게 와도 좋아."

레비가 말하였다.

숙소는 주변에서 흔히 보이는 것처럼 물 위에 자리 잡고 있었다. 레비는 안내 후에 본인의 집으로 들어갔다. 우리는 숙소로 들어가 각자의 방에 짐을 풀고 긴 여행의 피로를 풀었다.

"이안 레토? 알고 지낸 지 오래됐는데도 본명을 들은 것은 처음이네요."

모젤이 아이리시를 보며 말하였다.

"미리 말하지 못해서 미안하네. 아까는 대처를 잘 해 줘서 고마워. 오기 전에 신분을 위장하기 위해서 자네들과 말을 맞췄어야 했는데."

아이리시가 말하였다.

"오늘은 피로가 많이 쌓였을 테니 쉬고, 내일부터 본격적으로 퍼스트 사이드로 가는 길을 찾아봐야 해. 아까 만난 레비에게 도움을 요청하긴 했지만, 그는 오래전부터 현장에서 발을 뗐기에 큰 도움을 받기는 어려울 거야."

아이리시가 이어서 말하였다.

"어떻게 시작해야 하죠? 시작점이랑 방향성조차 보이지 않아요."

"그것이 문제야. 저 위에 분명 떠 있는데, 갈 수가 없어. 완전 제로부터 시작하는 것이기에 쉽지 않아. 나도 알고 있는 것이 있다면 길을 찾기 위해 방향성을 제시해 주고 싶지만, 알고 있는 것이 없다 보니 답답하네."

나와 아이리시가 대화했다.

'똑똑'

숙소 문에서 소리가 들렸다.

"짐은 다 풀었어? 집에 저녁 식사를 차려 놨으니 괜찮으면 와서 같이 먹자."

문밖에서 레비가 말했다.

아이리시는 문을 열고 밖에 있던 레비를 숙소 안으로 안내했다.

"다들 피곤할 텐데 우리 집에 저녁을 만들었으니 같이 먹자."

레비가 말했다.

"고마워. 레비. 그러면 신세 좀 질게."

아이리시가 말했다.

우리는 레비의 뒤를 따라 숙소 밖으로 나가 그의 집으로 향했다.

레비의 집도 우리가 머물 숙소와 비슷한 구조를 띠고 있었다. 집 안으로 들어가자마자 향기로운 음식 냄새가 났다. 장거리 이동으로 잊고 있던 식욕이 살아났다. 저녁 식사 시간을 기다리고 있던 배 속이 꿈틀거렸다. 거실에 호화로운 음식이 차려져 있었다. 식탁 중앙에는 그릇을 가득 채운 생선 요리가 올라가 있었다. 소스로 양념 되어 따뜻한 김을 내뿜고 있었다. 곁에는 여러 종류의 음식이 놓여 있었다. 우리는 원형으로 된 식탁에 앉아 식사를 시작했다. 간단한 식사 자리에서의 대화를 오가며 비어 있던 배 속을 가득 채웠다.

깨끗하게 비워진 그릇을 보며 소화를 시켰다. 이후에 레비는 더운 나라의 과일을 내주며 입가의 텁텁함을 달랬다.

"식사를 마치셨으면 집 앞의 수영장에서 말레를 만끽하시는 것은 어떠신가요? 호숫가를 수영장으로 개조해서 몇 개의 구역으로 나누어져 있습니다. 집 바로 앞에 있는 것은 마음껏 사용하셔도 돼요. 조명도 잘 되어 있어서 밤에 물을 즐기기에 좋습니다."

레비가 나와 모젤을 번갈아 보며 말하였다.

그의 말에 솔깃하였다. 태어나 한 번도 물속을 헤엄쳐 본 적은 없지만, 처음 이곳에 와 집 앞에 있는 물가를 보며 몸을 빠트려 보고 싶었다.

"좋아요. 감사합니다."

모젤이 대답했다.

나와 모젤은 다시 숙소로 들어가 물에 젖어도 괜찮은 옷으로 갈아입고 수영장으로 향했다. 아이리시는 집에 남아 오랜만에 만난 레비와 함께 오랜 세월의 공백을 이야기하고 싶어 했다. 물이 가득 차 있는 곳으로 가 천천히 발을 담갔다. 모젤은 땅에서 물로 아름다운 곡선을 그리며 뛰어들었다. 그녀가 물을 가로지르며 들어가 물보라를 만들었다. 그녀는 몸을 물 밖으로 빼내며 젖은 머리를 뒤로 넘기고 손으로 물방울이 묻은 얼굴을 닦았다.

"왜 머뭇거리고 있어 그냥 들어와."

모젤이 물속에서 나를 바라보며 말하였다.

"그게…. 이런 깊은 물에 들어가 본 적이 없어서…."

"아…. 그럴 수도 있겠구나. 좋아. 내가 가르쳐 줄게."

나의 말에 모젤이 답하였다.

모젤은 벽의 사다리를 타고 올라와 나에게 다가왔다.

"무서운 것 없어. 들어가면 재밌을 거야. 우선 물을 천천히 몸에 적셔 봐."

모젤이 말하였다.

나는 그녀가 시키는 대로 수영장 물을 손으로 퍼 몸에 뿌렸다. 물이 몸에 닿자 차갑게 식은 물방울이 느껴졌다. 이어서 모젤의 지시대로 발끝부터 천천히 물속으로 집어넣었다. 그녀는 먼저 몸 전체를 물속으로 넣고 나의 손을 잡아 주었다. 그녀를 따라 물속으로 완전히 들어갔다. 처음에 발이 땅에 닿지 않아 당황스러웠지만, 모젤의 가르침대로 물속에서의 두려움을 없애고 금세 요령을 찾았다. 물 안에서의 재미를 찾을 수 있었다.

한참 동안 물을 가로지르며 헤엄치거나 숨을 참고 잠수하기도 하였다.

몸의 온도가 물의 온도와 비슷해질 즈음에 과도한 유희로 인해 피곤함
이 느껴졌다. 나는 휴식을 취하기 위해 물 밖으로 나왔다. 도저히 지칠 마
음이 없는 모젤은 멈추지 않고 헤엄쳤다. 나는 몸에 묻은 물기와 언제 나
올지 모르는 모젤을 위해 수건을 가져오기로 하였다. 젖은 몸을 가지고
숙소에 들어가 바닥에 물을 묻히고 싶진 않았다. 그래서 레비의 집으로
가 수건을 부탁하기로 했다. 그의 집으로 가 초인종을 눌렀지만, 아무런
대답이 돌아오지 않았다. 두 번 정도 더 초인종을 눌렀지만, 반응이 없어
결국 뒤로 돌아갔다. 집 뒤에 테라스에 레비와 아이리시가 의자에 앉아
있었다. 둘은 대화하고 있었다. 그들의 시간을 망치고 싶지 않아 다시 돌
아가려 했지만, 얼핏 들은 그들의 대화에 정신이 팔렸다. 나는 대화를 엿
들었다.

"사실 너에게 처음 연락받았을 때, 신기했어. 오랜만이라 기쁘기도 했
고, 네가 아직 우주 쪽에 몸을 담고 있다는 사실에도 놀랐어."

레비가 말하였다.

"나도 오랜만에 너와 통화해서 기뻤이."

아이리시가 대답했다.

"나는 은퇴하고 이렇게 자연과 함께 유유자적하며 생을 보내고 있지
만, 네가 퍼스트 사이드에 관해 도움이 필요하다고 연락이 왔을 때, 가장
반가웠어. 너도 알고 있다시피 나는 큰 도움을 줄 수 없어. 아니, 주지 못
하지. 하지만, 네가 연구에 필요한 도움을 요청했다는 사실에 반가웠던
것을 보면 나는 이런 삶에 만족하지 못하고 있었나 봐. 통화를 하고 있었

을 때 몸이 들뜨더라고. 솔직히 말하자면 사실 다시 연구하고 싶어. 기계를 분석하고 동료와 모순을 찾아가며 필요한 지식을 연구하고 싶어."

레비가 고개를 숙이며 말하였다.

"역시 그럴 줄 알았어. 그렇게 기계에 열정적이었던 네가 이런 삶에 만족할 리 없지. 나는 늦지 않았다고 생각해. 나도 아직 현역으로 활동하고 있으니."

"하지만 너도 잘 알잖아. 그쪽으로 머리를 오랫동안 사용하지 않으면 굳어 버린다는 사실을. 이미 내 머리는 이곳에 와 피부가 까맣게 탐과 동시에 딱딱하게 굳어 버렸어. 나는 이제 누구를 가르치기도 동료와 머리를 맞대기에도 늦어 버렸어."

"걱정하지 마. 네가 알지 못하게 너의 잠재력과 기억력은 아직도 머리 깊은 곳에 숨어 있어. 다시 시작한다면 이전으로 되돌리는 것은 과거에 네가 기다려왔던 시간보다 훨씬 짧을 거야. 오히려 네가 이전에 가지고 있던 지식보다 훨씬 발달한 기술력을 갖게 될지도 모르지. 몸은 몰라도 머리는 죽을 때까지 성장하니까. 나도 너와 마찬가지로 장시간 쉬었었어. 지구에서 우주로 넘어오면서 다시 기계 쪽으로 발을 돌렸어. 그때는 정말 고통스러웠지만, 다시 돌아왔잖아."

"그렇게 말해 주니 위로가 된다. 고마워. 역시 지구에서의 일 때문에 고통받고 있던 거야?"

"그 당시에는 모두가 고통받았지."

아이리시와 레비가 대화를 주고받았다.

타인의 대화를 엿듣는 것은 좋은 취미는 아니었지만, 비밀로 가득 찬 아이리시의 과거를 알고 있는 이전 동료와의 대화가 발길을 멈춰 세웠다. 대화는 흥미로웠다. 그들이 말한 지구에서의 일에 대해서는 자세히 말하지 않아 정확히 알 수는 없었지만, 궁금한 소재였다. 이어서 궁금증을 풀기 위해 계속해서 기다렸다. 하지만 그들은 의자 앞 탁상에 놓인 컵에 든 무언가를 마시며 하늘을 바라보았다. 한참 동안 아무런 대화가 오가지 않자 궁금증은 사그라들었고 몸에 묻은 물방울이 자연스럽게 마르자 나는 다시 모젤이 있는 곳으로 돌아갔다.

그녀는 아직 수영장에서 물을 즐기고 있었다.

"왜 이제 와?"

모젤이 나를 눈치채고 말하였다.

"잠시 화장실에 좀 다녀왔어."

나는 그녀의 말에 대답했다.

차마 아이리시와 레비의 대화를 몰래 엿듣고 왔다는 사실을 밝힐 수 없었다. 모젤은 수영장에서 나와 손으로 머리에 묻은 물기를 털었다.

"이제 들어가자."

모젤이 말했다.

그녀와 나는 숙소로 향했다. 모젤은 몸에 묻은 물기를 닦지 않고 그대로 문을 열고 숙소 안으로 들어갔다. 바닥에는 그녀의 몸에서 떨어진 물방울이 바닥을 적셨다. 그리고 방에서 수건 두 장을 들고나와 한 장을 나에게 건네주었다. 우리는 가볍게 물기를 닦고 하루의 끝을 맞이하는 정비를 하였다. 도중에 아이리시도 숙소로 돌아왔다. 그렇게 태평양 사이드에서의 첫날이 지나갔다.

태평양 사이드에서의 두 번째 날이 시작되었다. 우리는 간단하게 아침 식사를 마친 후에 본격적으로 임무를 시작하기 위해 준비했다. 각자 역할을 나누어 주변을 둘러보기로 하였다. 아이리시는 집에 남아 뉴욕에서 가져온 휴대용 컴퓨터로 정보를 찾기로 하였다. 모젤과 나는 무작정 시내로 나가 정보를 찾기로 하였다. 시내로 나가도 어느 곳에 가야 관련된 정보를 찾을 수 있는지는 알 수 없었지만, 우선 밖으로 나가 둘러보기로 했다.

우리는 같이 거리를 다니며 정보를 탐색했다. 여러 표지판과 광고가 나오는 화면을 찾아다니며 퍼스트 사이드에 관한 것이 없는지 살펴보았다. 거의 온 하루를 시내에서 보내며 작은 단서조차 없는 거리를 활보했다. 서로 지칠 대로 지친 우리는 숙소로 돌아가 아이리시에게 기대를 걸어 보았다. 숙소의 거실 중앙 탁상 의자에 앉아 고개를 위로 젖히고 손으로 눈을 감싸고 있는 그의 모습을 보자 헛된 기대였음을 알게 되었다. 그리고는 둘째 날의 밤도 지나갔다.

다음 날도 같은 일을 반복하며 정보를 찾았다. 하지만 똑같이 손에 든 정보 없이 허탈한 하루가 지나갔다. 이어서 다음 날도 또 다음 날도 어제와 같은 하루가 지나가며 며칠째인지도 정확히 알 수 없을 만큼 반복하였다. 아이리시는 여전히 컴퓨터 앞 지친 표정을 하고 있었다. 모젤과 나는 여러 방법을 구사하며 찾아다녔다. 서로 다른 지역에서 출발하여서 한 지역에 만나는 방법과 지역 기관을 방문하여 정보를 엿듣거나 정보를 유도하는 방법과 사이드의 박물관과 같은 역사적 시설을 방문하기도 했다.

또한, 아무런 관련 없는 사람이나 가게에 들어가 단서를 물어보는 등 지루한 하루를 지속했다. 여러 방식을 바꿔 보아도 돌아오는 정보는 하나도 얻을 수 없었다. 그저 하루를 마무리하는 밤에 숙소로 돌아가 아이리시에게 계속해서 기대를 걸어 보는 식에 지나지 않았다. 아이리시도 찾지 못하는 단서에 돌아오는 우리에게 기대를 걸고 있었다. 중간중간 뉴욕의 코냑과 연락하여 전하기 힘든 소식에 고개를 숙였다. 그럴 때마다 그는 잘 부탁한다는 식의 말과 천천히 기다린다고 말하였다. 서로의 손을 모아도 들고 있는 것은 공기뿐이었다. 다시 내일을 위해 아침을 기다릴 수밖에 없었다.

하늘에 뜬 달이 물에 비쳐 일렁거렸다. 달은 별들의 바다 중앙에 뜬 등대였다. 우주에 뜬 두 개의 달이 서로 만나는 시점에 밤이 지나가고 태양이 떠올랐다. 이제는 물에 비친 태양이 두 개로 나뉘어 생명의 시작을 밝혀 주었다.

나는 거실에서 어렴풋이 들려오는 경쾌한 소리에 잠에서 깨어났다. 무언가를 가볍게 튕기며 두드리는 소리가 들렸다. 나는 방문을 열고 거실로 나갔다. 거실 중앙 탁상에 아이리시가 안경을 쓴 채로 앉아 있었다. 탁상 위에는 휴대용 컴퓨터가 놓여 있었다. 잠결에 들린 경쾌한 소리는 아이리시가 타자를 두드리는 소리였다. 그의 뒤에는 모젤이 서 있는 상태로 몸을 숙이고 화면을 바라보고 있었다.

"좋은 아침."

아이리시가 안경을 들어 올리고 나를 보며 말하였다.

그는 밤을 지새웠는지 얼굴이 초췌해 보였다. 하지만 밝은 웃음을 보였다. 나는 가볍게 고개를 숙이며 아침 인사에 답하였다. 모젤은 화면에 집중하고 있었다.

"드디어 정보를 찾아냈어. 레비의 도움과 함께 하나의 정보를 찾아내니 연관되어서 여러 정보가 쏟아져 나왔어. 지금 찾아본 바로는 이곳 태평양 사이드에 있는 대학원 중 한 곳에서 퍼스트 사이드에 관한 연구를 진행하고 있다는 정보를 알아냈어. 그리고 한 여행 사이트의 정보에 따르면 태평양 사이드와 이스트 아시아 사이드를 관광하는 패키지가 하나 있다고 해. 그리고 그 패키지 중에서 퍼스트 사이드 주변을 관광하는 옵션을 선택하는 관광을 하나 찾아냈어. 의외로 접근성이 쉬울지도 몰라. 몇 군데 더 찾아보긴 했지만, 우선 이 두 곳을 중심으로 시작하면 좋을 것 같아. 우리가 벌써 이곳에 도착한 지도 한 달 정도가 지났으니 시간을 아끼기 위해 각자 두 곳으로 나뉘어서 찾아보는 것이 좋을 것 같아. 쉐리 너는 어디를 담당하고 싶어?"

아이리시가 마우스로 이리저리 움직이며 말하였다.

"찾은 정보의 대학원에서 연구하는 과가 이전에 내가 졸업했던 대학교의 과와 비슷하니 내가 대학원으로 갈게."

모젤은 화면을 바라보며 말하였다.

나 또한 그녀의 의견에 찬성했다. 전문적인 지식을 가지고 있는 그녀에게 맡기는 것이 최고의 선택이라고 생각했다. 마침 아침이었기에 우리는 서둘러 준비를 마치고 각자 맡은 구역으로 출발했다.

모젤과 다른 방향으로 출발하여 그녀는 대학원으로 가고 나는 여행사가 있는 곳으로 향했다. 여행사는 멀지 않은 시내에 있었다. 지역의 길을 따라 금세 도착하였다. 여행사는 한 고층 빌딩 3층에 자리 잡고 있었다. 나는 건물 안으로 들어가 엘리베이터를 타고 올라갔다. 문이 열리고 내리자 투명 유리로 된 여러 사무실이 있는 공간이 나왔다. 먼저 보이는 문 위에는 여행사의 이름이 적혀 있었다. 또한 벽면에는 여러 관광 상품을 광고하고 있는 종이가 나열되어 있었다. 하지만 퍼스트 사이드에 관한 정보가 적혀 있는 광고지는 전혀 보이지 않았다. 나는 정보의 출처를 찾기 위해 사무실로 들어갔다. 여러 사람이 타자를 두드리며 컴퓨터를 하고 있었다. 몇몇은 전화로 통화를 하며 바쁜 일상을 보내고 있었다. 그중에서 여유로워 보였던 한 사람이 나의 존재를 눈치챘다.

"안녕하세요. 여행 상품 때문에 오셨나요?"

한쪽 손에 파일철을 들고 안경을 쓴 여성이 나를 보며 말하였다.

"아. 네. 맞습니다."

나는 대답했다.

여성은 손으로 본인의 사무실로 안내했다. 양쪽 벽이 얇은 파티션으로 감싸여진 공간이었다. 여성은 본인의 자리에 앉고 건너편 자리로 안내해 주었다.

"우리 여행사를 이용해 보신 적 있으신가요?"

"아니요. 처음입니다."

"어떤 프로그램을 보고 찾아오신 것일까요?"

"퍼스트 사이드를 옵션으로 가지고 있는 패키지가 있다고 들어서 왔습니다. 그 여행 패키지를 이용하고 싶어서요."

"잠시만요. 찾아볼게요."

나는 여성의 질문에 답하였다.

여성은 본인 자리의 컴퓨터를 두드리며 찾아보았다.

"아. 그 프로그램은 이미 몇 년 전부터 종료되었어요. 이전에는 일부분 관광이 허용되어서 몇 가지 옵션을 넣은 패키지가 있었지만, 요즘에는 퍼스트 사이드에 가까이만 가도 큰일 나요. 다른 프런티어의 정부에서 통제가 점점 까다로워지고 있어요. 아쉽지만 그 패키지는 제공해 드리기 어렵습니다. 다른 여행 프로그램에는 관심 없으세요?"

이어서 여성이 답하였다.

아쉽게도 찾아낸 이 방법으로는 퍼스트 사이드에 접근할 수 없었다. 나는 정중하게 거절을 한 뒤 여행사를 나왔다. 건물 아래로 내려가 시내로 발을 디뎠다. 나는 더 이상 할 수 있는 것이 없었기에 다른 대안이었던 모젤에게 기대를 걸어 볼 수밖에 없었다. 나는 왔던 길대로 숙소로 돌아갔다.


태양 빛이 뜨겁게 비치는 숙소로 돌아왔다. 실내에는 인기척이 느껴지지 않았다. 모젤은 아직 돌아오지 않았다. 아이리시의 방으로 가니 그는 지쳐 잠들어 있었다. 나는 거실 중앙 탁상에 앉아 모젤이 돌아오기만을 기다렸다.


"나, 왔어."

어렴풋이 모젤의 목소리가 들렸다.

이후에 등을 두드리는 손길이 느껴졌다. 나는 눈을 떴다. 어느샌가 책상에 엎드려 잠이 들어 있었다. 나는 흘러나온 침을 보이지 않게 닦고 고개를 들어 올렸다.

"그쪽 상황은 어땠어?"

모젤이 말했다.

"이쪽은 실패야. 이전에는 운행했었는데 이제는 사라졌다고 하더라고."

나는 대답했다.

"대학원 상황은 어땠어."

나는 이어서 모젤에게 질문했다.

"이쪽은 순조로워. 아직 퍼스트 사이드로 갈 수 있는 직접적인 방법을 찾은 것은 아니지만, 좋은 느낌이 들어. 다행히 이쪽 대학원에서 연구를 계속 진행하고 있더라고. 관련된 직업과 지식을 가지고 있는 사람들이나 관심이 많은 사람이 참여할 수 있는 공개 이벤트를 진행하고 있었어. 본인들이 연구하고 있는 주제를 여러 사람과 토론하고 지식을 공유하는 이벤트였어. 그곳에서 한 모임을 만났는데 내일 한 번 더 만나 이야기를 나누기로 했어. 그곳에서 이야기를 나누면 목표에 더 가까워질 수 있을 것 같아. 내일 나랑 같이 가자. 나 혼자 가는 것보다 같이 가서 대화를 나누는 편이 도움이 될 거야."

모젤이 말했다.

우리의 대화가 끝나고 말소리에 깬 아이리시가 방문을 열고 나왔다. 그의 안색이 꽤 회복되어 보였다. 우리는 거실 중앙 탁상에 앉아 오늘 있었던 일과 모젤이 내일에 관하여 말하였다. 아이리시는 가볍게 미소를 지으며 오늘 하루를 칭찬해 주었다. 오늘의 일과와 여러 대화를 하며 하루를 보내고 일찍이 내일을 맞이했다.

먼저 일어난 모젤이 나를 깨워 준비를 시작했다. 아이리시가 차려 준 아침 식사를 간단하게 먹은 후에 밖으로 길을 나섰다. 모젤의 뒤를 따라 만나기로 한 모임 장소로 향하였다. 말레의 외곽 지역에 약속 장소가 있었다. 작은 카페에 도착한 우리는 몇몇 사람이 모여 있는 자리를 찾아 앉았다. 기다리고 있던 사람들은 모젤을 알아차리고 그녀를 반겨 주었다. 모임에는 우리를 제외하고 5명 정도의 남녀가 혼합해 있었다.

"아직 도착하지 않은 사람도 있지만, 시간이 되었으니 오늘 모임을 시작할게요."

모임의 장처럼 보이는 인물이 주도하였다.

"이번에 처음 오신 분들도 계셔서 다시 저를 소개하자면 태평양 대학원에 연구원으로 근무하고 있고 이 모임을 만든 란 케릭이라고 합니다. 이번에 처음 오신 분들을 소개해 드릴게요. 어제 태평양 대학원의 공개 연구에서 만나 오늘 모임까지 와 주신 모젤이십니다. 그리고 모젤과 동행하여 같이 오신 쉐리가 와 주셨습니다."

모임을 주도한 남성이 본인의 소개와 함께 우리를 소개해 주었다.

우리는 모임의 사람들과 가볍게 인사를 나누었다. 모두 반갑게 맞이해 주었다.

"오늘 처음 오신 모젤은 뉴욕 사이드의 대학교에서 항공우주공학을 전공하셨다고 해요. 저희 모임에서 연구하는 퍼스트 사이드에도 큰 관심이 있다고 합니다. 모임에 초대하여 이야기를 나누면 서로 큰 도움이 될 것 같다고 생각해서 오늘 참여를 부탁드렸습니다."

캐릭은 이어서 모젤에 관해 자세히 소개해 주었다.

그의 소개를 듣자 모젤을 향해 존경의 감탄사가 들려왔다. 모젤은 가볍게 미소를 지었다. 우리는 그녀에 관한 소개 후에 캐릭의 진행에 따라 여러 이야기를 나누었다. 그중에는 우주에 관한 이야기가 많았다. 별자리에 관한 이야기도 있었고 과거에 존재했던 인공위성에 관한 이야기도 나누었다. 어떠한 계기로 우주에 관심을 두기 시작했는지에 대해 서로 대화를 나누었다. 이후로도 본문에서 많이 벗어난 이야기를 하였다. 이를 기다리고 있던 캐릭이 다시 원래 목적에 관하여 진행을 시작했다.

"자 다들 말을 많이 나누셨으니 오늘 모임을 위한 퍼스트 사이드에 대하여 이야기를 나눠 봅시다."

캐릭이 말하였다.

그의 말을 듣고 다들 잊고 있던 사실을 떠올렸다.

"어쩌다 퍼스트 사이드에 관심을 가지신 건가요?"

모임의 한 남성이 모젤을 향해 질문했다.

"퍼스트 사이드는 우리가 지금 보내고 있는 세기에서 가장 위대한 역사적 산물이 아닐까 하고 생각했어요. 그것을 연구하고 분석하고 싶다는 욕구는 우리에게 가장 당연하잖아요. 우리는 모두 가치 있다고 생각하는 일에 몰두하기 마련이니까요."

모젤이 답하였다.

"그녀의 말이 맞아요. 우리도 그렇기에 퍼스트 사이드에 관심을 가진 것이니까요. 그녀는 직접 퍼스트 사이드에의 접근을 희망하고 있다고 들었어요. 맞나요? 모젤 씨?"

캐릭이 질문했다.

"퍼스트 사이드에 직접 접근한다고요? 요새도 가능해요? 너무 위험하지 않나요?"

모임의 한 여성이 놀란 듯이 말하였다.

"가능한 곳이 있다고 듣긴 했어요. 제가 알고 있는 정보로는 '노스 유럽 사이드'의 한 초등학교에서 퍼스트 사이드 주변을 관광하고 있다고 알고 있어요. 퍼스트 사이드에 가장 가까운 지역이기도 하고 역사적 건축물을 각인시키고 기억하기 위해서라고 했어요. 실제로 제 사촌의 아들이 그 초등학교에 다니고 있어서 이야기를 해 주었어요. 또, 학교에 아이들을 그룹으로 나누어서 몇 개의 소형 우주선을 타고 주변을 관광한다고 합니다. 만약 그것을 이용한다면 소형 우주선 하나를 통해 퍼스트 사이드에 접근할 수 있기는 할 거예요. 하지만 요새는 단속도 심하고 소문도 좋지 않아 큰 위험을 감수해야 할 것입니다. 실제로 가능할지는 장담할 수는 없어요."

모임의 또 다른 남성이 말하였다.

그의 말을 들은 모젤의 표정이 밝아졌다. 이 정보는 우리에게 꼭 필요한 것이었다. 정보의 가능성과 사실 여부조차 알 수는 없었지만, 목표에 다가갈 수 있는 반가운 소식이었다.

"정말 감사한 정보인데요? 어차피 아무것도 연구하지 못하고 죽을 바에야 위험을 감수하더라도 연구하고 싶어요."

모젤이 말하였다.

그녀의 말 이후에 한 번 더 모임의 사람들은 존경의 감탄사가 흘러나왔다. 이후 몇 마디의 대화를 주고받은 후에 모임에서 먼저 빠져나왔다.


우리는 값진 정보를 가지고 숙소로 돌아갔다. 모젤은 들뜬 마음으로 문을 박차고 들어갔다. 아이리시는 저녁 식사를 만들고 있었다. 소리에 놀란 아이리시는 우리를 바라보았다.

"좋은 소식을 들고 왔어요."

모젤이 한껏 미소를 보이며 말하였다.

아이리시는 어리둥절한 표정을 지었다. 그리고 하고 있던 요리를 멈추고 우리는 중앙 탁상에 모여 앉았다. 오늘 모임에서 얻은 정보를 이야기하였다.

"노스 유럽이라고? 확실히 노스 유럽 사이드는 외곽 지역이라서 단속이 적을 것 같기는 하다만…. 초등학교에서 그런 프로그램을 진행할 줄이야. 하지만 역시 너무 위험해. 소형선을 타고 허가받지 않은 채로 퍼스트 사이드의 공항 데크로 접근하기에는 너무 큰 모험이야."

아이리시가 말하였다.

"그럼 이대로 계속 기다려요? 언제까지 기다려야 하죠? 시간이 적다고 말한 것은 아이리시였잖아요."

모젤은 실망한 표정을 지으며 말하였다.

그녀가 언성을 높이며 말하는 것도 이해할 수 있었다. 우리는 너무 오래 기다렸다. 수확이 없는 채로 마냥 확실하지 않은 정보를 기다리기에 지쳐 있었다. 그런 상태에서 출처가 분명하지 않아도 직접적인 방법을 가지고 있는 정보는 너무나도 달콤한 과일이었다. 그것이 독 사과라고 할지라도. 아이리시도 모젤의 마음을 모르는 것은 아니었다. 그 또한 지쳐 있었다. 모젤의 말을 듣고 아이리시는 크게 한숨을 쉬었다. 그리고 그녀의 뜻을 따라갔다.

"좋아. 한번 해 보자. 모처럼 찾아온 정보이기도 하고 기다려도 언제 실마리를 찾을지는 모르니까. 대신, 위험한 순간이 찾아오면 그때는 앞

일은 생각하지 말고 도망쳐야 해. 그것만은 내 의견을 따라 줘."

아이리시가 말하였다.

우리는 고개를 끄덕였다. 모젤의 표정이 다시 풀어졌다. 우리는 또 다른 사건의 소용돌이에 휘말릴 준비가 되어 있었다. 위험하다는 말은 많이 들어왔지만, 실감이 들지 않았다. 과장된 소문의 일부분이라고 생각하고 있었다.

"코냐에게는 퍼스트 사이드에 도착하게 되면 연락하자. 그러면 분명 우리의 계획을 실행시키지 않을 거야. 바로 직전에 통보하여 작전을 진행시킬 필요가 있어. 우선 오늘은 밤이 늦었으니 내일 노스 유럽 사이드로 출발하자. 그곳에서 어느 초등학교인지 정보를 취득하고 바로 시작하자."

아이리시가 말했다.

우리는 긍정의 표시를 했다.


밤의 시간을 보내고 다음 날 아침이 찾아왔다. 아이리시는 아침 일찍 일어나 레비의 집으로 갔다. 그와의 작별 인사를 하는 것이었다. 나와 모젤은 숙소에서 준비를 마친 후에 레비의 집 앞으로 찾아가 아이리시를 기다렸다. 아침의 차가운 이슬이 하늘을 어둡게 감싸고 있었다. 시원한 공기의 흐름이 앞으로 있을 일에 대한 긴장감을 고조시켰다. 집 문이 열리고 아이리시와 레비가 함께 나왔다. 레비는 우리를 보며 손을 흔들었다. 아이리시는 미소를 짓고 있었다.

"나도 좋은 소식을 가지고 왔어. 정확히는 레비가 정보를 제공해 주었어."

아이리시가 말하였다.

"레비도 들은 적이 있대. 모젤이 가져온 정보에서 나온 초등학교에 대해서. 그리고 그 초등학교가 어디인지도."

이어서 아이리시가 말했다. 그리고 레비를 보며 다음에 나올 대사를 양보했다.

"태평양 사이드에 오기 전에 노스 유럽 사이드에서 잠깐 머문 적이 있어요. 그때 돈을 벌기 위해 여러 학교를 방문하며 일일 교사를 연임한 적이 있었죠. 그중에서 오슬로라는 지역에서 '루트 초등학교'라는 이름의 학교에서 그런 프로그램을 진행하고 있다고 들었어요. 아마 그곳에 직접 가 보시면 확실한 정보를 얻으실 수 있으실 것입니다. 그리고 또 하나, 제 지인이 아직 그곳에서 근무하고 있어서 노스 유럽 사이드에 갈 수 있는 항공권을 빠르게 구매해 주었습니다. 함께 오슬로 지역에 숙소도 예약해 두었습니다. 오늘 바로 출발할 수 있을 것입니다. 그러면 앞으로의 여정을 응원하겠습니다."

레비가 말하였다.

우리는 그에게 감사의 표시를 한 뒤에 작별 인사를 나누었다. 아이리시는 레비와 포옹을 한 뒤 악수하였다. 그 후 공항으로 바로 출발했다.


항공권은 아이리시가 이어받았다. 항공권은 시간에 잘 맞는 오전 시간대였다. 공항에 도착하여 바로 출발할 수 있는 시간대로 잡혀 있었다. 우리는 순조롭게 진행했다. 시간에 맞게 공항에 도착하여 항공권을 내고 우주선에 탑승하였다.

[뉴욕 사이드 : 코냑의 시점]

"모젤 일행은 순조롭게 진행 중인 것 같아. 노스 유럽 사이드를 다음 행선지로 정했다고 연락이 왔어. 그곳에서의 구체적인 계획을 이야기하지는 않았지만, 목표가 있는 것 같았어. 한 발자국 더 가까이 갔네."

오르비가 말했다.

그는 통화를 마친 후에 내가 앉아 있는 거실 소파로 걸어왔다. 자연스럽게 건너편 자리에 앉았다.

"좋은 흐름이야. 이제 내 지시 없이도 그들이 자체적으로 선택할 필요가 있어."

나는 답하였다.

"그쪽은 어때?"

"이쪽도 이야기는 잘 됐어. 다행히도 오늘 빈 시간에 만나기로 했어."

나는 오르비의 질문에 대답했다.

모젤 일행이 퍼스트 사이드에 진입하는 임무를 진행하는 동안 나는 뉴욕 사이드에서 정부와 미팅하기로 했다. 말이 미팅이지만, 비공식적으로 라이젤 쿠퍼와 단둘이 만나 그의 사무실에서 이야기하기로 약속을 잡았다. 정부 입장에서도 그들의 의견과 반대하는 견해의 뜻을 가진 우리의 의견을 무시할 수는 없었다. 직접 만나서 말할 속마음을 정리해야만 했다. 상황을 반전시킬 만한 기적이 생길 것을 기대하지는 않지만, 상황을 누그러트릴 전개가 필요했다.

"미팅은 몇 시야?"

오르비가 말하였다.

"지금 출발하면 늦지 않아."

나는 대답했다.

오르비와의 대화 이후 나는 자리에서 일어나 외출 준비를 하였다. 가벼운 코트와 모자를 쓰고 계단 아래로 내려갔다.

오늘은 이상하게도 날씨가 좋았다. 건물 밖에 차 한 대가 서 있었다. 나는 대기하고 있던 차를 타고 이동했다. 라이젤 쿠퍼 측에서 미팅을 위해 보내 주었다. 자동차는 사이드의 중심 지역으로 이동한 뒤 높게 뻗어 있는 건물 지하로 들어갔다. 그곳에서 안내를 따라 지하에서 엘리베이터를 타고 위로 올라갔다. 안내받은 층에 내리자 비서처럼 보이는 여성이 또 다른 안내를 해 주었다. 지하에서 타고 온 엘리베이터와 다른 곳에 위치한 엘리베이터를 타고 위의 끝 층으로 이동했다. 그곳에 도착하자 한 번 더 또 다른 비서가 기다리고 있었다. 비서는 손님 대기실을 안내해 주었다. 나는 그곳에서 기다렸다. 대기실에서 다시 생각을 정리했다. 시뮬레이션대로라면 원하는 흐름대로 진행이 완벽했지만, 실전은 변수와 예측불허의 덩어리였다.

잠시 후 대기를 요청한 비서가 들어와 미팅 장소로 안내하였다. 나는 모자를 잡고 가볍게 감사의 인사를 한 후 문을 직접 열고 들어갔다. 라이젤 쿠퍼의 개인 사무실 같은 공간이었다. 그는 벽 한 면이 통유리로 되어 있는 곳 앞에서 창문을 향하여 서 있었다. 나는 문을 닫고 모자를 벗어 주변에 올려 두었다.

"왔어?"

라이젤이 뒤돌고 있는 채로 말하였다.

그는 도시가 훤히 보일 정도로 뚫려 있는 유리창 앞에서 아래를 바라보고 있었다.

"오랜만이네. 형제여."

이어서 라이젤은 몸을 돌려 본인의 책상 자리에 앉으며 말하였다.

그는 나에게 앉으라고 손짓하였다. 나는 그의 지시대로 가운데 네 방향으로 놓여 있는 소파의 한자리에 앉았다.

"그래서? 나와 약속을 잡은 이유는 뭐야? 추억 이야기를 하려고 온 것은 아닐 터이고."

라이젤은 담배에 불을 붙이며 말했다.

"방송 봤어. 과감한 시도를 하려는 것 같던데."

나는 그를 바라보며 말하였다.

"아. 그 얘기야? 아직도 순진한 꼬맹이들을 모아다가 모임 따위를 만들고 있는 거야?"

라이젤은 한숨과 담배 연기를 함께 뿜고 말하였다.

나는 그의 한마디에 머릿속에 정리해 둔 예상들이 전부 잊혔다. 정부의 눈을 속이고 정책에 직접적인 관여가 아니더라도 잘못된 방향성을 올바르게 바꾸기 위해 행해 왔던 노력이 전부 읽혀 있었다. 나는 당황을 금치 못했다. 등에서는 차갑게 땀이 흘렀다.

"너희들같이 우리에게 반대하는 견해를 가진 사람을 배척하지는 않아."

라이젤은 자리에서 일어나 입에 담배를 문 채로 창문 앞에 섰다.

"저기 봐 봐. 연설 이후로부터 하루도 빠지지 않고 시위하고 있는 사람들이 있어. 물론 시간이 지남에 따라 점차 줄어들고는 있지만. 하지만 나는 저들을 배제하지 않아. 이유를 알려 줄까? 저들이 내 뜻에 반대한다는 것은 나를 이 국가를 운영하는 수장으로 인정하고 있다는 뜻이니까. 이미 부유하고 여유가 흘러넘치는 시민들은 저들의 목소리를 신경 쓰지 않겠지. 어떤 정책을 하는지 누가 운영하는지는 이미 관심 밖의 일이 되어 버렸어. 그래서 나도 눈치를 보지 않고 계획을 진행할 수 있지. 그래서 가끔 저 아래를 내려다보면서 나의 위치를 잊지 않도록 각인시키고 있어. 뭐, 그게 질릴 때쯤 저들도 어느샌가 소수의 인원만 남다가 전부 본래의 신념을 잊은 채로 사라질 테니 손해는 없어. 아무리 저렇게 팻말을 흔들어도 바뀔 일이 없을 텐데 말이지. 무언가를 바꾸려면 관련 직업을 가지고 정책에 직접적으로 관여할 생각을 하지 못한다는 것이 아이러니하다니까. 그러니까 너도 저런 어리석은 짓은 그만하고 이쪽으로 돌아와. 고모님께서 너를 기다리고 있어. 네가 온다면 고모님께서 큰 도움을 주실 거야."

라이젤이 이어서 말하였다.

"그러면 형은 밑에 있는 저들을 무시하지 못할 정도로 앞으로의 정책에 모순이 있다는 사실을 인지하고 있는 거야?"

나는 라이젤을 보며 말하였다.

"모순은 어디에나 있어. 그 모순을 어떻게 받아들이냐에 따라 다르지. 미래에는 이 모순이 역사적으로 인정되는 순간이 찾아올 거야. 그때가 되면 나의 정책이 표본이 되겠지."

"지금 하는 행위와 말은 과거 독재자의 절차를 그대로 따라가고 있는 거나 마찬가지야. 그들의 말로가 비극이었다는 사실을 모를 리는 없을 테지?"

"그들은 시대를 잘못 맞춰 태어난 것에 비하지 않아. 나는 정확한 시기를 바로잡았지. 지구라는 울타리가 없는 황무지가 아닌 우주라는 울타리로 메운 기름진 땅의 중심에 서 있으니까. 사람은 자유를 바라면서 자유의 단맛을 실컷 맛본 순간 본인이 통제받지 않다고 있는 사실을 두려워하지. 그제야 누군가 중심의 인물이 자신을 이끌어 주기를 바란다니까. 사람은 과거에서부터 피지배의 성향을 띄고 있어. 사람 대부분이 누군가의 지배 안에 속해 있는 동안 편안함을 느끼지. 극히 일부분의 사람만이 군중에서 벗어난 지배자의 성격을 가지고 있는 거야. 사이드의 중력에 발이 묶인 사람들은 확고한 중심의 인물의 영향력을 무시할 수 없어. 내가 모두를 아우를 수 있는 위치에 있으므로 비극이 아닌 그들이 원하는 울타리로 감싸 줄 수 있는 거야. 그러니 너도 자연스럽게 받아들이고 역사의 흐름을 거스르려고 하지 마."

라이젤은 나의 말에 대화를 이어 갔다.

그는 확고한 신념을 가지고 있었다. 이 상황에 나는 어떠한 질문을 하여도 전개를 완화할 수 없었다. 내가 아니어도 그를 막을 수 있는 인재는 이 세상에 존재하지 않았다. 그의 책상에서 예정된 약속 시간이 지났음을 알려 주는 비서의 통화가 걸려 왔다. 나는 자리에서 일어나 가져온 모자를 챙겼다.

"이 위치의 단점은 가족과 한정 없이 시간을 보낼 수 없다는 것이 흠이네. 다음번에는 식사라도 같이 하자."

라이젤은 문을 열어 주었다.

나는 그의 말에 모자를 잡고 고개로 대답했다. 그리고 라이젤은 비서에게 무언가 말을 한 뒤에 문을 닫고 들어갔다. 나는 비서의 안내에 따라서 왔던 길을 그대로 되돌아갔다. 지하에는 다른 차가 있었으며 그 차를 타고 거주지까지 이동을 맡아 주었다.

집에 들어온 나는 살아오며 가장 피곤한 순감임을 느낄 수 있었다. 방금까지 있었던 일이 어떻게 흘러갔는지조차 피곤함에 제대로 기억나지 않았다. 나는 옷을 갈아입지 않고 그대로 침대에 누워 몸을 가라앉혔다.

[노스 유럽 사이드 : 쉐리의 시점]

노스 유럽 사이드는 태평양 사이드와 가까운 거리였기에 많은 시간이 소요되지 않았다. 공항에 도착하여 수속을 마치고 밖으로 나갔다. 노스 유럽 사이드는 다른 사이드와 다르게 공기가 차가웠다. 배경에는 눈 덮인 산들이 넓게 펼쳐져 있었다. 하늘과 섞인 흰색의 밝은 풍경은 그림 같았다. 물감을 흰색 도화지에 펼쳐 놓은 듯한 그림 같았다. 우리는 무인 택시를 타고 루트 초등학교 주변에 잡아 놓은 숙소로 이동했다.

숙소는 두꺼운 텐트 같은 형태의 건물이었다. 같은 건물들이 여러 개 나열되어 있었다. 우리는 그중 하나의 텐트로 들어갔다. 실내에는 있어야 할 생활 가구들이 존재했다. 방으로 나누어져 있지는 않지만, 각자의 침대와 요리를 할 수 있는 공간이 있었다. 아쉬운 것은 화장실과 샤워실이 공용공간에 따로 나누어져 있다는 점이었다. 우리는 가져온 짐을 풀었다.

곧바로 가까이 있는 루트 초등학교로 향했다. 우리는 다 큰 어른들이었기에 초등학생들에게 섞여 프로그램에 참여할 수는 없었다. 대신, 이전에 교사 경력이 있는 아이리시가 교장에게 찾아가 일일 교사나 특별 교사로 참여할 방법을 찾기로 하였다. 아이리시의 경력대로라면 마다할 학교가 있을까 싶었다. 학교에 도착한 우리는 주변을 둘러보았다. 학교는 거대했고 깔끔했다. 운동장도 여러 개 있었다. 눈이 깔린 잔디 위에서 아이들이 뛰놀고 있었다. 여러 큰 건물이 구역으로 나뉘어 연결되어 있었다. 모젤과 나는 학교 밖 운동장에서 기다리고 아이리시는 학교 건물 안으로 들어갔다. 그를 기다리는 동안 주변 경치를 둘러보았다. 오슬로 지역에 있는 루트 초등학교는 추운 분위기를 내뿜고 있다. 학교 뒤에는 설산이 길게 뻗어 있었다. 몸이 떨릴 정도로 추운 기운이 느껴지지는 않았지만, 숨결에서 김이 섞여 뿜어 나왔다. 넓은 운동장 저편에서 아이리시의 모습이 보였다. 그는 우리를 향해 걸어오고 있었다.

"좋은 소식을 가지고 왔어. 마침 지금이 아이들 체험 학습 주간이라서 같이 참여할 기회를 얻었어. 그리고 예정대로 퍼스트 사이드 주변을 관광하는 프로그램도 속해 있어. 매년 하나의 학교 전통처럼 프로그램을 꼭 포함한다고 하더라고. 계속해서 프로그램을 유지해 왔기에 뉴 아메리카 프런티어에서도 이 학교의 편의를 봐주고 있는 것 같아. 일정은 다음 주로 예정되어 있어. 둘을 내 조수로 소개해 두었으니 그때도 원활한 융통성을 보여 줘."

아이리시가 다가와 말하였다.

우리는 그에게 감사를 표했다. 그와 동시에 목표에 한 걸음 다가갈 수 있다는 사실에 기쁨을 느꼈다. 입가에 미소가 자동으로 지어졌다. 우리는 들뜬 마음을 가지고 숙소로 돌아갔다.

"한 가지 해결해야 할 사항이 있어. 퍼스트 사이드 주변을 소형 비행선
으로 관광할 때, 담당 지도교사와 몇몇 아이들, 추가로 전문 조종사가 함께
탑승하게 될 예정이라 이를 어떻게 처리할지 생각을 해 봐야 할 것 같아."

숙소로 돌아오자마자 아이리시가 말하였다.

확실히 쉽게 흘러갈 리는 없었다. 이전부터 알고 있던 사실이었지만,
잠시 잊고 있었다. 모젤 또한 그의 말을 들은 후에 고민하는 듯 생각에 잠
겼다. 우리는 이 고민을 며칠간 이어 갔다. 그렇다 할만한 좋은 방안이 떠
오르지 않았다. 그중에서 가장 현실성이 있는 해결 방안은 이것이었다.
초등학교에서 언제 프로그램이 실행될지 알고 있고 추가 인원이 생겼기
에 비행선을 관리하는 회사 측에도 소식이 들어갔을 것이다. 그렇기에
학교 측 인물로 속이고 회사에 연락하여 늦은 시점에 소형 비행선을 하
나 추가하는 방안이었다. 늦게 부탁을 하는 것이기에 학교 측에서는 이
미 계획 준비를 종료하고 더 이상 확인하지 않을 것이라는 예측이 적중해
야만 했다. 그리고 눈을 속이기 위해, 아이리시와 쉐리가 같이 하나의 비
행선을 타고 모젤이 건강 문제로 참여하지 못했다고 알린 뒤에 따로 다
른 비행선을 탈 방안이다. 일정 중간, 퍼스트 사이드 주변 정류장에서 휴
식 시간을 가질 때, 여분의 비행선에 옮겨 타 조종사가 휴식하는 타이밍
을 노려 아이리시가 조종하여 잠입하자는 의견이 나왔다. 학교 측과 회
사 측 두 군데를 예측에 맞게 속여야 하므로 확실한 대안이라고는 방향이
잡히지 않았다. 하지만, 시간이 다가옴에 따라 이보다 더 나은 방안이 나
오지 않았기에 우리는 그 방법을 따르기로 하였다.

"이 방법을 따른다면 정류장의 제어실에 접속하는 편이 좋겠어. 퍼스트 사이드 주변에 있는 이 정류장은 루트 초등학교만 사용하기에 제어실도 학교와 회사 측 말고는 사용하지 않고 있다고 해. 그러니 퍼스트 사이드의 정보를 정류장의 제어실로 보내어 그곳에서 작동하는 것이 안전할 거야. 우리가 정류장에 도착하여 나와 쉐리는 학교 측에 붙어 있어야 하므로 모젤은 제어실로 가서 이 카드키를 이용하여 접속을 시도해 줘."

아이리시는 주머니에서 카드키를 꺼내 모젤에게 주었다.

모젤은 카드키를 받으며 끄덕였다. 그리고 아이리시는 회사 측에 학교의 관계자로 속이는 연락을 취하였다. 그는 한참 동안 연락하며 일어서서 숙소 안을 어슬렁거렸다. 이후 그는 고개를 계속해서 끄덕이더니 감사의 말을 마지막으로 연락을 끊었다. 아이리시는 기다리고 있는 우리에게 조용히 미소를 지으며 고개를 끄덕였다. 나는 한 손을 불끈 쥐었다. 알맞은 타이밍과 아이리시의 연륜 있는 목소리, 운이 따라 준 기회를 만들었다. 이제는 학교에 우리의 눈속임이 들키지 않기를 바라며 때가 다가오는 것을 기다렸다. 우리는 남은 시간 동안 실전에 대한 여러 상황을 예측했다. 원하는 상황대로 흘러가지 않으면 순간순간에 관한 대안들을 약속해 두었다. 완벽한 상태로 준비하지는 못했지만, 시간은 애석하게도 기다려 주지 않았다. 순식간에 예정된 일정의 날이 찾아왔다.

우리는 평범하게 준비하고 평범하게 옷을 입었다. 하지만 속마음은 긴장된 흐름이 지속되었다. 아이리시와 나는 시간에 맞게 학교에 도착했다. 모젤의 상황을 설명한 뒤 안내에 따라 한 학급에 배정받았다. 아이리시의 일정은 배정받은 학급과 퍼스트 사이드 주변을 관광하며 아이들에게 교육 프로그램을 진행하고 중간 모든 학급이 정류장에 모일 때, 모두에게 퍼스트 사이드에 대한 교육을 할 예정이었다. 그러나 이 모든 것이 눈속임이었다. 학교 버스를 타고 노스 유럽 사이드의 공항으로 갔다. 모젤은 따로 렌트한 자동차를 타고 공항에 도착했다.

우리는 모두와 함께 항공선을 타고 퍼스트 사이드 정거장으로 향했다. 정거장의 이름은 '뉴 문'이었다. 퍼스트 사이드라는 새로운 지구의 주변에 있는 새로운 달이라는 뜻이었다. 학급과 먼 빈 좌석을 따로 예약하여 모젤과 함께 이동했다. 모젤의 얼굴을 모르는 학교 측은 의심당할 일이 없었다.

뉴 문 정거장에 도착하여 조종사 측의 지시에 따라 미리 나눈 학급대로 소형 비행선에 올라탔다. 이름대로 정거장에서 퍼스트 사이드가 한눈에 보였다. 학교 측도 조종사 측도 여분의 소형 비행선에 대해 의심을 품지 않았다. 학교 측은 여분의 비행선을 보고 안전을 위함이라 생각하였고, 조종사 측은 회사가 준비해 준 대로 비행선을 준비한 것이기에 아무도 의구심을 감지하지 못했다. 서로가 모젤의 얼굴을 알지 못하여, 학교 측은 모젤을 조종사 측에서 파견 나온 인물로, 조종사 측은 학교 측 관계자로 인지하고 있었다. 그렇게 아무런 의심 없이 예정대로 아이리시와 나는 한 학급과 함께 비행선에 올라탔다. 모젤은 남은 여분의 비행선에 올라탔다. 오전의 일정은 변수 없이 흘러갔다.

곧이어 점심시간이 다가왔다. 학교의 관리자는 우리에게 점심을 준비해 주기 위해 대기실을 마련해 주었다. 독립된 공간을 배정받아 더욱 쉽게 빠져나올 수 있었다. 아이리시와 나는 서둘러 정거장의 데크로 향했다. 그곳에는 모젤이 미리 대기하고 있었다. 우리는 한 소형 비행선에 올라탔다. 아이리시는 익숙한 듯 자리에 앉아 여러 버튼을 누르고 비행을 시작했다. 비행선은 무중력의 공간을 날아다녔다. 출발할 때도 아무런 의심을 받지 않았다. 곧이어 한 빨간색 버튼에서 알림음이 뜨기 시작했다. 정류장 쪽에서 통신을 요청한 것이었다. 아이리시는 다른 버튼을 눌러 가볍게 무시했다.

"비행선도 운전할 수 있다니 아이리시에 대해 처음 알게 되는 사실이 하나 늘었네요."

모젤이 말하였다.

"아쉽게도 우주의 공간에서 비행선을 몰아 보는 것은 처음이야. 지구에 있었을 때, 학창 시절에 줄곧 취미 삼아 방학마다 경비행기를 몰곤 했었어. 이 자리에 앉아 보는 것도 처음이야. 다행히도 시동 버튼이나 운전 방법은 비슷해서 어려움은 없어."

아이리시가 대답했다.

우리는 별의 다리를 건너 퍼스트 사이드로 향하였다.


퍼스트 사이드의 주변 감시는 많지 않았다. 감시라기보다 뉴 아메리카 프런티어에서 하청받아 온 여러 공장과 회사의 로고만이 비행선에 붙어 있었다. 그곳에서도 위험 없이 데크 안으로 진입했다. 설마 이 시기에 퍼스트 사이드로 침입할 사람이 있다고는 아무도 생각하지 못했을 것이다. 우리는 걱정에 비해 쉬운 진행에 약간의 긴장감이 풀렸다. 이대로라면 쉽게 목표를 달성할 수 있었다.

"비행선 뒤쪽에 우주복이 있으니 미리 입어 놔. 퍼스트 사이드의 내부는 무중력인데다 공기가 없어서 우주복을 착용해야 해."

아이리시가 말하였다.

모젤과 나는 그의 지시에 따라 우주복 세 개를 꺼내 입었다. 우주복은 가벼웠으며 피부에 달라붙을 정도로 얇았다. 제약 없이 쉽게 팔다리를 움직일 수 있었다. 하나의 옷을 입은 것 같았다. 우주복을 다 착용할 때 비행선은 데크에 착륙했다. 우리는 서로의 목소리가 들리도록 우주복에 설치되어 있는 개인 음성 채널을 등록하였다. 서둘러 아이리시도 우주복을 착용한 후에 비행선에서 내렸다.

퍼스트 사이드는 우주 전역에 펼쳐진 사이드 중의 하나였지만, 전혀 도시의 모습이 보이지 않았다. 하나의 무너진 건축물처럼 보였다. 데크의 천장은 녹슨 부분과 일부분이 부서져 있는 부분이 많이 보였다. 스산한 기운마저 느껴졌다. 과거에는 인류의 새로운 첫 번째 보금자리이자 꿈의 성공작이라고는 전혀 느껴지지 않았다. 다행히 내부는 환하게 밝혀져 있었다. 우리는 그 불빛을 따라 움직였다. 이전에 퍼스트 사이드의 개발 부분에 있던 아이리시는 앞서 길을 나아갔다. 모젤과 나는 그의 뒤를 따라 움직였다. 처음 느껴보는 무중력에 자유롭게 움직이기 어려웠다. 하지만 금세 적응하여 그들에게 늦춰지지 않고 따라갈 수 있었다. 여러 복도의 코너를 지나고 문을 열어 이동했다. 가는 길에는 사람이 보이지 않았다. 외부에 있던 사람들은 쉬거나 퍼스트 사이드의 외벽에만 관심이 있어 보였다.

"여기다."

아이리시가 외쳤다.

우주복 안에서 그의 목소리가 기계음과 섞여 들렸다. 그는 목적지를 찾았다.

문을 열고 들어가자 내부에는 여러 기계장치가 복잡하게 섞여 있었다. 기계장치에는 여러 버튼과 화면이 있었지만, 모두 꺼져 있었다. 그리고 맨 앞에는 유리가 있어 우주 전역의 모습이 보였다.

"이 순간만을 기다려 왔어."

아이리시는 말하면서 주머니에서 무언가의 카드를 꺼냈다.

그는 손에 쥔 카드를 기계장치의 한 부분으로 가져가 올려놨다. 그 순간 멈춰 있던 기계장치에 불이 들어오며 기계음과 함께 켜졌다. 아이리시는 기계장치를 만지기 시작했다. 알지 못하는 모젤과 나는 주변을 둘러보며 놀라움을 감추지 못했다.

"우선 퍼스트 사이드의 정보를 백업할 거야. 오랫동안 사람의 손길을 받지 못하고 전력 문제 때문에 스스로 꺼진 것이기에 정보가 완전하지는 않을 테니까. 정보를 백업하면 우리가 출발한 정류장에 정보를 전달할 수 있어. 동시에 이 카드에 들어 있는 비컨을 이용하여 코냑에게 위치 정보를 전송하면 우리의 임무는 끝이야. 암호 해석은 그다음의 문제이고 정류장에서 암호를 해석하면 우리의 모든 목적을 이룰 수 있어."

아이리시가 말했다.

한 화면에서 정보가 백업되고 있는 상황이 보였다. 흰색 바에 색깔이 채워지며 어느 정도 백업이 완성되었는지 퍼센트로 나타나고 있었다. 채워지는 속도는 빠르지 않았다. 시간이 걸릴 것 같았기에 동시에 비컨을 이용하여 코냑에게 퍼스트 사이드와 정류장의 위치 정보를 전송하였다. 우리는 먼 시간을 기다렸다. 지금은 차분히 시간이 지나가기를 기다릴 뿐 할 수 있는 것이 없었다.

"이 지루한 시간 속에서 내 이야기를 해도 될까?"

아이리시가 침묵 속에서 말을 꺼냈다.

우리는 고개를 끄덕이고 그를 쳐다보았다.

"아직 우주에 인류의 보금자리가 생기기 이전, 내가 지구에서 우주에 나가기 이전에 나는 연구원이었어. 미국 항공 우주국에서 근무하고 있었지. 그 당시에는 유럽과 아시아의 여러 국가와 협력하여 공동 프로젝트를 제작하는 일이 많았어. 그리고 그때, 나의 주요 연구 분야였던 것이 지금의 뉴 아메리카 프런티어의 수장인 라이젤 쿠퍼의 아버지, 히컴 쿠퍼의 밑에서 인류의 새로운 땅이 될 퍼스트 사이드를 전문으로 하는 근무였어. 하지만 처음부터 그곳에서 일했던 것은 아니었어. 나와 히컴은 사이가 좋은 편이 아니었어. 그는 나에게 아무런 감정이 없었겠지만, 나는 여러 악감정을 느끼고 있었지. 어리지만 뛰어났고 내 의견과 정반대의 의견을 가지고 있었으니까. 미항공우주국의 다른 분야에서 내가 히컴의 아래로 들어가 연구하게 된 시점은 지구에서 일어났던 하나의 사건 이후부터였어. 그 사건을 모르는 사람은 없을 테지, 지구 위로 과거에 있던 국제우주정거장(ISS)이 추락하였으니까. 그 사건을 시작으로 지구가 황폐해지게 된 결정적 계기가 되었으니. 인류가 우주로 진출하게 된 결정적 계기이기도 했지만. 과거, 국제우주정거장은 큰 화제가 되었었어. 노화된 ISS에 더 이상 금전적인 지원이 어려워지고 자원 손해라고 느낀 여러 국가가 모여 논의하기 시작했어. 논의는 두 파벌로 나뉘었지. 하나는 그대로 우주에 남겨 두고 역사적 증거로 남기자는 의견. 또 하나는, ISS를 재활용하자는 의견. 재활용하기 위해 ISS를 지구로 가져오자는 의견이었어. 큰 위험이 따랐지만, 재정문제가 심각해지고 있던 미국의 목소리를 앞세워 무리해서라도 지구에 가져오고 싶어 했어. 미국과 함께 다수 국가가 ISS 재활용의 주장에 힘이 붙고, 남은 소수의 국가가 위험성을 강조하며 반대했지. 국제우주정거장은 미국의 지분이 차지하는 비중이 컸기에 알고 있다시피 미국의 의견이 성립되었지. 지금에 와서 보면 인류의 실수가 되었지만, 높은 사람들의 의견을 따를 수밖에 없었어. 그때 미국의 소속이었던 히컴 쿠퍼가 미국의 주장을 비판하고 반대했어. 이미 그때부터 여러 가설과 실현 가능성을 연구하고 있었겠지. 그래서 그의 제자와 동료를 제외하고 미항공우주국 소속의 연구원들이 국가의 결정을 따르지 않는 그를 시기했어. 하지만 히컴은 타격을 받지 않았어. 목소리조차 내지 않는 우리를 한심하게 쳐다봤겠지. 미국 자체마저도 그를 비난했지만, 히컴의 연구성과와 가능성을 무시할 수 없었기에 그를 배제할 수는 없었지. 대신 그의 목소리를 낮추기 위해 연구 공간과 연구 분야를 제한시켰어. 히컴은 그 작은 연구실에서 그때부터 퍼스트 사이드를 연구하고 있었어. 이미 어떠한 인류의 미래가 그려질지 알고 있었나 봐. 덕분에 인류 보존의 길을 열어 주었지. 결국에는 히컴의 연구가 빛이 났고 지구는 무너져 갔으며 우주에 사람이 태어나기 시작한 거야. 지금 이곳 히컴의 최대 성과작인 퍼스트 사이드에 있으니 과거의 일이 떠오르더라고. 그가 병으로 일찍 세상을 떠난 것이 인류에게 큰 손실이 될 정도이니 지금까지 살아 있었다면 여러 부분이 바뀌어 있었을지도 몰라."

아이리시가 말하였다.

그가 말을 끝날 때쯤 모든 정보의 백업이 완료되었다. 아이리시는 버튼과 화면을 조작하여 백업한 퍼스트 사이드의 정보를 뉴 문 정류장으로 보내기 시작했다. 하나의 버튼을 누른 순간 뻥 뚫린 길목에 장애물이 튀어나왔다. 천장 곳곳에서 빨간 불과 함께 경고음이 울렸다. 유리창 밖에는 여러 회사의 비행선이 퇴각하고 있었다. 그리고 먼 곳에서 군용 비행선이 이곳을 향해 날아오고 있었다. 화면에는 '비정상적 데이터 이동 감지'라는 문구가 두꺼운 글씨로 점등되었다. 우리는 당황했다. 예측했던 위험을 순조로운 진행에 전부 잊고 있던 우리는 쉽게 움직이지 못했다.

"침착해. 다행히 정보는 이동하고 있어."

당황 속에서 진정을 되찾은 아이리시가 말하였다.

그의 말대로 정보가 이동하고 있는 진행도가 보였다. 느리지만 하나씩 진행되고 있었다. 우리는 아이리시의 말에 침착성을 조금이나마 되찾았다.

"시간을 조금이라도 아껴야 해. 모젤! 미리 가서 우리가 가면 바로 출발할 수 있게 비행선에 시동을 걸어놔 줘."

아이리시가 모젤을 보며 말하였다.

모젤은 아무 말 없이 고개로 대답을 한 후에 서둘러 달려갔다. 나는 그의 옆에 남았다. 하지만 내가 할 수 있는 것은 없었다. 독단적으로 결정할 만큼 침착하지 못했고 두려웠다. 아이리시의 지시를 기다리며 안절부절못했다.

"모든 데크의 진입을 막아 놨으니 잠시 안전할 거야."

아이리시는 떨리는 손을 숨기며 말하였다.

퍼스트 사이드에 도착한 군용 비행선이 시야에 보이지 않았다. 막힌 데크의 진입로에 애를 먹고 있는 것 같았다. 하지만 그건 나만의 착각이었다. 오래되고 낡은 퍼스트 사이드는 무너진 부분이 많아 데크가 아니더라도 내부로 진입할 수 있는 길이 많이 뚫려 있었다. 제어실 밖 복도에서 타인의 발소리가 들렸다.

'모젤에게 방해가 되지 않도록 새로운 개인 채널로 바꾸자.'

아이리시가 종이에 글을 써서 보여 주었다.

그는 손짓으로 채널 번호를 알려 주었다. 나는 영문을 알지 못했지만, 그가 시키는 대로 따랐다. 우리는 둘만의 음성 채널로 바꾸었다. 이때부터 아이리시는 무언가를 느끼고 있었던 것 같았다.

"이제 시간이 다 되었어. 저들이 이곳에 진입하기 전까지 정보의 이동이 완료될 것 같지는 않아. 또한 어디로 정보를 전달했는지 정보의 백업을 한 사용자에 대한 정보를 전부 지워야만 해. 그러니, 쉐리 너도 이만 가. 누군가 한 명은 이곳에 남을 필요가 있어. 그리고 너는 컴퓨터를 만질 수 없고 사용법은 나만 알고 있으니까. 이 카드를 비행선에 가져가면 자동 항법 장치가 연결되어 조종하지 않고도 안전한 지역으로 저들의 눈을 피해 도망갈 수 있을 거야. 그때부터는 누구의 지시도 아닌 너의 독단적인 판단이 필요해."

아이리시가 말하였다.

"나는 기다릴 수 있어요. 이곳에 남아 전부 완료될 때까지 기다릴게요. 아이리시가 오래전부터 고대하던 목표가 바로 눈앞에 있는데 혼자만 남기고 갈 수 없어요."

나는 그의 말에 반대했다.

밖에서의 발소리가 점점 커졌다. 여러 소리가 들릴 정도로 가까이 다가왔다.

"너는 기다려도 나와 저들은 기다리지 않아. 내가 아까 한 말 기억하지. 히컴 쿠퍼의 경고를 무시하고 무리하게 작전을 진행했던 높은 사람 중 한 명이 나야. 나는 죄책감의 늪에 빠져 있어. 매일 밤 후회하고 매일 아침 자괴감에 빠져 살고 있었어. 그러니 내가 이곳에서 그에게 조금이나마라도 속죄할 수 있게 도와줘. 편하게 밤중에 눈을 감을 수 있도록 도와줘. 내가 오래전부터 고대하던 목표가 바로 이 순간이야."

아이리시가 숨길 수 없는, 떨리는 목소리로 말하였다.

그의 헬멧 안 볼에는 눈물이 흐르고 있었다. 나는 그의 진심 어린 목소리에 토를 달 수 없었다. 나는 그의 지시를 따랐다. 아이리시는 화면을 조작하여 밖의 눈을 피해 데크로 갈 수 있는 다른 길을 열어 주었다. 나는 뒤를 돌아볼 수 없었다. 홀로 남겨진 그의 모습을 보면 다시 돌아갈 것만 같았다. 하지만 마지막으로라도 그의 모습을 보고 싶었다. 문을 나와 뒤를 돌아본 순간 아이리시는 문을 닫았다. 굳게 닫힌 문은 그의 심정을 대변하는 듯이 보였다. 나는 그의 진심을 등에 업고 서둘러 데크로 향하였다. 데크의 비행선 앞에 모젤이 서 있었다. 나는 모젤을 무시하고 그녀가 따라 들어오기를 바라며 비행선 안으로 올라탔다. 영문을 모르는 모젤은 나를 따라 비행선 안으로 들어왔다. 나는 그 순간 아이리시에게 받은 카드를 조종석에 입력했다. 비행선의 문은 닫혔고 자동으로 운전하기 시작했다. 퍼스트 사이드를 빠져나와 아이리시가 등록해 둔 장소로 비행했다. 퍼스트 사이드의 내부에 정신이 쏠린 틈을 노려 눈을 피해 안전하게 빠져나갈 수 있었다.

"아이리시는?"

모젤이 놀란 눈으로 나를 쳐다보았다.

나는 그녀의 입 모양을 보고 무슨 말을 하는지 알 수 있었다. 하지만 나는 그녀에게 아무 말도 할 수 없었다. 헬멧 안 무전으로 아이리시의 상황이 들려왔다. 문은 빠른 시간 내에 열렸다. 그들은 우리의 음성 채널로 들어왔다. 그들은 아이리시에게 소리쳤다. 무언가를 지시했다. 아이리시는 그에 대해 아무런 대답을 하지 않았다.

"나는 이 머나먼 우주에 홀로 남아 마지막 여생을 장식할 도굴에 성공했다."

아이리시의 목소리가 무전을 통해 들려왔다.

나는 그의 말의 의미를 알 수 있었다. 아이리시는 그 말 이후 기계를 내리쳤다. 그리고 여러 폭발음이 먼 곳에서부터 연속해서 들렸다. 이후 아이리시의 헬멧이 바닥에 내리쳐지는 둔탁한 소리가 들렸다. 그의 불규칙한 거친 숨소리가 기계음과 함께 들렸다. 숨소리는 박자를 잃고 소리가 줄어들며 이내 기계음만 남았다. 모젤은 옷을 붙잡고 나를 보며 무언가 외치고 있었다. 그녀의 눈가에서 눈물이 흘러나오고 있었다. 나는 원래의 음성 채널로 바꾸었다. 그리고 나는 모젤을 보며 그저 고개를 숙일 수밖에 없었다. 모젤은 나의 반응을 이해했다. 그녀는 두 손으로 헬멧을 붙잡고 주저앉았다. 나는 그녀에게 아무런 위로의 말을 해 줄 수 없었다. 아이리시가 뉴 아메리카를 떠나고부터 그의 속죄 여정이 시작되었는지도 모른다. 아니, 어쩌면 그 이전부터. 비행선은 노스 유럽 사이드로 향하였다.

우리는 옷을 갈아입고 공항에 도착하였다. 우선 숙소로 향하여 가져온 짐을 챙겼다. 나는 모젤에게 우리의 발자국을 숨기기 위해 태평양 사이드로 옮겨 가는 것을 제안했다. 그녀는 동의했다. 지금의 그녀에게는 어떠한 말도 귀에 들어오지 않을 것만 같았다. 모젤이 다시 정신을 가다듬을 때까지 내가 그녀를 이끌어야만 했다. 우리는 짐을 들고 서둘러 공항으로 향하였다. 가는 길에 태평양 사이드로 가는 가장 빠른 항공권을 예약하였다. 그렇게 우리는 쫓기듯 도망쳤다.

# Part 5 : 새벽

별이 죽고 별이 태어난다. 이름이 붙지 않은 별은 자신의 존재를 인지한다. 오래된 별은 마지막 힘을 내뿜는다. 우리의 기억 속에 남아 많은 추억을 새겨 준 그 별은 이제 자리에서 벗어나 이름만이 남았다. 별 하나가 자리에서 빠진 것만으로도 이어진 그림이 바뀌며 위엄 있던 자세도 바뀐다. 언젠가 자리를 채워 줄 탄생의 별을 기다리며 하염없이 기다릴 뿐이었다.

우리는 태평양 사이드에 도착했다. 갈 곳이 없었기에 무작정 이전에 머물렀던 레비의 집으로 향하였다. 그는 우리를 보며 놀란 마음으로 뛰어나왔다. 그에게 모든 자초지종을 설명했다. 이를 들은 레비는 고개를 숙이고 한동안 말이 없었다. 레비 또한 아이리시의 최후를 어느 정도 예상하였는지도 모른다. 그는 우리에게 이전에 머물렀던 숙소를 잡아 주었다. 우리는 레비에게 감사를 표했다.

숙소에 들어가자 이전에 아이리시와 함께 지냈던 그의 온기가 남아 있는 것만 같았다. 그럴 리 없었지만, 추억의 온정이 코끝에서 기억이 떠올랐다. 기억에 남는 아이리시의 일상적인 행동이 감정을 더욱 고조시켰다. 나는 기분을 재전환하고자 모젤에게 산책을 제안했다. 그녀는 받아들였다.

우리는 밤거리를 나와 걷기 시작했다. 물 냄새가 나는 말레의 밤거리는 시원했다. 사람들은 없었다. 가로등 불빛에 의지한 채 어두운 길거리를 걸어갔다. 우리는 아무 말도 하지 않았다. 지금은 어떠한 말도 꺼내고 싶지 않았다. 발소리와 가로등 불빛이 일렁이는 소리만이 거리에 울렸다. 모젤의 표정은 이전에 비해 좋아졌다. 원래의 그녀가 가지고 있던 표정이 돌아온 것이 보였다.

어느새 다른 지역까지 넘어갔다. 차가운 돌로 된 바닥과 건물들이 거리의 분위기를 더욱 쓸쓸하게 만들었다. 한참 동안 목적 없이 앞으로 걸어갔다. 거세진 심장박동 소리가 귓가에 들렸다. 동시에 모젤의 한숨과 섞인 거친 숨소리가 함께 들렸다. 모젤은 나를 멈춰 세웠다. 그녀는 손짓으로 본인의 상황을 표현했다.

그리고 우리는 마른 목을 적시고자 주변에 있던 한 바로 들어갔다. 웨이터는 우리에게 가볍게 인사를 건넸다. 바는 거리와 비슷하게 사람이 별로 없었다. 어두운 주황색 조명이 나무로 된 탁상들을 비추고 있었다. 돌로 된 벽이 실내의 아늑함을 느끼게 해 주었다. 우리는 좌석에 앉아 책상에 놓인 메뉴판을 펼쳤다. 메뉴판에는 익숙한 이름들이 보였다. '코냑, 오르비에토, 아이리시'가 적혀 있는 글자가 있었다. 이때까지만 하여도 아무런 생각이 들지 않았다. 의심의 여지조차 들지 않았다. 하지만 결정적으로 어색하게 들어맞지 않던 퍼즐 조각이 튀어나왔다. 메뉴판에는 '브랜디'라고 적힌 글자가 있었다.

"브랜디는 본인이 처음 마신 술에서 이름을 따왔다고 했지?"

모젤이 말하였다.

그녀의 말을 듣고 찝찝하게 엉켜 있던 실타래가 나를 괴롭혔다. 머릿속에서 이상한 의심의 상상이 연속으로 떠올랐다. 모젤은 '로열 살루트' 한 잔을 주문했다. 나는 도수가 낮은 '하이볼'을 주문했다.

"코냑, 아이리시와 쉐리, 오르비는 오르비에토에서, 모두 술의 종류와 이름이야. 브랜디 또한 마찬가지이고. 이상함이 느껴지지? 의심하고 있는 대로야. 브랜디는 원래 '브릿지'의 일원이었어. 그때 당시에는 모임의 이름이 정해진 상태는 아니었지만, 내가 모임에 들어오기 이전부터 브랜디는 이미 들어와 있었어. 아니, 그는 코냑과 함께 모임을 만든 인물이었지. 브랜디는 어렸지만, 코냑과 견줄 정도로 머리가 비상했어. 그는 깨어 있었고 항상 생각에 잠겨 있었지. 이후에 브랜디는 모임의 동료를 모으기 위해 지구로 내려갔어. 지구에서 브랜디는 레이먼드와 조지를 동료로 맞이했어. 그리고 브랜디를 도와주기 위해 코냑이 지구에 내려가서는 에릭 랭글러를 동료로 맞이했지. 레이먼드와 조지는 브랜디의 신변에 문제가 생겼을 때를 대비하기 위한 백업이었어. 에릭은 너희들을 우주로 보내어 코냑을 만나게 하는 중개인으로서 역할을 가지게 되었지. 그들은 본인의 목숨에 위험이 생기는 것도 알고 있었어. 그리고 지구에서 데려온 동료가 너였던 거야. 모두 그들의 뜻대로 흘러갔어. 네가 느꼈던 비극들이 과거에 이미 예견되어 있던 미래였던 거야. 그들은 꾸준히 연락을 주고받고 있었어. 어느 순간, 브랜디의 연락이 끊기자 레이먼드와 조지가 상황을 살피기 위해 너희들에게 접근했던 거야. 동시에 코냑이 브랜디의 신변을 살피기 위해 지구로 내려왔어. 원래라면 코냑은 우주에서 너희들을 맞이할 생각이었지. 결국 상황이 바뀌어 지구에서 함께 우주로 올라가는 계획으로 바뀐 거야. 그리고 에릭 랭글러는 코냑의 백업으로 역할을 바꾸었지만, 운이 좋지 않았어. 결국, 너를 제외하고 모두가 아는 사이였던 거야. 또한, 브랜디는 동료가 모인 것만으로 만족해하지 않았어. 그는 항상 피가 필요하다고 생각하고 있었어. 모임이 본격적으로 목적을 향하여 좇기 시작하기 위해서는 희생이 필요하다고 주장했지. 하지만 코냑은 항상 반대해 왔어. 무고한 희생을 원치 않았으니까. 하지만 결국 풀리지 않는 진행 상황과 브랜디의 강한 주장에 힘이 실렸지. 브랜디는 본인이 직접 희생의 발판이 되기를 원했어. 그리고 코냑은 그의 선택을 반대할 만큼 다른 동료의 희생을 선택할 수 없었어. 그래서 둘은 계획을 세웠고 파급력이 큰 영향력을 보여 주기로 하였던 거야. 그리고 브랜디는 뉴욕 사이드의 중심에서 본인의 희생을 결정지은 거고. 이 모든 것이 이전부터 계획해 왔던 대로 진행됐어. 네가 느낀 감정은 모두 거짓이야. 그저 운이 좋지 않아서 잘못된 운명을 탓해 왔던 너의 감정은 누군가에 의해 조작되어 왔을 뿐이야."

모젤은 충격을 주었다.

그녀의 폭로는 아래 속 깊이 숨어 있던 감정을 폭발시켰다. 애써 담담히 극복해 온 줄 알았던 브랜디와 친구들의 마지막이 비수가 되어 가슴에 박혔다. 눈이 뜨거워졌다. 탄성을 질렀지만, 소리가 나오지 않았다. 입을 다물 수 없었다. 동시에 코냑에게 배신감이 느껴졌다. 이제껏 속어 온 그의 말과 행동이, 더 나은 최선의 선택을 브랜디에게 제시하지 못했던 그의 통솔력에 분노가 느껴졌다. 모젤의 갑작스러운 고백에 충격을 받았다. 곧이곧대로 코냑을 따르고 있던 자신이 한탄스러웠다. 코냑을 믿고 그의 목적을 이루기 위해 위험을 무릅써 왔던 행동에 의심이 들었다. 하지만, 나는 그저 후회할 뿐, 코냑에게 직접적으로 반기를 들거나 모임을 나갈 용기가 없었다. 우선, 옳다고 여겨 왔던 목적을 이룬 후에, 코냑에게 직접적으로 담판을 짓는 것이 희생된 동료를 위해서라도 극복해 나아가야만 했다. 모젤 또한 코냑을 완벽히 신뢰하지 않을 뿐이지 함께 만들어 나간 모임의 목적에 의심을 품고 있지는 않았다. 그저 애통함에 행동으로 이어지지 않는 심심한 반기에 불과하였다. 우리는 주문한 음료로 마른 목을 적시고 가게를 나왔다.

뜨겁게 달아오른 몸을 이끌고 숙소로 향하였다. 얼굴이 뜨거웠다. 빨라진 심장박동을 따라 피가 핏줄을 타고 흘러가는 것이 느껴졌다. 생각의 빈도가 낮아지며 긴장감이 풀리자 잊고 있던 피로가 몰려왔다. 임무를 수행했을 때보다 더 지친 몸을 일으켜 숙소에 도착하였다.

우리는 쌓인 피로를 이기지 못하고 각자의 방으로 들어갔다. 쉽게 쉬어지지 않는 코를 대신하여 입으로 호흡했다. 지금은 그저 침대에 누워 내일이 다가오기를 바랐다. 잠이 든다는 준비도 없이 그대로 어둠에 빨려 들어갔다. 긴 하루의 밤이 지나갔다. 그리고 새벽, 방에서 느껴지는 인기척에 눈이 떠졌다. 깊이 잠들었던 숙면에 피로감은 느껴지지 않았다. 몸에서는 땀이 흘러 있었고 침대의 시트가 젖어 있었다. 놀라서 떠진 두 눈앞에는 한 인물이 서 있었다. 나를 헤치려는 것은 아닌 듯 가만히 서 있었다. 눈에 초점이 돌아오며 그 인물이 모젤임을 알 수 있었다. 그녀는 얇은 속옷만을 입고 있었다. 그리고 침대에 앉았다. 나는 그녀를 따라 몸을 일으키고 앉아서 모젤을 바라보았다. 우리는 서로의 눈을 바라보았다. 나를 쳐다보는 그녀의 눈동자는 풀려 있지 않았다. 그 후, 가까이 다가가 본능적으로 입을 맞추었다. 모젤은 나의 몸을 눕히고 나는 그녀를 안아 주었다. 우리는 데워진 몸에 걸치고 있던 모든 천을 벗었다. 아무런 간섭 없는 서로의 살결이 느껴졌다. 그녀의 온기로 몸은 식지 않았다. 사람의 따뜻함으로 살아 있음이 느껴졌다. 나는 모젤을 응시했고, 그녀는 눈을 감고 입술을 질끈 물었다. 숨을 쉬는 소리가 귓가에 계속해서 들려왔다. 남아 있는 취기로 뜨겁게 두근거리는 심장 고동 때문이었을까, 공허한 마음을 달래기 위함이었을까. 우리는 서로에게 의지한 채 새벽의 외로움을 지내 보냈다.


[뉴욕 사이드 : 코냑의 시점]


"비컨에 위치 정보가 입력되었어."

오르비가 말하였다.

"이제 정말 본격적인 때가 되었어. 정보의 출처를 숨기기 위해서라도…. 정보가 어디로 이동했는지 혈안이 되어서 찾고 있을지도 몰라. 그 화제를 더 큰 화제로 숨길 필요가 있어. 그리고 마지막 한 걸음을 위해서라도…."

내가 말하였다.

"그럼 이제 최후의 보루를 시작하는 거지?"

오르비가 나를 보며 말하였다.

"맞아. 오후에 있는 기자 회견에서 마지막 한 걸음을 위한 도약을 시작해야만 해. 부탁할게."

나는 대답했다.

오르비는 고개를 끄덕였다. 우리는 준비를 시작했다. 오르비는 본인의 방으로 들어갔다. 나도 방으로 가 가방에 짐을 챙겼다. 나는 혹시 모를 위험에 대비하여 두 자루의 권총을 챙겼다. 그리고 공항에 개인 비행선을 준비시켰다. 우리는 준비한 짐을 가지고 집 밖으로 나섰다. 나는 집의 문을 잠그지 않았다.


라이젤 쿠퍼의 기자 회견이 시작될 장소로 이동하였다. 라이젤은 나에게 기자 회견에 참여할 기회를 주었다. 이는 본인의 위상을 보여 나를 끌어들일 목적이었다. 기자 회견이 열릴 회장은 뉴 아메리카 프런티어에 새로 만들어질 필라델피아 사이드에서 진행이 되어 있다. 라이젤이 새롭게 거주할 지역이자 뉴욕 사이드 다음으로 거대 도시로 성장할 자본이 투자된 이 도시를 발표하기 위함도 있었다. 이동하는 동안 쉐리의 현재 상황을 연락받았다. 그가 지금 머무는 곳과 모젤의 상태를 듣게 되었다. 이 기자 회견은 라이젤 쿠퍼가 정책을 발표한 뒤에 여러 프런티어의 정부와 사이드들의 관료가 모이는 자리이다. 이름은 기자 회견이지만, 뉴 아메리카 프런티어를 중심으로 우호적인 관계를 맺고 있던 프런티어와 사이드의 사교 모임이었다. 지금부터 최후의 보루가 시작될 예정이다. 개인 비행선을 타고 필라델피아 사이드에 도착하였다.

그곳에서 보내 준 자동차를 타고 나와 기자 회견장에 도착하였다. 회장은 한 오페라 극장이었다. 필라델피아 사이드에 공기가 순환되고 나서 가장 먼저 지어진 건물이라는 소문이 있었다. 라이젤의 개인적인 성향을 엿볼 수 있었다. 우리는 라이젤 쿠퍼의 초대로 방문한 것이기에 다른 방문객과 다르게 소지품 검사 없이 개인실에서 대기했다. 기자 회견이 시작되는 시간에 맞춰 우리는 극장 중앙 홀로 들어가 지정받은 좌석에 앉았다. 앞에 몇 줄을 두고 앞쪽에 배치받았다. 많은 인원이 모이기에 좌석은 빽빽하게 붙어 있었다. 시간이 다가옴에 따라 빈 자리에 사람이 채워지기 시작했다. 그들은 차려입은 양복과 단정된 머리를 하고 서로를 바라보며 미소 짓고 있었다. 라이젤 쿠퍼가 서게 될 무대는 좌석보다 높은 곳에 위치해 있었고, 우리는 안쪽 좌석이었기에 무엇을 하는지 잘 보이지 않았다. 시간이 되고 라이젤이 입장함과 동시에 좌석에 앉아 있던 사람들이 일어나 박수를 치기 시작했다. 라이젤은 미소를 머금고 손짓으로 본인에 대한 경의를 가라앉혔다. 그를 따라서 뒤에는 쿠퍼 가의 오어비츠 인더스트리의 회장이 따라 들어왔다, 다시 내빈객이 자리에 앉았다. 라이젤은 본인의 위치에 섰다. 그리고 그의 뒤에 있는 좌석에 오어비츠 인더스트리 회장이 자리에 앉았다. 그는 마이크를 손으로 점검한 뒤에 바로 연설을 시작하였다. 본인에 관한 이야기부터 시작해서 지금까지의 삶과 다짐, 가지고 있는 신념을 말하였다. 연설이 귀에 잘 들어오지 않았다. 라이젤의 말에 집중이 되지 않았고, 마이크의 소음만이 귓가에 맴돌았다. 그리고 옆에 있던 오르비는 내 어깨에 손을 올려놓고 나를 쳐다보았다. 어지러움 속에 초점이 맞지 않던 눈앞에 그의 얼굴이 보였다. 그 순간 이곳에 온 목표와 최종 목적이 머릿속에서 떠올랐다.

"준비됐어."

오르비가 작게 말하였다.

그의 말이 들리며 잃고 있던 집중력이 돌아왔다. 나는 고개를 끄덕이며 그와 악수했다. 라이젤이 마이크 앞에 다가가 자신 있는 목소리로 무언가를 말한 순간 오르비가 좌석에서 일어났다. 모든 이의 이목이 그에게 집중되었다. 앞을 바라보고 있던 라이젤 또한 고개를 돌리지 않고 말을 함과 동시에 눈동자는 오르비를 바라보았다. 그리고 눈치가 빠른 사람은 오르비의 얼굴이 아닌 손을 바라보았다. 그의 손에는 권총 한 자루가 쥐어져 있었다. 다른 이들이 그의 손에 든 무언가를 알아차린 순간 한 번의 강렬한 폭발음이 회장 전체에 울려 퍼졌다. 폭발이 권총의 끝을 타고 무대 위 라이젤 쿠퍼의 머리 중앙에 박혀 지나갔다. 외치고 있던 라이젤의 연설이 중간에 끊기며 머리에서 뿜어져 나온 검붉은 색의 물방울이 높게 솟구쳤다. 마이크를 타고 바닥에 떨어지는 소리가 나옴과 동시에 비명이 들렸다. 1초의 침묵 후에 비명이 회장 전체에 퍼지자 사람들은 도망쳤다. 움직이지 못하는 사람과 뒤도 돌아보지 않고 도망가는 사람, 달리다가 넘어진 사람, 그 넘어진 사람을 밟고 지나가는 사람들이 패닉에 빠져 질서 없이 이리저리로 움직였다. 회장 밖에서 뒤늦게 들어온 경호원들은 예상치 못한 인파의 일사불란함에 대처하지 못했다. 나와 오르비는 흩어진 후 회장의 혼란을 틈타 빠져나왔다. 이 순간부터 서로의 신변이 어떻게 되든 신경을 쓰지 않기로 하였다. 지금까지 목적을 위해 투쟁해 온 오르비의 마지막 임무가 마무리되었다. 이것이 우리의 최후의 보루였다.

　나는 회장 밖에 서 있던 자동차를 훔쳐 타 공항으로 이동했다. 공항 데크로 서둘러 도착하여 타고 온 개인 비행선으로 쉐리가 현재 거주하고 있는 태평양 사이드로 출발했다. 그동안 다시 쉐리에게 연락하여 공항에서의 합류를 이야기하였다. 해양로를 타고 태평양 사이드에 위험 없이 진입했다. 공항에 도착하여 만나기로 한 약속 장소로 이동했다. 그곳에는 쉐리와 모젤이 기다리고 있었다.

　나는 쉐리와 합류했다.

[태평양 사이드 : 쉐리의 시점]

우리는 코냑과 합류했다.

그는 세련된 양복과 단정된 머리를 하고 있었다. 뉴욕 사이드의 숙소에서 출발한 것 같지는 않았다. 그리고 오르비의 모습은 보이지 않았다.

"잘해 주었어. 덕분에 퍼스트 사이드의 정보를 얻을 수 있었어. 당분간 위치 정보가 입력된 곳으로 가도 단속이 있지는 않을 거야. 그러니 상황이 해결되기 전에 지금 바로 출발하자."

코냑이 말하였다.

시간이 더 지나기 전에 해결할 수 있을 때 해결하는 편이 좋다고 생각했다. 모젤도 같은 생각으로 우리는 코냑의 의견에 동의했다. 코냑은 고개를 끄덕였다. 우리는 코냑을 따라 그가 타고 온 개인 비행선에 탑승하였다. 그리고 그에게 전해 받은 키카드를 건네주었다. 코냑은 비컨에 입력된 위치 정보를 입력하여 우리가 있던 뉴 문 정류장으로 출발하였다. 차갑게 식은 우주의 바다가 조용하게 요동치고 있었다.

"모든 것이 끝난 후에는 어떻게 할 예정이야?"

나는 가라앉은 분위기를 풀고자 대화를 시도하였다.

"음…. 어려운 질문이네. 모든 것이 끝난 후에 우선 조금 쉬고 싶어. 다음을 계획하기 전에 휴식을 취할 거야. 뉴 아프리카 프런티어에 가서 넓은 초원을 바라보며 자연 속에서 지친 몸을 달래고 싶어. 모젤과 쉐리는?"

코냑이 대답했다.

"나는 중간에 하다가 그만둔 학업을 이어서 완료하고 싶어."

모젤이 말하였다.

"나는 아직 잘 모르겠어. 과거도 미래도 모르고 살아왔고, 현재를 바라보며 하루하루 살아가고 있었으니까. 이후에는 여러 경험을 통해서 하고 싶은 것을 찾고 싶어."

나는 대답했다.

대화가 끝나고 우리는 비행선 안에 있는 우주복을 착용하였다. 헬멧의 무전 채널을 연결하여 각자의 목소리가 들리도록 설정했다. 뉴 문 정류장으로 가는 길에는 퍼스트 사이드 주변을 맴돌고 있던 군용 비행선은 보이지 않았다. 그 어떠한 왕복선과 우주선이 존재하지 않았다. 우리는 고요의 별에 도착하였다.


이전에 경험한 적 있는 우주복과 무중력에 쉽게 적응하였다.

"이걸 받아."

코냑이 나에게 무언가를 던지며 말하였다.

검은색 무언가가 무중력을 타고 나에게 흘러왔다. 나는 두 손으로 날아온 물건을 잡았다. 둔탁하고 난폭한 그것은 권총이었다. 코냑은 한 손에 같은 권총을 집고 있었다.

"본인의 몸을 지키는 용도로만 사용해야 해."

코냑이 나에게 당부했다.

나는 그에게 이해의 표현을 보였다. 그리고 모젤의 안내에 따라 뉴 문 정류장의 제어실로 향하였다. 여러 통로를 지나갔다. 타인의 인기척은 느껴지지 않았다. 이곳에는 단 세 명만이 존재했다. 모젤은 마지막 통로를 지나 제어실의 문을 열었다. 제어실은 조종실과 비슷한 형태를 가지고 있었다. 벽 세 면에 유리창이 있었고, 앉을 수 있는 좌석이 여러 개 놓여 있었다. 코냑은 제어실 안으로 들어가 전원을 켰다. 천장과 벽면 곳곳에 불이 밝혀졌다. 제어실의 화면과 버튼들도 밝게 빛났다. 동시에 정류장 실내에 공기가 채워지며 중력이 돌아왔다. 이어서 코냑은 손에 든 권총을 내려놓고 주머니에서 카드키를 꺼내어 화면에 올려놓고 여러 버튼과 화면을 조작했다.

"좋아. 퍼스트 사이드에서 정보가 다 들어와 있어. 이곳에서 ESCP의 제어를 작동할 수 있겠어."

코냑이 말하였다.

"드디어 마지막의 순간을 맞이할 수 있는 건가…."

나도 모르게 생각이 입 밖으로 나왔다.

"이곳에서 작동하는 것은 좋지만, 암호를 모르잖아."

모젤이 말하였다.

"암호는 걱정할 것 없어. 내가 암호를 가져왔으니까. 뉴욕 사이드를 떠나 임무를 수행하고 있을 때, 나와 오르비는 라이젤 쿠퍼의 정보를 조사하고 있었어. 그리고 라이젤 쿠퍼와 단독 회담을 진행할 때, 그의 사무실에서 암호를 찾아냈어. 그리고 여기 종이에 적어 놨지."

코냑이 다른 주머니에서 종이를 꺼냈다.

작게 접어진 종이는 그의 손보다 작은 크기였다. 하찮게 생긴 저 종잇조각 하나가 인류의 역사를 바꿀 암호키였다. 지금까지의 여러 사건을 통해서 만들어진 목적의 마지막 한 걸음이 작은 종잇조각 하나라는 사실에 씁쓸한 웃음이 나왔다.

"잠시만, 라이젤 쿠퍼의 사무실에 암호 코드가 있었다고? 이미 정부에서 암호 카드를 가지고 있었다면, 어째서 지금까지 통제하지 않고 있었던 거지?"

모젤이 의문을 제시했다.

"그거야 본인의 아버지가 만든 역작을 정책에 있어 하나의 도구로써 사용되는 것을 좋아하지 않았던 것이겠지. 또한, 정보를 독식하고 있는 것보다 아예 정보가 없는 것이 다른 정부와의 관계를 우호적으로 유지할 수 있다고 판단했던 것 같아."

코냑이 그녀의 의문에 답을 제시했다.

그는 말이 끝난 후 화면과 버튼을 조작했다. 한 손에는 종잇조각을 들고 있었다. 화면에는 암호를 입력하는 공백의 칸이 떴다.

"이제 암호를 입력하고 이 버튼만 누르면 모든 것이 끝이야."

코냑이 빨간색 둥근 버튼을 가리키며 말하였다.

그리고 그 순간 등 뒤에 닫혀 있는 문이 누군가에 의해 열렸다. 예상치 못한 흐름에 우리는 진행을 멈추었다. 문 앞에는 군용 우주복을 입은 사람들이 서 있었다. 흐려진 판단에 세 명 정도 있는 것으로 보였다. 그들은 장총으로 무장하고 있었다. 그들 또한 우리의 존재를 예측하지 못하였는지 우리는 서로의 무리를 바라보며 약간의 정적이 흘렀다. 나는 순간 생각 없이 자동으로 몸이 움직였다. 한 손에 들고 있던 권총의 방아쇠를 사람을 향해 당겼다. 하지만 처음 느껴 본 권총의 반동에 발사된 탄환이 복도 천장 전등을 부쉈다. 권총의 폭발음으로 인해 시간을 멈춘 정적의 순간을 깨트렸다. 복도의 불빛이 여러 번 점등되며 시간이 느리게 흘러갔다. 군용 우주복의 사람들은 본인이 착용하고 있던 장총을 들기 시작했다. 그들의 행동 하나하나가 눈에 느리게 보였다. 대응을 하려 했지만, 시간의 흐름은 같은 곳에 위치한 나에게도 적용되었다. 나는 권총의 반동으로 인해 아직 손이 두근거렸다. 쉽게 다시 권총이 쥐어지지 않았다. 헬멧에서 코냐과 모젤의 숨소리가 크게 들렸다.

"숙여!"

그리고 헬멧에서 코냐의 외침이 들렸다.

나는 시간의 흐름을 벗어난 소리를 듣고 또 한 번 자동으로 몸이 움직였다. 코냐의 말을 듣고 말의 뜻을 뇌가 이해하기 전에 몸을 빠르게 웅크렸다. 그리고 그는 화면을 조작하여 열린 문을 닫았다. 문이 굳게 닫히고 총을 집어 든 군용 우주복의 사람들은 방아쇠를 당기지 않았다. 그리고 코냐은 다시 화면을 조작했다. 문에는 기계음이 들리며 잠겼다.

"지금 당장 소속과 신원을 밝히고 문을 여세요!"

문 뒤에서 소리가 들렸다.

"문을 여세요!"

"문의 제어를 그만두세요."

"문을 열지 않으면 극단적으로 문을 열 수밖에 없습니다."

이어서 여러 소리가 문 뒤에서 들렸다.

분명 뉴 문 정류장에 오는 길에 군용 우주선은 보이지 않았다. 아무 인기척도 느껴지지 않았고, 흔적 또한 보이지 않았다.

"전부 복귀하고 이곳에 소수의 인원을 잔류시켜 놓았었나 봐."

모젤은 생각으로 한 의문을 풀어 주었다.

"우선 그대로 진행해야 할 것 같아. 그 후에, 모두가 빠져나갈 수 있도록 해결해 보자."

코냐이 말하였다.

우리는 그를 보고 고개를 끄덕였다. 밖으로 나갈 수 없는 상황에, 제어실에 스스로를 가둬 버린 이 상황에서 코냑의 판단은 최고의 방법이었다. 코냑이 손에 든 접힌 종잇조각을 펼치려는 순간 등 뒤에서 몸이 밀려날 정도의 폭발이 일어났다. 그는 순식간에 종잇조각을 주머니에 넣었다. 귀를 자극하는 소리와 함께 눈앞에 여러 파편이 보였다. 제어실과 복도를 연결하던 통로마저 폭발하였다. 폭발로 인하여 제어실은 뉴 문 정류장에서 떨어져 나왔다. 제어실은 반동으로 인해 계속해서 회전했다. 제어실 안에 있던 공기가 우주의 암흑 속으로 빨려들어 갔다. 우리는 제어실 안에서 회전하며 생긴 중력과 우주의 공간으로 빠져나가는 공기를 버티기 위해 제어가 어려운 몸을 이끌고 좌석에 앉아 버클을 잠가야만 했다. 폭발의 반동으로 튕겨 나간 나를 모젤이 잡아 주었다. 나는 그녀의 도움으로 좌석에 앉을 수 있었다. 우리는 붙어 있는 두 좌석에 서로의 몸을 의지하여 버클을 잠갔다. 코냑은 주변에 있던 철봉을 잡고 몸을 지탱했다. 제어실은 계속해서 회전했다.

셀 수 없을 만큼 회전한 후에, 부딪히는 큰 충격과 함께 회전은 멈추었다. 몸은 충격에 따라 움직였다. 제어실은 뉴 문 정류장 뒤편에 부딪혔다. 다행히 회전은 멈추었지만, 공기가 계속해서 빠져나가며 몸을 움직이기 어려웠다. 점차 빠져나가는 공기의 양이 줄어들며 완전한 몸의 자유를 빼앗기지는 않았다. 밖으로 빨려들어 가는 강한 바람이 부는 것만 같았다. 코냑은 한 손에 권총을 놓지 않고 있었다. 그는 힘겹게 팔을 움직여 권총을 주머니에 넣었다. 그리고 좌석에 있는 버클을 길게 늘여 본인의 몸에 감았다. 헬멧에서 모젤의 숨소리가 거세지는 것이 느껴졌다. 그리고 옆에서 점점 무게가 느껴졌다. 그녀는 몸을 지탱하지 못하고 나에게 몸을 기대고 있었다. 헬멧 안의 모젤의 표정이 일그러져 있었다. 그녀는 고통을 호소하고 있었다.

"괜찮아?"

나는 그녀를 보며 놀랐다.

모젤은 나의 질문에 대답하지 못하고 고통의 앓는 소리만 내고 있었다. 나는 모젤의 상태를 살펴보았다. 그녀는 내가 놓친 권총을 들고 있었다. 그리고 그녀의 오른쪽 옆구리에서 붉은색이 섞인 바람이 작게 찢어진 공간에서 빠져나오고 있었다. 폭발에 의한 파편이 모젤의 우주복과 몸을 긁고 간 것 같았다. 그녀의 피와 함께 우주복의 공기가 줄어들고 있었다. 나는 주머니에서 응급키트를 꺼내어 임시방편으로 그녀의 찢어진 우주복의 부위에 테이프를 붙였다. 빠르게 줄어드는 공기의 양을 억제할 수는 있었지만, 그녀의 몸에서 나오는 피는 막지 못하였다. 헬멧 안에는 떠다니는 핏방울이 보였다.

"모젤이 위험해요."

나는 코냑을 보며 말하였다.

"하지만, 지금은 멈출 수는 없어. 미안해 모젤. 조금만 버텨 줘."

코냑이 대답했다.

그는 한 손으로 화면을 조작하기 시작했다.

"브랜디가 지구는 이미 무너졌다고 말했어. 그는 인류가 우주로 진출한 것을 축복으로 받아들였고, 독재를 원치 않았을 뿐이었어."

모젤이 힘겹게 말하였다.

코냑은 그녀의 목소리가 귀에 들어오지 않는 것처럼 보였다. 하지만 나는 그녀의 목소리를 정확히 들었다. 그리고 무엇을 의미하는지 그동안의 브랜디의 신념을 통해 알 수 있었다. 브랜디는 항상 망해 가는 지구에서 우리를 우주로 보내고 싶어 했다. 우주를 제2의 보금자리가 아닌 인류의 완전한 보금자리로 보고 있었다. 지구를 이전의 아름다운 별로 되돌리기에는 이미 늦었다고 생각했다. 지구를 되돌리는 데에 시간과 자원을 사용하는 것보다 우주에 뿌리내린 인류의 삶을 발전시키는 것이 유익하다고 생각하고 있었다. 브랜디와 했던 여러 대화가 떠올랐다. 그리고 속 안에서 잊고 있던 코냑에게 느낀 배신감과 분노, 동료를 잃은 비극이 떠올랐다. 나는 모젤이 들고 있는 권총을 집었다. 그리고 그 분노로 코냑을 바라보았다. 나는 두 손으로 권총을 집고 총구의 끝을 코냑에게 향하였다.

"멈춰. 코냑."

나는 말하였다.

그는 행동을 멈추고 나를 바라보았다. 내가 집어 든 총구의 끝이 어디를 향하고 있는지도 볼 수 있었다. 그에 맞춰 코냑은 주머니에서 빠르게 총을 꺼내 들었다. 한 손으로 나를 향해 총을 집어 들었다. 우리의 총구는 서로를 바라보았다.

"그만둬, 쉐리. 지금 이러고 있는 행동은 우리의 시간에 독을 풀 뿐이야."

코냑이 말하였다.

"나는 모든 비밀을 알았어. 당신이 브랜디와 레랑, 유나와 루나에게 한 행동을. 그리고 나에게 의도적으로 접근한 사실을."

나는 대꾸했다.

헬멧 안 무전에서 코냑의 한숨이 들려왔다.

"네가 들은 사실은 모두 진실이야. 이전에 그런 일이 있었고 모두 대체

할 수 없었던 하나의 도약이었어. 그래도 너는 모든 비밀을 알고 있지 않아. 그 진실은 일부분에 지나지 않아. 내가 너를 선택한 이유가 있어. 한때, 우주에서 '인류 감소 정책'이 시행되었을 때, 나는 너를 본 적 있었어. 당시에 나는 인류를 속여 가며, 그들을 지구로 내려보내는 편도선에 태우는 것을 감시하고 있었어. 사람들에게 '인류정책'이라는 허황한 말로 꾸며 프런티어에 늘어난 인구를 줄이기 위해 대책 없이 지구에 보내는 정책의 관계자였어. 가문에 속한 형제의 연에 의해 강제적으로 담당할 수밖에 없던 그때, 인파 속에서 너를 봤어. 너의 얼굴을 봤었지. 너는 분노로 가득 찬 표정을 하고 있었어. 당시 너는 아직 어린아이였음에도 불구하고 모든 사실을 알고 있다는 듯한 눈을 가지고 있었지. 그리고 그 눈이 향하고 있는 곳은 본인에 대한 분노라는 사실을 보여 주었어. 나는 그때 너를 선택한 거야. 분노는 사람을 움직이게 하는 하나의 원동력이니까. 하지만, 분노로 세상을 움직이게 하면 잘못된 방향으로 향하게 되니 강한 원동력을 남겨 두고 브랜디라는 통제를 너에게 붙인 거야. 물론, 지구로 내려가는 편도선에 기억을 지우는 가스가 포함되어 있어. 너는 당시의 기억은 없겠지만, 무의식에 남겨 둔 분노가 언젠가는 떠오르는 순간을 기대했었어. 하지만, 지금 보니 내 판단도 확실하지는 않았나 봐. 그리고 나는 라이젤 쿠퍼의 형제야. 같은 히컴 쿠퍼 밑에서 태어난 쿠퍼 가의 아들이지. 그래서 나는 암호 코드를 알 수 있었어. 어릴 적부터 나는 형과 다르게 아버지의 관심 분야에 공통점이 많았지. 야망을 품고 사는 형은 별을 바라보지 않고 모두를 본인의 밑에서 통제시키고 싶어 했어. 그렇기에 고모님 밑으로 들어가 경영과 정치를 배우기 시작했지. 나는 아버지가 하는 연구 분야에 흥미를 느꼈어. 우리는 공통점이 많았고, 별을 바라보았지. 언젠가 아버지가 퍼스트 사이드를 연구할 때, 아무에게도 알리지 않고 독단적으로 연구하고 있는 ESCP에 대해 알려 주셨던 적이 있어. 나는 그런 아버지가 자랑스러웠고, 아버지는 흥미를 보이는 나를 자랑스러워하셨지. 그리고 나에게만 암호를 알려 주셨어. 아버지는 지금, 이 순간마저도 예측하셨던 것일지도 몰라. 또 하나, 너희들이 퍼스트 사이드에서 임무를 수행할 때, 나는 오르비와 함께 라이젤 쿠퍼를 암살했어. 나의 형제를 암살했지. 본인들의 지도자를 잃어버리고 독재의 말로를 깨달았으니 고모님의 회사도 더 이상 정책에 참여하지 않을 테지. 비극을 맛보았으니 여러 프런티어도 당분간 힘을 합쳐 인류의 방향을 올바른 쪽으로 나아가려 할 거야. 그리고 이곳에서 지구와 우주를 연결하는 다리를 놓아, 우리의 목적을 완수시켜 외로이 무너져 가는 지구에도 관심을 보이겠지. 희망의 끈이 보이는 거야. 결과가 어떻게 되든 이후에 어떤 미래를 초래하던 해 보지 않으면 아무것도 알 수 없어. 우리가 바꾸기를 시도해야지, 남이 바꿔 주기를 기대해서는 아무것도 일어나지 않아. 올바른 선택을 가진 하나의 목소리, 한 명의 사람이 모여 세상을 발전시키는 힘이 되는 거야. 나는 내가 선택해 온 신념을 포기하지 않아."

코냑은 여러 비밀을 밝히며 말하였다.

나는 그의 말을 들어도 쉽게 총구가 내려지지 않았다. 나에게 기대고 있는 모젤의 모습이 아른거렸다. 그를 향한 분노는 사그라들었으나 이미 동료를 향해 꺼내든 총구는 쉽게 사그라지지 않았다. 나는 해답을 찾을 수 없었다. 무엇이 올바른 선택인지를. 우리의 총구는 서로를 겨냥하고 있었다. 코냑의 떨리는 손이 보였다. 그의 감정이 총구 끝을 타고 들어왔다.

"부탁해."

코냑이 나지막하게 말하였다.

나는 굳은 손을 내려놓으려는 순간, 코냑은 그 말과 함께 방아쇠를 당겼다. 그가 방아쇠를 당기는 순간이 눈에 보였다. 그리고 나는 동시에 나에게 향하고 있던 총구에 무서움을 느껴, 방아쇠를 당겼다. 총 끝에서 폭발과 함께 발사된 총알은 코냑의 몸을 관통했다. 관통한 구멍에서 피가 뿜어져 나왔다. 코냑이 당긴 방아쇠에서는 총알이 폭발하지 않았다. 힘을 잃은 코냑은 한 손으로 잡고 있던 벨트를 놓쳤다. 그는 몸을 지탱하지 못하고 빠져나가는 공기와 함께 우주의 어둠으로 깊게 잠겼다. 자기 몸을 불태운 별이 마지막 순간에 우주의 심연 속에서 무너졌다. 순식간에 모든 것이 끝나 버렸다. 무전에서조차 그의 숨소리가 들리지 않았다. 나는 한동안 방아쇠를 당긴 자세에서 움직일 수 없었다. 정지의 자세를 푼 것은 화면의 반짝거림이 눈에 보이는 순간이었다. 집고 있던 권총을 놓았다. 나는 모젤을 잘 지탱하여 눕혀 두었다. 그리고 벨트를 길게 늘어트려 몸을 고정하고 벽을 짚으며 화면 쪽으로 향하였다. 화면에는 암호가 적혀 있었다.

'DAYBRICK'

그것은 내 이름이었다. 있을 수 없는 일이었다. 나는 움직일 수 없었다. 그리고 이내, 나는 직후 둥근 빨간색 버튼을 눌렀다. 내 이름이 적혀져 있었기 때문일까. 코냑의 마지막 말에 동화되어서였을까. 아니면 지금까지 내가 선택해 온 신념의 끝이 이런 결과였기 때문이었을까. 아직도 정확한 의문이 풀리지 않았다.

# Part 6 : 여명

뉴 문 정류장의 사건 이후 많은 시간이 지났다. 나는 버튼을 눌렀고, 지구와 우주는 다시 연결되었다. 코냐의 바람대로 여러 프런티어의 정부가 권력을 분산시켜 독재를 방지하기 위해 회담을 열기도 하였다. 그들은 연합을 결성하였다. 라이젤 쿠퍼의 암살 이후, 그에 정책에 반대하던 목소리에도 힘이 실렸다. 잘못된 방식이었지만, 중심 정책이 사라지자 다양한 정책이 생겨났다. 그에 따라 프런티어들은 각자의 방식대로 국가를 운영했고, 질서를 위한 우호적인 관계가 형성되었다. 또한, 지구와 우주의 양방향 연결이 연결되자, 잊고 있던 지구에 관한 관심이 증가했다. 우주에서는 지구를 잊지 못하고 있던, 고향을 버리고 떠난 것에 죄책감을 느끼고 있던 사람들이 모여 인류의 본래 보금자리를 되살리는 프로젝트가 결성되었다. 지구에서도 피해가 적고 인류의 문명을 유지하고 있던 지역에서 우주에서 내려오는 이들을 반겼으며, 피해가 심한 지역을 수복하는 운동이 시작되었다. 여러 노력으로 지구는 빠르게 회복해 나갔다. 회색빛 구름이 쉽게 사라지지 않았지만, 초록빛이 도는 지역이 많아졌다. 반쯤 무너졌던 집이 수복되어 갔다. 웃음을 잃었던 인류는 미소를 되찾았고 생기가 돌아왔다. 도움을 받는 사람은 감사를 했고 도움을 주는 사람은 자부심을 느꼈다.

회색빛 구름이 점차 걷어졌다. 태양의 흐름이 보이기 시작했다. 시간이 지나며 창문에 비친 태양 빛이 늘어나고 있다. 그림자는 짧아졌고 우리의 고향은 따뜻하게 활기를 되찾았다.

우리는 뉴 문 정류장에서 우주 경찰에 의해 연행되었다. 버튼을 누르고 얼마 지나지 않아 바로 도착하였다. 그들은 위험 공간에서 우리를 구출함과 동시에 재판으로 넘어갔다. 나는 먼저 법 앞에 서서 재판받았다. 다행히 모젤은 먼저 병원으로 옮겨져 치료받았다. 늦지 않게 치료받은 그녀는 이상 없이 돌아왔다. 우리의 재판 내용은 이랬다. 법을 어긴 부분은 많지만, 인류의 희망적인 변화를 개혁했고 라이젤 쿠퍼의 암살에 직접적인 관여 없이 현장에서 벗어난 지역에 있다는 것으로 무죄를 받았다. 그러나, 무기한의 보호관찰과 누릴 수 있는 혜택에 통제받았다. 우리에게는 이상적인 판정이었다. 라이젤 쿠퍼는 연합의 법에 따라 특별 범죄로 취급되었다. 그의 정책에는 분명한 독재 요인이 많이 있었고 선례의 판결로 그와 관련된 모든 것이 부정되었다. 독재의 말로가 세간에 알려졌고, 차별받던 지역이 많았기에 이를 저지한 것이 플러스 요인이 되었다. 또한, 어떻게 되었든 결과가 인류의 발전과 역사에 올바른 작용을 끼친 것이 판정에 크게 관여하였다.

나는 모든 것이 끝난 후 뉴욕 사이드에 있는 브릿지의 숙소로 돌아갔다. 숙소는 새집처럼 텅 비어 있었다. 먼지 냄새와 오래된 나무 냄새가 났다. 약간의 가구만이 남아 있었다. 모두 먼지가 쌓인 채로 사람의 손길을 기다리고 있었다. 각자의 방에도 가구만을 남겨 놓고 아무것도 없었다. 사용했던 모든 것들이 비어 있었다. 나는 코냑의 방으로 들어가 살펴보았다. 역시나 그가 사용했던 것들이 정리되어 있었다. 나는 긴 여운을 느껴 코냑이 사용했던 책상의 의자에 앉았다. 그곳에는 예상치 못한 무언가가 책상 위에 놓여 있었다. 권총의 탄창 하나가 놓여 있었다. 그 아래에는 자금이 들어 있는 통장이 있었다. 통장 안에는 코냑의 신분증 카드가 들어 있었다. 그의 본명을 알 수 있게 되었다. 신분증에는 'Cherie Daybrick Cooper'라고 적혀 있었다. 그의 미들네임과 나의 퍼스트네임이 같았다. 코냑이 말하지 않은 비밀 중에 하나를 자연스럽게 알게 되었다. 그는 퍼스트 사이드의 암호를 알고 있었기에 나를 선택한 이유 중에 하나로 이름이 같은 것을 의식했을 것이다. 그것이 우연이였든 의도였든 나는 그에게 선택받은 것에 긍지를 느꼈다. 책상 위에 놓여 있는 물건으로 보아, 코냑은 아이리시가 그랬듯 본인의 아버지가 그랬듯 자신 또한 이 상황을 모두 예측하였음이 틀림없었다.

우리는 그 이후 각자의 길을 나섰다. 모젤은 이전에 하던 공부를 이어서 하여 박사 자격증을 땄다. 이후, 정치 쪽으로 나아가려 하고 있었다. 우리는 멀리서 때때로 안부를 전하며 서로의 길을 응원했다. 오르비는 연락이 되지 않았다. 가끔 일방적으로 그의 무사함과 소식이 적혀 있는 편지가 도착하곤 했지만, 답장을 보내도 일방적인 연락만이 돌아올 뿐이었다. 나는 코냑이 원했던 은퇴 후 삶을 경험했다. 뉴 아프리카 프런티어에서 지구의 옛 자연과 평화를 만끽하였다. 그리고 브랜디, 레랑, 유나,

루나, 아이리시 그리고 코냐의 의지를 담아서 모임을 조직했다. 모임의 이름은 똑같이 '브릿지'를 이어서 사용하였다. 우리는 지구를 되살리는 운동에 참여하여 노력하는 사람의 일부가 되었다. 우리를 비롯하여 여러 그룹과 사람들의 노력에 변화되는 세상을 바라보니 이전의 의문은 부질 없었다. 나는 선택해 온 신념에 후회를 느끼지 않았다. 고민하여 선택한 순간에 보람을 느낄 수 있었다. 브릿지는 여전히 진행 중이며 우주와 지구를 넘나들어 역사를 개척하고 있다. 우리는 지구인이며 우주는 새로운 관계의 장이었다. 우리는 우주의 일부가 아닌 전체이다.

# Cosmic Bridge

ⓒ Jed Song, 2024

초판 1쇄 발행 2024년 3월 6일

지은이    Jed Song
펴낸이    이기봉
편집      좋은땅 편집팀
펴낸곳    도서출판 좋은땅
주소      서울특별시 마포구 양화로12길 26 지월드빌딩 (서교동 395-7)
전화      02)374-8616~7
팩스      02)374-8614
이메일    gworldbook@naver.com
홈페이지  www.g-world.co.kr

ISBN   979-11-388-2825-3 (03810)